강치

강
치

전민식
장편소설

마시멜로

일러두기

- 이 소설에 나오는 지명과 인명 등은 대부분 역사 기록에 남아 있는 실제 지명과 인명이다. 다만 소설적 재미를 위해 구성상 약간의 허구적 변화를 주었으며, 이는 타당 가능한 이야기임을 밝힌다.
- 여러 기록이 있지만 대략 8세기부터 일본은 '왜'라는 이름을 지우고 '일본'이라는 국명을 사용했다. 따라서 이 소설에서는 '일본'이라 칭한다.
- 과거 독도는 독섬 또는 우산도라 불렸다. 하지만 이 소설에서는 '독도'로 통일한다.

감치 ― 차례

붉은 깃발

1

1693년 4월 17일 늦은 축시(丑時).

찬 달빛이 파도 위로 켜켜이 깔렸다. 수평선에서 온 파도는 빛
과 까만 돌들을 해변에 부려놓았다. 물결마다 쌓인 달빛이 몽
돌과 부딪쳐 검게 퍼졌고, 들고나는 바닷물의 변화가 적지만
파도는 어김없이 낯선 섬까지 밀려왔다. 북쪽 하늘에 북극성과
몇 개의 별이 흩어져 있고 밤의 중심에 달이 박혀 있었다. 멀고
먼 밤의 깊은 곳에서 달려온 빛은 주황의 매괴(玫瑰)를 핏빛으
로 물들였다. 그렇게 달이 있고 별이 있지만 해변 신새벽의 어
둠은 깊고 깊기만 했다.

물에 실려와 해변의 돌을 때리는 포말은 해변에 닿자마자
참는 울음처럼 조용히 흩어졌다. 폭풍 전야도 아니며 수평선이
잠든 것 같지도 않았다. 그런데 오늘의 적막함은 사뭇 달랐다.
발끝에 닿는 바닷물이 차가웠고 목덜미를 핥고 지나가는 바람
이 쌀쌀했다. 적삼을 파고드는 달빛마저 냉랭한 느낌이 들었
다. 나의 폐부를 지나고 목을 통과한 숨 역시 서늘했다.

남쪽에서 따뜻한 바람이 불어왔다. 매괴는 꽃을 피웠으며

바닷속이 풍부해지고 있었다. 하지만 내 마음은 온기를 찾을 수가 없었다. 가슴엔 온기 대신 허전함만 가득했다. 배를 타지만 뱃사람은 아닌 나는 독도까지 흘러나온 내 삶을 이해할 수가 없었다. 누군가 떠밀지도 않았고 그렇다고 스스로 택한 길도 아니었다.

초량 왜관 거상인 오다의 농간에 삶을 빼앗기다시피 하고 바다를 건너왔다. 왜관의 차인 어른조차 어쩌지 못하는 일본인 거상 오다. 내가 아는 그는 그저 야매꾼이었다. 이문이 남는 일이라면 뒤에 숨어 약탈과 기만과 거짓과 살인도 마다하지 않았다. 그의 농간에 놀아난 것도, 갈 곳이 없어 바닷물을 따라 독도까지 흘러온 것도 내게 주어진 길이었다. 그게 순리인 듯, 삶이란 게 이유 없이 해변으로 밀려드는 검은 파도의 일과 같은 것일까. 억울한 심사와 상념을 떨쳐버리려고 바다에서 시선을 거두어 서도 쪽에 정박해 놓은 배와 매괴를 번갈아 쳐다보았다.

나는 꽃잎을 향해 손을 뻗었다가 멈추었다. 밀려온 바람 속에 생선의 비릿함과는 사뭇 다른 진한 비린내가 실려 있었다. 차가운 비린내가 적삼 섶을 밀고 들어와 어깨를 추슬렀다. 매괴 꽃잎을 담은 보자기를 여미고 다시 물결을 타고 밀려오는 달빛의 파도에 시선을 주었다.

파도의 결이 유독 여러 색으로 반짝거렸다. 보통의 파도들이 해변으로 밀려드는 높낮이가 아니었다. 눈에 익은 파도의 결보다 더 높았고 빛도 풍부했으며 수면에서 발광하는 색들은 서로 부딪쳤다.

소용돌이? 물살이 세고 파도가 높아 그럴 것이라 생각했다. 하지만 그게 아니었다. 눈을 더욱 크게 뜨고 살펴보니 그건 해변을 향해 달려오는 수백 마리 강치 무리가 연출한 빛이었다. 나는 매괴 꽃잎 따는 일은 잊은 채 강치들이 몰려오는 바다를 넋 놓고 바라보았다. 이토록 많은 강치 무리를, 그것도 이른 새벽에 떼를 지어 해변으로 몰려오는 것을 본 일이 없었다. 더군다나 지금은 늦은 축시 즈음이었다. 세상의 만물이 잠들어 있을 시각에 강치들은 깨어 분주하게 몸을 놀리고 있었다.

한 발을 동도 자갈밭 쪽으로 내디뎠다고 생각했는데, 둔탁하고 거친 총성이 어둠을 찢으며 울려 퍼졌다. 화승총 소리였다. 초량 왜관에서 흔한 게 화승총이었고, 그 총성도 여러 차례 들어보았지만 들을 때마다 가슴이 서늘했다.

'누구지?'

나는 놀란 가슴을 쓸어내렸다. 우리 어부들은 아니었다. 낡은 화승총 하나가 있지만 그걸 이 시각에 쏴댈 인간은 없었다. 나는 발뒤축을 들고 바다 쪽으로 조심히 내밀었다. 그러다 걸음을 딱 멈추고 말았다. 두 차례 더 총소리가 들렸다. 머리카락이 쭈뼛 섰다.

총은 활과 달리 인정머리가 없었다. 단숨에 살아온 내력을 뒤돌아볼 겨를도 주지 않고 삶의 경계를 무너트렸다. 인간의 삶이라는 게 분명한 매듭이 있는 게 아닐진대, 총은 단숨에 매듭을 지어버렸다. 그래서 화승총에는 크게 정이 가질 않았다. 내가 칼 든 상대를 주먹으로 제압하겠다고 설쳐대는 것도 그런 연유였다. 총과 칼은 싸우는 동안 상대를 이유 없이 미워하고 증오하면서 마지막 희망까지 여지까지 박살내버리는 물건이었다. 미련 맞게도 주먹과 화살에 애정을 갖는 그 나약함이 지금의 나를 만들어낸 것인지도 몰랐다. 어느 순간에는 나를 잊고 생존만 생각해야 하는데 나는 주저했다.

화승총의 싸한 화약 냄새와 물큰한 비린내가 삽시간에 코끝까지 전해졌다. 울릉도와 독도는 인간의 발길이 끊어진 곳이었다. 나라의 임금이 일본으로부터의 피해를 막고자 도해금지령을 내린 바다의 쉼터였다. 수십 년간 사람이 살지 않으며 인간의 냄새가 지워진 곳이기도 했다. 바다의 비린내와 억새, 갈매기들의 냄새와 그리고 해풍을 먹은 나무와 잡초들의 냄새로만 채워진 곳이었다. 자연의 것들 이외에는 다른 향이 존재치 않던 곳. 그래서 섬과 바다가 만들어낸 게 아닌 이질의 냄새는 금방 사방으로 퍼졌다. 화약과 검은 비린내는 폐부를 깊이 찔러왔다. 강치 무리를 향해 발을 뻗었을 때 불쑥 손 하나가 다가와 내 어깨를 잡았다.

"행님!"

낮고 굵은 목소리가 나를 잡아 세웠다. 나는 고개를 돌렸다. 박어둔이 내 뒤에 바짝 붙으며 갯바위 쪽으로 눈길을 주었다.

"이기 뭔 소리라요."

"뭐하러 나왔어? 선장은?"

나도 목소리를 낮추었다.

"저거 우타세 아니요?"

박어둔은 내 말엔 아랑곳하지 않고 검은 바다 쪽을 손가락으로 가리켰다. 바다 쪽을 향해 뻗어 나온 갯바위 뒤로 배 한 척이 달빛 아래 느리게 등장하고 있었다. 돛의 가로 지지대 폭이 넓고 머리가 유독 일자로 반듯한 게 우타세 같았다. 달빛에 외형이 드러났지만 일본 배인지 조선 배인지 쉽게 가늠이 되질 않았다. 울릉도에서 먼 시선으로 한 척의 일본 배를 보고도 독도를 둘러보려고 나선 길이었다. 지나가는 일본 배려니 생각했는데, 아니었던 모양이다.

누가 되었든 일단 몸을 숨겨야만 했다. 현재 울릉도든 독도든 도해금지령에 속한 지역이었다. 나라에서 법으로 금한 일을 우린 어기고 있었다. 누구에게든 발각되면 몸 성히 집으로 돌아갈 수 없었다.

"속은 괜안나?"

나는 해안가에 눈길을 둔 채 물었다. 밤새 끙끙 앓는 박어둔의 신음소리를 듣고 매괴의 꽃잎을 따러 나온 길이었다. 매괴 꽃잎이 배앓이에 직효였다.

"선장이 준 환을 먹었더니 좀 낫네. 그란데 저놈들 일본 놈들 같은디요? 그리고 저건……."

박어둔이 이번에는 두 척의 우타세 뒤에 붙은 세키부네를 가리켰다. 세키부네는 일본인들의 중형급 군선이었다. 가끔 큰 상인들이 그렇게 군선을 썼다. 돛 꼭대기에 붉은 깃발이 어둠을 흔들어놓고 있었다. 붉은 바탕에 노란 원형의 무늬를 가진 깃발. '니시키노미하타(錦の御旗)!' 일본의 배가 분명했다. 두 척의 우타세와 세키부네는 강치들을 해안가로 몰아붙였다. 바다 쪽으로 도망가지 못한 수백 마리의 강치들이 서로 등을 비비며 해안가로 몰려왔다. 어미들은 새끼들을 보호하느라 가운데로 몰아넣었고 새끼들은 제 길을 잃고 우왕좌왕했다.

"왜관서 본 저 깃발……. 쪽바리 새끼들 맞아요!"

불뚝 일어서려는 박어둔의 어깨를 손으로 잡아 눌렀다. 일본인이라면 더 위험할 수도 있었다. 게다가 세키부네까지 대동한 상황이었다. 조업을 나서면서 선단의 형태로 움직인다는 건 스스로 위험지역이라 판단했다는 말일 터였다. 세키부네는 노를 젓는 능로군만 최소 30여 명이 넘는, 속도 빠른 일본인의 배였다. 군선이지만 상인은 물론 해적들도 주로 쓰는 배이기도 했다. 지금의 풍경은 해적이거나 일본 어부들이 대대적으로 독도에 몰려왔다는 말이었다. 일본 어부들이 주로 독도의 동도 아래 자갈밭에서 강치를 도륙한다는 풍문도 사실이었다.

"이 새벽에 저것들이 뭔 짓이다요!"

박어둔이 이를 갈며 말했다. 지금 섬에는 나를 비롯해 여덟 명 뿐이었다. 세키부네까지 거느린 일본 어부를 상대할 수준이 아니었다. 게다가 그들은 화승총까지 있었다. 나는 박어둔 모르게 진저리를 치며 그의 어깨를 한껏 내리눌렀다. 불뚝 성질에 행여 바닷가로 뛰어나가기라도 하면 곤란한 일이 생길 수도 있을 터였다.

한 척의 세키부네와 두 척의 우타세가 강치를 해변가로 바짝 몰아붙였다. 몰이잡이니 막다른 길에 어부들이 있을 터. 나는 해변 쪽으로 눈길을 주었다. 수십 개의 쇠갈고리들과 죽창이 달빛을 받아 차갑게 번득였다.

연락을 하거나 뭍에서 큰 배까지 사람을 실어 나르는 일본의 고바야도 두 척이나 우타세 옆에 나타났다. 고바야에 타고 있는 일본의 어부들도 쇠갈고리와 죽창 따위를 들고 있었다. 대대적으로 강치잡이에 나선 듯했다. 강치들은 꼼짝없이 해안가로 몰려들었고 세키부네에서 한 발의 총성이 더 울려 퍼지자 어부들의 죽창과 쇠갈고리가 강치들을 공격하기 시작했다.

"저, 저 쪽바리 새끼들이⋯⋯."

박어둔은 금방이라도 해안으로 뛰어나갈 태세였다. 나는 그의 허리춤을 단단히 잡고 매괴 그늘 아래로 잡아끌었다.

사동의 몽돌 해안가는 강치의 울음과 고통의 소리로 회오리쳤다. 진득한 강치의 피 냄새가 어둠 곳곳으로 퍼져나가며 밤은 더 어두워졌고, 검은 바다는 더 검어졌으며, 희던 포말은 붉은색을 띤 채 부서졌다. 돌들은 검붉게 빛나며 울어댔다. 죽창은 닥치는 대로 강치의 몸을 찔러댔다. 쇠갈고리는 힘 없는 어린 강치들부터 등허리를 찍어 해변으로, 또는 고바야 안으로 끌어올렸다.

나는 손가락으로 코를 쥐었다. 피비린내가 진동을 해서 자꾸만 구역질이 나려고 했다. 밤의 피는 쉽게 희석되지 못했다. 해안의 돌들에 박혔고, 바닷물에 스며들었지만 퍼지지 못했으며, 포말을 빨갛게 물들이고 말았다. 어둠은 제 빛을 잃고 붉어졌으며 달마저 피를 흘렸다. 강치가 피에 젖고 일본의 어부들도 피어 젖었다. 그들의 배가 피로 물들었고 밤과 허공마저 피로 점령당한 밤이었다.

박어둔은 일본 어부들의 패악을 보면서 이를 덜덜 떨었다. 피를 뒤집어쓴 일본 어부들은 흡사 악귀와도 같았다.

"행님, 저것들을……."

박어둔의 허리춤을 잡고 있던 손이 부들부들 떨렸다. 배곯을 새들을 위해 마지막 감은 따지 않는 게 짐승을 향한 인간의 정서였다. 어린 것들은 바다로 돌려보내 생명의 선이 영원히 끊어지지 않게 하는 게 사람 된 자들의 도리라 생각했다. 너무 많은 걸 욕심내지 않는 게 중생의 선이라 들었다. 하지만 저들에겐 정서도, 도리도, 선도 없었다.

몸부림치던 강치들의 움직임이 잦아들었다. 강치들의 울음소리가 빠져나간 허공을 일본 어부들의 웃음소리가 채웠다. 등골에 소름이 돋았다. 내 살이 베어지고 내 팔이 떨어져나가는 기분이 들었다. 눈알이 빠지고 심장을 도려낸다고 해도 이토록 아프진 않겠다는 생각이 들었다.

"행님, 절마들 인간이 아니라요⋯⋯."

강치들의 반항이 잦아들자 일본 어부들이 숨을 돌리느라 하는 짓들을 멈추었다. 그들의 셈을 기다렸다는 듯 울릉도 쪽에서 '빼액' 하는 길고 두꺼운 백송고리의 울음소리가 들린 것도 같았다. 울릉도까지 40리 길이면 들릴 리가 없으련만 내 귀엔 백송고리의 구슬픈 울음이 들렸다. 일본 어부들도 일제히 울릉도 쪽으로 몸을 돌렸다. 나와 박어둔은 땅에 몸을 붙이듯 허리를 낮춘 채 그들을 보았다. 세키부네의 꼭대기에서 펄럭이는 붉은 깃발의 색을 가진 인간들이 나와 어둔이 몸을 숨기고 있는 쪽을 노려보는 듯했다.

2

1693년 4월 17일 이른 인시(寅時).

나는 독도에서 포작선을 본 뒤로 더욱 심란했다. 생선을 절여 운반하는 배까지 대동한 선단이었다. 대형 상인이라는 말이었다. 임시로 정한 우데기 숙소로 돌아온 나는 모두를 깨웠다.

"포작선까지 있다고?"

포작선에 대한 말이 나오자 담사리의 눈이 화등잔만해졌다. 우리는 등잔불을 중심으로 머리를 맞댔다.

"왜놈들이 와 여까지 기어 올라오고 그라는데."

매사냥꾼이자 울릉도와 독도의 지리에 밝은 김가동이 말했다. 선장인 김자신은 마른 얼굴을 문질러댔다.

"행님들, 우리가 확 뒤집어버리면 어떻겠노?"

가동의 동생 업동이 가슴을 잔뜩 부풀리며 말했다.

"절마들이 우릴 발견했을지도 몰라. 우리가 독도서 빠져나오는데 세키부네가 움직이는 거 같았고만. 세키부네가 빨라서 곧 여기 울릉도까지 들어닥칠지도 모른다고."

어둔이 허둥대며 말했다. 모두 그를 쳐다보았다. 우데기집

지붕으로 얹은 억새들이 살을 비벼대는 소리가 들려왔다. 조금 전과 달리 바람이 제법 세차지고 있었다.

"일본 놈들한테 본때를 보여줘 뿌리자고요!"

업동은 여전히 씩씩거렸다.

"니가 제정신이고? 세키부네까지 끌고 왔제, 화승총도 들었제, 우리가 어떻게 감당하노. 우리 관군한테 도와 달라 청할 수도 없다 아이가. 우리가 여기 있는 거 발각되믄 곤장 100대는 맞아야 할 기다. 여기서 부를 방법도 읊고……."

김업동이 어깨를 늘어트리며 조용히 숨을 내쉬었다. 나는 방문 밖을 내다보았다. 우데기의 벌어진 틈으로 미명이 밀려들고 있었다. 그 새벽의 빛은 처마 밑 마당에 깔리며 어두운 속내를 드러내고 있었다. 말린 전복과 홍합들, 해풍을 먹은 수백 마리 오징어를 넣어놓은 발과 광어 우럭들, 쥐치와 돌미역들……. 인삼으로 벌어들이지 못한 돈 중 얼마쯤은 벌충할 수 있을 것들이었다. 한편으론 이곳까지 왔기에 일본의 어부들이 멋대로 우리의 바다를 유린하고 있다는 사실도 알게 된 셈이었다.

일본 어부의 행위는 불법이기 이전에 괘씸했지만 이런 사실을 우리 관에 보고할 수는 없었다. 결국엔 우리도 금지한 법을 어기고 이곳까지 올라왔으니.

"안 부장, 어찌해야 쓰겠는가?"

선장이 근심 가득 찬 눈으로 물었다.

"배는?"

"섬 뒤쪽에 잘 숨겨뒀지."

"일단 철수하지. 이놈들이 언제 들이닥칠지 몰라. 그라고 울릉도에 우데기집이 있는 걸 우리만 알고 있지는 않을 거여."

마당에 깔리는 미명 속으로 햇빛이 섞여들고 있었다. 바다가 어떠하든 지금은 일단 몸을 숨기는 게 상수라는 생각이 들었다.

"업동이랑 어둔이하고 내는 오징어랑 걷어서 갈 테니, 나머지 사람들은 짐 챙기고 바다로 가서 배 준비 허드라고."

선장과 덕생, 환량, 서화립과 담사리, 그리고 매사냥꾼인 가동이 짐을 챙겼다. 그의 동생인 업동이 잠깐 가동의 얼굴을 쳐다보았다. 그게 형제간에 서로를 볼 수 있는 마지막이 될 거라곤 그땐 알지 못했다.

"웬수 놈들을 이대로 두고 가잔 말이여?"

선장의 얼굴이 붉으락푸르락 달아올랐다. 그의 조부가 임진란 때 일본군의 화승총에 머리를 맞고 즉사한 일이 있었다. 거의 100년 전의 일이지만 일본인들은 울산과 부산 변두리의 바닷가 마을에서 아직도 노략질을 해대곤 했다. 해적들이라지만 상인들이거나 군인들인 경우도 있었다. 초량 왜관에 고해도 그때 뿐, 그들은 노략질을 멈추지 않았다.

누구 하나 임진란에 가족을 잃지 않은 사람이 없었다. 선장처럼 할아버지를 잃은 사람도 있었고 한 가족이 몰살된 경우도 있었다. 남원 어디에선가 죽인 사람들의 코를 베어 갔다는 소문이 돌았고, 처자들 수백 명이 전리품으로 붙잡혀갔다는 말도 들었다. 어느 마을은 일절 협조하지 않았다는 이유로 마을 사람들 전체가 몰살당하기도 했다. 어른이건 아이건 가리지 않았고, 임산부라 해도 인정을 보이지 않았다. 죽창으로 찌르고 검으로 난도질을 했던 역사가 있었다. 100년의 세월이 흘렀지만 그들이 저지른 잔혹함은 잊혀 지지 않고 미신이나 설화가 되어 사람들 사이를 떠돌았다.

한 세기가 지나버린 슬픔이나 아픔은 그 시대의 것이지 나의 것은 아니었다. 나는 그저 조선이라는 나라에서 노를 저었고 땀을 흘렸으며, 산천을 누볐고 지금은 어부일 뿐이었다. 가족을 위해, 또는 조금은 나은 생활을 위해 물질하고 그물을 던지려고, 죽을 각오로 동해를 건너왔을 뿐이었다.

선장과 사람들이 발소리를 죽인 채 우데기집을 빠져나갔다. 나와 김업동, 그리고 박어둔은 널어두었던 오징어를 챙겼다. 말린 전복과 생선들을 소쿠리에 주워 담는데 우데기가 걷히면서 햇빛이 와락 처마 밑으로 밀려들었다.

"해, 행님."

김업동이 나를 찾았다. 정신없이 물건들을 챙기느라 그의 부름에 답하지 못했다.

"행님!"

김업동이 뒷걸음질을 치다 생선 따위를 말리려 짜놓은 건조

대 위에 주저앉았다. 그제야 박어둔과 나도 김업동에게 눈길을 주었다. 그리고 보았다. 속옷에 지나지 않은 훈도시 차림의 일본 어부들을. 그들은 훈도시만 몸에 걸친 채 쇠갈고리와 죽창과 화승총을 들고 있었다. 몸은 검게 그을렸고 땀에 젖은 듯 반들거렸다. 팔이며 가슴 배 따위에 상처들이 흔했다. 개중에는 검붉은 피가 몸 곳곳에 문신처럼 박힌 일본인들도 있었다. 그들은 악귀였다. 나는 문앞에 선 일본인들 너머를 건너다보았다. 문밖에 서성거리는 이들만 대략 십여 명이 넘어 보였다.

"조센징(ちょうせんじん) 새끼들!"

쇳조각으로 그릇을 긁는 듯한 목소리였다. 일본인들이 입에 달고 다니는 흔한 욕인데 느낌은 흔하지 않았다. 그들은 우리가 일본말을 알아듣지 못한다고 단언한 듯했다.

"이놈들 독도에서 도망 쳐봐야 울릉도지. 여기 있을 줄 알았다!"

나는 허벅지에 단단하게 힘을 주었다. 여긴 조선의 땅이고 조선의 섬이니까. 숨을 크게 빨아들여 가슴을 단단하게 만들고 양손을 허리춤에 올려놓았다. 하지만 빛을 등지고 서 있어서 얼굴마저 자세히 보이지 않는 그들은 위압적이었다. 그들은 주저하지 않고 처마를 따라 연결해 둔 우데기를 요란스레 걷어 치웠다. 눈에 걸리적거리는 것들은 발로 걷어차고 검으로 베어버렸다. 박어둔과 김업동이 들고 있던 소쿠리를 등으로 가렸다.

"쿠로베에상, 이놈들 어떻게 할까요?"

쿠로베에라는 일본인이 이 선단의 책임자인 듯했다. 나는 그를 힐끔 쳐다보았다.

"조센징 놈들이 왜 우리 바다에 와서 도적질이냐?"

'우리 바다?'

나는 어이가 없어 웃고 말았다. 나는 어부들의 말 속에서 유카타를 입은 사내의 이름이 쿠로베에라는 걸 알게 되었다. 유카타 차림의 쿠로베에가 그런 나를 노려보았다. 금방이라도 터질 것만 같은 긴장감이 그와 나 사이에 흘렀다. 어둔과 업동은 그의 말을 알아듣지 못해 내 얼굴만 빤히 바라보았다. 하지만 나는 그들의 말을 알아들을 수 있었다. 그들은 오키섬의 어부들이거나 요나고 사람들일 터였다.

왜는 방언이 많은 나라였다. 쓰시마나 그 아래 지방에는 조선말과 유사한 말들이 남아 있었다. 위로 올라갈수록 발음이 강해지며 높아졌다. 게다가 독도까지 드나드는 어부들이라면 오키섬이나 요나고에서 왔을 공산이 컸다. 나는 그들이 말하는 단어의 높낮이까지 읽어낼 수 있었다. 하지만 입을 다물었다. 쿠로베에의 얼굴에 냉소가 가득했다. 그는 고개를 좌우로 저으며 나와 어둔, 그리고 업동을 가는 눈으로 쳐다보았다. 차가움과 가소로움이 담긴 눈빛이었다.

"선장님, 이놈들 모두 바다에 묻읍시다. 도적질하는 놈들은 봐줄 필요가 없습니다. 조센징 관리들은 뭘 하나 모르겠습니다. 도적질한 것들 모두 챙겨라!"

훈도시를 입고 얼굴이 유독 검게 그을린 사내가 말하자, 그의 뒤에 서 있던 사내들이 앞으로 득달같이 달려들어 오징어며 전복 따위를 자신들의 망태에 쓸어 담았다. 업동과 어둔이 같이 달려들자 일본 어부들이 몽둥이를 들고 매질을 시작했다. 어둔은 금방 풀이 죽었지만, 업동은 눈을 부릅뜨고 파란색 유카타를 입은 쿠로베에를 노려보았다.

"이 조센징 새끼가 어디서 눈을 부라리고 쳐다봐."

쿠로베에 곁에 서 있던 일본인이 업동을 발로 걷어찼다. 업동과 어둔은 일본인들의 말을 알아듣지는 못했지만 그들의 말투나 행동 속에 담겨 있는 위악을 충분히 느끼고 있었다. 업동은 뒤로 나자빠졌다가 다시 일어나 그를 노려보았다.

"허, 이 조센징 새끼가 겁도 없이."

훈도시를 입은 사내들이 업동과 나를 일제히 공격했다.

"쪽바리 새끼들, 내가 이런다고 너희 같은 놈들한테 굴복할 거 같냐? 도적놈의 새끼들!"

거의 평생 소금지게만 져온 어둔은 구석에서 몸을 만 채 부들부들 떨었다. 아버지 대에서부터 염전을 물려받아 소금 장사만 해온 그였다. 가진 재산이 제법 되었지만 티내지 않았고, 잡다하고 사소한 일에 알게 모르게 돈을 내놓기도 했던 인물이었다. 겁도 많고 지켜야 할 것도 많은 인간이었다. 반면 몸 하나로만 살아온 업동은 몸놀림이 좋았다. 일본인들의 몽둥이질을 수월하게 피했다. 원래 몸이 날랜 동생이었다. 몽둥이를 피하며 앞으로 나가 일본인의 턱을 가격하자 일본인들이 어김없이 나가떨어져 대자로 뻗었다.

칼을 든 놈들은 내게 달려들었다. 그나마 우데기집 공간이 좁아 여러 명이 달려들 수 없다는 게 내게는 이점이 되었다. 별다른 법이 있는 칼질이 아니라 손에 든 몽둥이로 충분히 막아낼 수 있었다. 칼을 받아 쳐내고 일본인의 어깨를 겨냥해 몽둥이를 내려쳤다. 열에 아홉은 몽둥이에 어깨를 맞아 나가떨어졌다. 그러자 여럿이 달려들었다. 나는 산천을 떠돌며 이런 저런 고수들에게 무예를 배웠다. 그중 내 몸에 가장 잘 맞는 게 택견이었다.

"는질러차기!"

나는 기합을 넣듯 기술의 이름을 읊었다. 바로 눈앞의 한 일본 어부의 배를 향해 발을 들었다가 빠른 속도로 내질렀다. 마을에서 놀이로 즐길 때는 몸과 다리에 힘을 싣지 않지만 지금은 상황이 달랐다. 죽기 살기로 싸워야 했다. 일본 어부가 문밖으로 저 멀리 나가떨어졌다. 나머지 일본인들이 놀라 눈을 크게 떴다.

"두발당성!"

한 발을 들어서 차려는 모양새를 갖추었다가 급히 반대발로 바꾸어 공격하는 발기술이었다. 내 발에 맞은 일본인이 이번에는 왼쪽으로 나가떨어졌다. 가위차기, 전갈차기, 복장지르기, 휘몰아차기, 돌개차기……. 일본 어부들이 한 합에 한 명씩 나가

떨어졌다. 기세 좋게 우데기집 안으로 몰려들던 그들이 주춤거리며 집 밖으로 물러났다. 그렇게 한 사람씩 무너트리며 쿠로베라는 일본인을 향해 달려가려는데 총성이 울려 퍼졌다.

"바카야로(ばかやろう)! 네놈이 멈추지 않으면 이 두 놈은 죽은 목숨이다!"

화승총 하나가 어둔의 목을 겨누고 있었고, 일본검이 업동을 찌를 듯 기세가 등등했다. 나는 쿠로베에와 둘을 번갈아보았다.

"행님 혼자라도 도망가시우! 얼른!"

업동이 소리를 질렀다. 하지만 나는 멈출 수밖에 없었다. 주먹의 힘을 빼고 허벅지에 실린 무게를 덜어냈다. 이제 끝이라고 생각했는데 업동의 건상투가 순식간에 베어지더니 바닥으로 툭 떨어졌다. 장가간 놈처럼 굴겠다고 틀었던 업동의 상투가 날아갔다. 비록 건상투였지만 업동은 누구보다 상투를 매만지고 다듬었다. 녀석의 힘이 상투에서 나온다는 우스갯소리가 떠돌 정도였다. 소문으로 떠돌던 말이 사실인 양 업동은 떨어진 상투를 보더니 무릎을 꿇고 말았다. 단단하게 쥐었던 주먹도, 어깨에 가득했던 힘도 풀려버린 듯했다. 때를 놓치지 않은 훈도시의 사내들이 업동에게 달려들어 매질을 하기 시작했다. 업동은 일본인들의 매질을 반항하지 않고 받아들였다.

나 역시 쿠로베에 앞에 무릎을 꿇을 수밖에 없었다. 업동은 바닥에 이리저리 쓸려 다니던 건상투를 주우려고 바닥을 기었다. 그 사이에 내게도 몽둥이가 비처럼 쏟아졌다. 상투를 손에 쥔 업동은 울화를 참지 못했는지 상투를 벤 사무라이에게 달려들었다. 훈도시의 사내들에게 몸이 잡힌 상황이라 그의 움직임은 박자도 느렸고 둔했다. 그 사이 사무라이는 그의 허벅지를 향해 칼을 쑤셔 넣었다. 욕을 해대며 몽둥이질을 하는 일본 어부들 소란에 업동의 비명이 묻혀버렸다. 어둔은 눈물을 흘리고 있었다. 나는 업동에게 달려가 그의 앞을 가로막았다.

"그만해라. 너희는 지금 조선 땅에 들어와 불법조업을 하고 있는 것이다."

나의 일본말에 그들이 놀라 행동을 멈추었다.

"호, 이것 봐라. 일본말을 한다?"

쿠로베에의 입가가 묘하게 일그러졌다. 사무라이와 훈도시를 입은 사내들이 업동은 내버려두고 나를 노려보았다.

"이 조센징 새끼가 뭐라는 거야. 여기 죽도는 엄연히 우리 섬이다!"

"너희들이 죽도라 부르는 이곳 독섬은 울릉도의 부속 섬이다. 옛날에는 울릉도를 우산국이라 불렀고, 그때에도 너희들이 죽도라 부른 독섬은 부속 섬이었다. 이미 천 년 전부터 우리 조상들이 그렇게 불러왔다. 네놈들이 아무렇게나 부르는 이 울릉도는 예전부터 우리 섬이었다. 너희 오키섬이나 요나고 놈들이 넘볼 섬이 아니란 말이다."

'오키섬이나 요나고'라는 말에 훈도시를 입은 일인들이 웅성거렸다.

"독도든, 울릉도든 80년 전부터 우리가 관리하던 섬이다. 너희 놈들이 들어와서는 안 되는 섬이란 말이다."

"고작 80년, 우린 오천 년 전부터 살았던 섬이다."

"조센징 놈들은 말로는 안 통해. 특히 이놈은 더 수상해. 쳐라!"

항복의 의미가 없었다. 진실로 대적을 할 수 없으니 매를 드는 야만의 인간들. 눈에 핏발이 섰다.

유독 검게 그을린 일본인이 명령을 하자 다른 일본인들이 내게 달려들었다. 몽둥이질과 발길질이 비 오듯 내 몸 위로 쏟아졌다. 힘과 장돌뱅이로 살며 익히고 배운 기술들로 몇몇은 밀어냈다. 하지만 결국 주먹에 모은 힘을 풀어버릴 수밖에 없었다. 떨고 있는 어둔과 허벅지에서 피를 흘리는 업동은 나를 옴짝달싹하지 못하게 만들었다. 게다가 일본인이 화승총으로 나를 겨누었다. 총신은 길고 가늘었다. 우리 조선군이 가진 화승총보다 진보한 총인 듯했다.

순간 나의 짧은 인연들이 떠올랐다. 내가 돌아오기만을 기다리는 어머니, 초량 왜관의 차인 어른, 초향이, 그리고 어둔의 어머니와 처자식……. 나는 일본인들 앞에 무릎을 꿇고 말았다. 그들은 신이 나서 우리를 공격했다. 업동은 이미 기절을 해버렸고 어둔의 얼굴도 만신창이였다.

"잠깐, 이놈들을 배에 태워라. 혹시 첩자인지도 모른다."

우매한 인연의 싹이 텄다. 나는 첩자거나 군인이 아니었다. 그저 상인이었을 뿐. 나는 나와 내 어머니, 그리고 내가 의지하거나 나를 연모하고 그리워하는 사람들을 위해, 배를 타고 성난 바다에 목숨을 걸며 바닷길을 다녔던 평범한 인간에 지나지 않았다. 울릉도나 독도에 사람의 손이 닿지 않아 풍성해진 수산물이 있고, 그곳은 나라가 정하기 전부터 나의 아버지와 그 아버지의 아버지들이 제 집 삼아 드나들던 곳이었다. 조선의 것이기 이전에 반도에 살아온 우리의 것이었다. 아니 조선은 애초에 내게 중요한 세상은 아니었다. 양반도, 선비도 아닌 나나 어둔, 그리고 업동과 같은 양인이나 천민에게 조선은 그저 허울일 뿐. 우리에게 중요한 건 바다였고, 뭔가를 선택할 수 없는 세상에서 의지할 수 있는 유일한 터전이었다.

일본인들이 나와 업동, 그리고 어둔의 팔을 잡고 질질 끌고 가기 시작했다. 반항해봤지만 손과 팔에 힘이 들어가지 않았다. 어둔이 몇 차례 몸부림을 쳤지만 더 강하게 매질만 당할 뿐이었다. 업동은 정신을 잃고 죽은 문어처럼 축 늘어진 채 그들의 손에 끌려갔다. 한 가지 다행이라면 선장과 나머지 사람들이 이 자리에 없다는 정도였다. 우리는 그들의 고바야에 실렸다.

"이봐, 우릴 그냥 내버려두고 가라."

나는 그들에게 마지막으로 부탁했다. 그 말이 끝나기가 무섭게 한 사내가 내 머리를 화승총 개머리판으로 후려갈겼다. 나는 이내 정신을 잃었다. 그리고 그때 나는 내가 새삼 조선 사람이라는 사실을 깨달았으며, 내가 지켜내야 할 것이 내 어머니와 나를 그리워하는 사람들뿐만 아니라 무엇보다 나 자신이라는 걸 깨달았다. 나의 목숨이 이승의 것이 아니면 지켜내는 일도, 그리움도 의미 없는 일이었다. 나는 아득한 절벽 아래로 꺼져가는 정신과 몸을 붙잡아야 한다고 생각했다.

아득하게 코 안으로 향기가 밀려들었다. 바닷물의 냄새, 바다 위를 부유하는 습기의 냄새, 흙의 냄새도 밀려들어왔다. 하지만 이내 향기들은 희미해지는 내 정신처럼 멀어졌다. 매괴의 향기가 멀어지고 해안을 채운 돌의 냄새가 멀어졌다. 서서히 섬의 냄새가, 일본엔 없는 진하고 향긋한 흙의 냄새가 멀어졌다. 한 가지 위안이라면 강치들이 흘린 피의 냄새가 멀어졌다는 거였다. 내 운명은 어찌되는 것인가? 업동과 어둔은 살아남을 수 있을까?

3

1693년 4월 18일 오시(午時).

눈을 떴다. 우리는 세키부네의 돛 기둥에 묶여 있었다. 어둔의
얼굴은 퉁퉁 부어 있어서 알아보기 힘들 정도였다. 어둔은 꼿
꼿하게 앉아 있었지만 업동은 축 늘어져 머리를 옆으로 떨군
채 쓰러져 있었다. 태양빛이 따갑게 우리를 쪼아댔지만 뜨거움
조차 느끼지 못할 정도로 내 몸 상태도 정상이 아니었다. 나는
발로 업동을 밀쳐보았다. 반응이 없었다. 상투가 사라진 그의
휑한 머리가 보였다. 머리카락이 제멋대로 뻗어 망나니를 연상
시켰다. 어둔을 어깨로 밀어보자 그의 얼굴이 내 쪽을 향했다.
눈자위가 퉁퉁 부어서 눈은 보이지 않았다.

"행님, 우리 어찌 되는 건가요? 마누라랑 딸내미랑 영영 못
보고 죽게 생겨부렀어라."

어둔의 입에서 겨우겨우 힘 잃은 말이 흘러나왔다.

"정신 차려! 사람 목숨이라는 기 그렇게 쉬운 게 아녀."

그건 어둔보다도 나 자신을 위로하기 위한 말이었다. 바다
와 싸우느라 거칠 대로 거칠어진 일본 어부들 속에 우리 셋만

놓여 있었다. 어둔의 염려대로 우리는 단순한 말 몇 마디에도 금방 물고기밥이 될 수 있는 상황이었다. 어찌 두렵지 않겠는가. 어찌 무섭지 않겠는가.

우리의 말소리를 듣고 죽창을 든 일인이 우리 쪽으로 다가왔다. 그는 죽창 끝으로 내 턱을 들어보더니 이번에는 어둔의 뺨을 좌우로 밀어보았다. 마지막으로 업동의 어깨를 쿡쿡 찔러보았다. 업동은 반응이 없었다. 그러자 일인이 업동의 앞에 바짝 다가앉아 그의 코에 귀를 대보았다.

"바카야로!"

그는 움직임이 없는 업동을 둘러보며 바보 자식이라 욕을 했다. 죽는 일이 흔한 세상이며 죽는 게 바보 같은 짓일 수도 있는 세상이었다. 그는 펄쩍 일어나 어디론가 바삐 걸어갔다. 잠시 후, 사동 해안에서 보았던 쿠로베에가 나타났다.

"선장님, 이 조센징은 죽은 것 같습니다."

"다시 확인해 봐라."

나는 놀라 업동을 쳐다보았다. 그의 얼굴에 닿은 햇볕은 색이 죽고 더 이상 반사하지도 못했다. 일그러지고 파랗게 변색된 낯빛이 눈에 들어왔다. 그처럼 맥없이 죽을 업동이 아니었다. 그의 왼손에 숨어 있는 건상투가 보였다. 그를 죽음으로 내몬 건 허벅지의 상처가 아니라 잘린 상투 때문인 듯했다. 상투가 잘리던 그 순간 텅 비던 그의 눈빛이 떠올랐다.

스무 살을 넘기지 못한 청년이었다. 뱃일 배워 돈 벌면 착한 여인 얻어 장가가는 게 평생의 꿈이라던 순박한 청년이었다. 동네 꼬마들에게 반말 듣는 게 싫다고 건상투를 틀고 와서 헤벌쭉 웃던 게 바로 어제의 일 같았다. 그의 꿈은 피지도 못한 채 삭고 말았다. 굳이 이유라면 우리 땅, 우리 섬에서 전복과 홍합을 캐고 오징어를 잡았다는 것이었다. 임종의 말조차 들어주지 못했다. 이승을 떠나며 그가 했던 마지막 말은 비명뿐이었다.

죽음이 흔한 세상이었다. 천민들은 약 한 첩 제대로 써보지도 못하고 죽었다. 굶어 죽는 아이들도 있었고, 양반들의 노비로 팔려가 평생 노동에 시달리다 죽기도 했다. 나라에 전란이 일면 생전 칼 한번, 창 한번 잡아 보지 못한 손을 들고 나가 낙엽처럼 사라지기도 했다. 바다를 건너다가 죽고, 분수에 맞지 않는 짓을 한다고 곤장에 맞아 죽고, 성을 쌓다가 돌에 깔려 죽고, 자식들 먼저 보낸 한을 풀지 못해 화병으로도 죽었다.

문득 어머니의 얼굴이 떠올랐다. 평생 가슴에 한을 품고 사셨던 분이었다. 큰 발자국 소리에도 놀라고 싸리문이 열리는 소리에도 놀랐다.

'니는 순흥 안씨라는 걸 무덤에 갈 때까지 가심에 묻어 두어야 한데이.'

어머니는 늦은 밤이면 내 귀에 입을 가까이 두고 그 말을 하곤 했다. 어렸을 땐 몰랐지만 전선의 노를 젓는 능로군이 된 뒤에야 어머니의 말을 이해했다. 금성대군과 단종을 복위시키기 위해 협잡을 했다는 반역죄로 가문의 어른들이 거의 대부분 죽었고, 겨우 살아남은 어른들은 순흥을 떠나 뿔뿔이 흩어졌다. 집안 어른이 몇이나 죽었는지도 알려지지 않았다.

'네 아가가 생겨도 네 관향이 순흥이라는 건 숨겨야 하는기라. 내 말 명심하고 또 명심하거라.'

버려진 가문 같은 것도 내겐 중요하지 않았다. 어차피 자손을 구하지 못하는 가문이 무슨 소용이란 말인가. 관노가 되지 않은 것만으로도 다행이었다. 차라리 나라의 전복을 꿈꾸다 반역 죄인으로 잡혀 이슬로 사라졌다면 억울하지는 않을 듯했다. 하지만 한 식경 지나고 나면 죽을 지도 모를 나나 어둔, 그리고 이미 죽은 업동의 죽음은 볕이 잘 들고 사철 온기가 도는 황토 아래 묻힌다 해도 영원히 억울할 것만 같았다. 존재 그 자체가 억울했고, 그 억울함을 느껴야 하는 내 심장은 새카맣게 타들어갔다.

어둔은 꺼이꺼이 울기 시작했다. 하지만 나는 울 수 없었다. 큰 돈 벌 수 있다고 독도까지 업동을 오게 한 건 결국 나였다. 비록 초량 왜관의 상인들 농간에 놀아났지만 나 혼자 다시 세상을 떠돌면 다시 그쯤은 구할 수 있지 않았을까 싶었다. 넉넉하진 않겠지만 그래도 같이 전국을 떠돌던 녀석들의 품삯이라도 손에 쥐어주었을 텐데……

"죽었습니다."

쿠로베에는 잠깐 내게 눈길을 주었다가 거뒀다.

"바다에 던져라."

일인들이 일사분란하게 움직였다. 한 사내가 업동이의 겨드랑이에 손을 넣었고, 다른 한 사내는 업동의 다리를 들었다. 나는 업동의 이름을 불렀다. 하지만 죽은 그는 대답하지 못했다. 그제야 나도, 어둔도 업동의 죽음을 실감했다. 업동의 축 처진 몸뚱이가 바다에 던져졌다. 업동은 어려서부터 유독 나를 따른 동생이었다. 살아서 그의 형 가동을 만난다면 무슨 낯짝으로 볼 수 있을까? 가슴이 미어지고 치가 떨렸다. 손을 묶은 밧줄을 풀어보려 했지만 풀리지 않았다. 어둔은 목 놓아 울었고, 나는 눈물조차 흘릴 수 없었다. 이를 다물고 쿠로베에를 노려보았다. 그들에게 조선 사람은 그저 하나의 사물에 지나지 않았다. 칼을 써도 인간에 대한 애정과 미련이 남아 있으련만, 그들에겐 일말의 애정과 미련도 없었다.

"내가 살아난다면 반드시 네 목을 따리라!"

나는 맹세를 했다. 업동의 모습은 어디에서도 찾을 수 없었다. 구름조차 몰려다니지 않는 깨끗하고 푸른 하늘이었고, 희미한 흔들림조차 느껴지지 않을 정도로 바다는 잔잔했다. 기러기 한 마리 보이지 않았고, 떼를 지어 몰려가며 울어대는 사치들의 모습도 영영 보이지 않았다. 그래서 업동의 죽음은 더더욱 억울했다.

"이 새끼가 어느 안전이라고!"

일본인 한 명이 내 턱을 향해 발을 날렸다. 어둔이 나를 보호

한답시고 내 몸을 감쌌는데, 그 바람에 여러 발길질에 속수무책으로 맞고 말았다. 그들의 발길질에는 이유 없는 증오 같은 게 배어 있었다. 식량에 불과한 한 마리 들짐승을 다루듯 무자비했다. 어둔은 내 몸 위에서 축 늘어졌다.

나는 포효했다. 내가 가진 힘의 미약함이 원망스러웠고, 이렇게 조선의 땅에 일본인들이 제 집 드나들 듯 드나들며 조선 사람을 납치해 가도, 나의 나라는 나와 우리를 도울 수 없다는 사실에 절망했다. 우리의 섬에서 먹고 살기 위한 투쟁조차 금지하는 나라의 백성이라는 사실이 서글퍼 나는 더 크게 포효했다. 어디선가 몽둥이가 날아와 턱을 후려쳤다. 입안 어느 곳이 터졌는지 삽시간에 비릿한 피 맛이 입 속에 번졌다. 그리곤 분노로 가득 찼던 몸이 스르르 저 깊은 나락으로 떨어지는 기분에 사로잡혔다.

"선장님, 저놈들도 바다에 던져버리죠. 아무도 모르지 않겠습니까?"

일본인 중 누군가 말했다. 쿠로베에는 나와 어둔을 천천히 살폈다.

"쓸데없는 소리, 저놈들에게도 배가 있었을 거야. 그 배에는 다른 놈들도 있었을 거고. 우리가 이놈들을 배에 태우는 걸 봤을 수도 있지. 만약 그놈들이 문제를 일으키면 곤란한 상황이 빚어질 수도 있어."

"그럼 굳이 왜 배에 태우신 겁니까?"

"우리말을 잘하는 저놈이 수상해. 필경 쓰시마나 우리 섬에도 몰래몰래 드나들었던 놈인지도 몰라. 언제부터 염탐을 했는지, 조센징들이 얼마나 독도에 드나드는지 밝혀내서 조선에 항의를 해야 할 일이야."

가물가물한 의식 속에서도 말도 안 되는 그들의 이야기를 듣고 있자니 분노가 치밀어 올랐다. 한두 차례 대군을 이끌고 넘나들었다고 해서 조선의 영토를 자신들의 영토라 말하는 것 자체가 어불성설이었다. 더군다나 독도는 조선에서 더 가깝지 일본과는 멀었다. 상식적으로 그들의 섬이라는 논리는 부족했다.

"바다에 던진 놈은 어쩌지요?"

"본래 다투다 보면 그런 일들은 비일비재 일어나기 마련이다. 하물며 조센징 따위 한둘 바다에 수장한들 무슨 흠이 되겠느냐."

숨이 턱턱 막히고 심장이 조여드는 기분이었다. 나는 그저 산을 떠돌며 심마니들로부터 삼을 사거나 바다에서 건져 올린 수산물을 거래하는 장사치일 뿐이었다. 배를 젓는 능로군의 수도 계속해서 줄어들었지만, 능로군으로는 어머니와 내 입에 풀칠하기도 수월하지 않았다. 가문이 스러졌으니 예전의 영화는 찾을 수 없을 터였다. 그리고 가문의 영예 같은 건 찾을 생각도 없었다. 나는 다만 사람처럼 살아가고 싶을 뿐이었다. 작은 점포 하나 내서 큰 욕심 부리지 않고 평범하게 살아가고 싶었다. 하지만 평민보다 낮은 신분으로는 불가능했다. 어쩌면 이렇게 떠돌다 삶이 정리될지도 몰랐다. 나는 크게 매여 있지 않을 뿐, 내 목숨과 어머니, 그리고 몇몇 사람들이 별 탈 없이 살아갈 수 있기를 바라는 평범한 인간일 뿐이었다.

누군가 나를 음해하면 화가 나고, 어떤 이가 농간을 부리면 분노했으며, 내가 당연히 취해야 할 이윤을 잃게 되면 절망했다. 그래도 삶은 이어가야 했기에 바다로 나왔던 것이다. 초량 왜관 일본 상인들의 농간에 우리는 제대로 항의 한번 하지 못하는 미약한 민족이었다. 그 역시 운명처럼 받아들였기에 큰 소란 한번 피우지 못하고 여기까지 흘러왔는데…….

세상은 소수 강한 자들만의 논리로 흘러가고 있었다. 늘 그래왔다. 남인이건 소론파 같은 집단들도 내겐 중요하지 않았다. 그저 가진 것 없는 백성이 등 따뜻하게 평생을 살아갈 수 있기만을 바랄 뿐이었다. 그런데 민족이 바로 서지 못하면 그마저도 불가능하다는 걸 나는 지금 깨닫고 있었다. 내 것을 내 것이라 말하지 못한다면, 결국엔 나의 것을 모두 남에게 빼앗기고 만다는 사실을, 일본인 선장이 대신 말해주고 있었다. 민족을 지키지 못하면, 민족의 땅을 민족의 땅이라 말하지 못하면, 결국 잡초처럼 흔한 우리 평민들의 삶도 우리의 것이 되지 못할 수도 있었다.

나의 나라는 내게 한마디 위로의 말도 건네주지 못했다. 그럼에도 나라는 내게 내가 가진 걸 잃지 말라고 말하고 있었다. 나랏일을 하는 사람들조차 내가 잃은 것들에 대해, 우리가 들어가지 못하는 우리의 땅에 대해 의견이 분분한데 내가 무엇을 할 수 있단 말인가.

한눈에 훤히 보이는 작은 섬이지만 독도는 조선의 땅이며, 내가 어머니를 애틋하게 생각하듯, 그래서 어머니를 늘 마음에 두고 삶을 살아왔듯, 독도 역시 조선에게는 애틋한 자식일 터였다. 자식에게 바라는 바 없지만 무한정 사랑을 쏟아 붓는 게 어미의 도리이듯, 나 역시 나의 애틋함으로 독도를 우리의 섬이라고 끝까지 말해야 하는 게 아닐까?

지금은 목숨조차 부지하기 힘든 상황이니 부질없는 생각이었다. 그럼에도 울릉도나 독도가 내게 어떤 이문도 안겨주지 않겠지만, 나아가 조선 역시 내게 어떤 미래의 약속도 해주지 않겠지만 내게 이 섬은 나의 피와 같다는 걸 일본인들에게 말해주고 싶었다.

배는 바람을 타고 남쪽으로 달려갔다. 바람이 불어와 돛 펼치는 소리를 들었고, 아직 어둔이 살아 있다는 숨소리를 들었으며, 일본인들의 난삽한 웃음소리도 들었다. 기절했지만 기분 나쁘게도 내 정신은 살아 모든 상황을 듣고 인식하고 있었다.

4

1693년 4월 20일 신시(申時).

독도를 출발한 지 이틀하고 반나절이 지났다. 다행히 풍랑은
만나지 않았고 배는 오키섬까지 큰 부침 없이 도착했다. 쓰시
마에는 상단의 물건을 배에 싣고 몇 차례 드나든 일이 있어 익
숙했지만 오키섬은 처음이었다. 안쪽으로 휘어진 끝에 포구가
자리 잡고 있었고, 해안선을 따라 길게 이어진 가옥들이 드러
났다. 포구 안쪽으로 크고 작은 나루터에 배들이 정박해 있었
다. 쓰시마섬과 다를 바 없는 풍경이었다. 조선과의 무역이 직
접적으로 이루어지지 않는 곳이라 그런지 쓰시마보다는 그 규
모가 작은 듯했다.

　일본인들이 나와 어둔을 일으켜 세웠다. 어둔의 얼굴에 붓
기가 사라진 대신 시퍼렇게 멍은 든 자국이 남았다. 배에서 내
리는 순간 뒤를 돌아다보았다. 뒤가 휑했다. 업동은 이제 없었
다. 나라의 힘도 미약하고 나의 힘도 미약해 업동의 죽음을 막
을 수 없었다는 사실이 몸서리칠 정도로 슬펐다.

　'쿠로베에, 쿠로베에…….'

나는 어찌하겠다는 구체적인 계획도 없이 그 이름만 곱씹으며 굴려댔다. 어느새 나와 어둔은 뭍에 내려섰다. 포구 주변에서 생선을 팔거나 농산물을 파는 가게들이 널려 있었다. 어부들이 배를 오가며 분주하게 움직이는 모습, 아이들이 골목을 뛰어다니는 모습 등을 보았다. 다른 나라의 바다에서 불법 조업을 했다는 어이없는 이유로 납치되어온 것이지만, 이곳도 사람들이 사는 곳이라는 사실을 새삼 깨달았다. 그들은 한결같이 작은 키였다. 아이들도 작았다. 쿠로베에와 그를 따르는 측근들은 나보다 키나 덩치가 작았지만 이곳에서는 큰 키였다. 쿠로베에가 앞장서서 걷다가 걸음을 멈추었다. 그는 잠깐 내게 눈길을 주었다가 거두었다.

"행님, 우리 이제 어떻게 되는 거요?"

그건 나도 알 수 없었다. 조선이라면 일본 어부들이 폭풍을 피해 우리 포구로 피항을 하거나 배가 난파되어 표류하게 되면 선물을 안겨 돌려보내곤 했고, 관아에서도 역시나 그렇게 상황을 마무리하곤 했다. 하지만 그건 어디까지나 남해 쪽 포구들의 관습이었다.

"차인 어른이 아실랑가? 아시믄 우릴 좀 도와주지 않으까?"

부질없는 바람이었다. 조선은 물론이고 초량 사람들 역시 우릴 구하러 오지 않을 터였다. 이미 잊혀진 우리 가문에서도 나 따위는 염두에 두고 있지 않았다. 아니 누가 누구를 염려할 수 있는 상황이 아니었다. 목숨 부지한 채 조용히 숨죽이며 살아갈 수 있는 것만으로도 감지덕지라고 했다. 어머니나 깊은 시름에 잠겨 있겠지.

"그래도 땅 냄새 맡은 게 맘은 좀 편헌디⋯⋯. 우리 사금인 앞으로 어찌살꼬?"

어둔이 잠깐 훌쩍거렸다. 나는 애써 어둔의 얼굴을 외면했다. 쿠로베에의 뒤를 따르며 내가 누구인지, 가야할 곳은 어디이며, 무엇을 위해 목숨을 부지해야 하는지에 대해 끝없이 되묻기만 했다. 질문도 이상했기에 답을 찾을 수가 없었다. 나는 조선인이고 내가 가야할 곳은 나의 어머니가 있는 부산 좌자천이었다. 질문 자체가 이상했지만 나는 끝없이 나에 대해 물었다. 하지만 이틀 동안 나는 내 근본에 대해 찾지 못했다. 지금의 나는 그저 모든 걸 잃은 어부에 지나지 않았다.

오키섬의 후쿠우라 포구는 활처럼 생긴 모양새였다. 배가 정박하기 좋았고 포구 양편으로 산들이 자리를 잡고 있어서 바람까지 막아주는 천혜의 포구였다. 오키에는 봄이 만연했다. 꽃들도 사람들도 활기가 넘쳐보였다. 약간 습한 기운이 아니라면 초량과 비슷한 분위기라 할만 했다. 일본의 섬이 아니고, 납치된 게 아니라면 제법 흥 나는 여행길이 될 수도 있으련만. 나나 어둔의 내일은 누구도 장담할 수가 없었다.

일본 어부들은 나와 어둔의 등을 밀었다. 그들에게 밀리고 끌려가며 앞바다를 살펴보니 여러 작은 섬들이 해협에 모여 있는 게 꼭 우리의 남해와 비슷한 풍경이었다. 다만 습도가 다르고 초량 왜관보다도 규모가 작고 한적해 보였다. 평화롭고 고즈넉하며 일면 지루하기도 한 풍경이었다.

'사람 사는 곳이니 별반 다를 게 없겠지만…….'

한 떼의 아이들이 우르르 바닷가 쪽으로 뛰어갔다. 나와 어둔은 오키섬의 중심으로 점점 더 깊이 끌려갔다.

"행님, 초량보다는 좀 초라하네요."

오키섬은 초량에서 귀동냥으로 들었던 그런 섬이 아니었다. 우리의 문화를 받아들여 새로운 시대를 열었으니 우리보다 앞선 문화를 가지고 있을 거라 생각했는데, 오키섬은 바다로 뻗어나갈 수 있는 섬임에도 크게 화려한 모양새는 하고 있지 않았다. 오키섬에 비하면 오히려 초량이 화려한 세상이었다.

나와 어둔은 포박당한 채 번잡한 포구의 길을 걸어갔다. 포구에 우리가 나타나자 삽시간에 일본인들이 자취를 감추었다. 호기심 많은 아이들 몇몇만 건물이나 창고 같은 곳에서 고개를 내밀고 우리를 구경했다. 짐승처럼 끌려가는 모양새라 더없이 큰 굴욕감을 느꼈다. 죄를 짓지 않은 죄인으로 납치되어 후쿠우라 항까지 오게 되다니. 산다는 게 늘 느닷없이 벌어지는 우연한 일들의 연속이라지만 이런 우연은 짐작해본 적도 없었다. 두어 달 남짓 해산물을 마련해 부산으로 돌아가 다음날을 기약하면 될 운명이 어쩌자고 일본까지 나를 밀어버린 것인가 싶었다.

섬 안쪽으로 깊이 들어가자 곁가지처럼 늘어진 골목길들이 눈에 들어왔다. 그중 빛이 닿지 않는 길고 어두운 골목 안쪽에서 몸을 숨기고 있는 후줄근한 차림의 사람들이 보였다. 눈빛이 탁하고 축 처진 어깨를 가진 사람들. 누가 보건말건 마른 젖을 꺼내놓고 아이에게 젖을 물리고 있는 여인, 허리가 절반이 꺾인 노파, 까맣게 그을린 아이들, 벽에 마른 등을 기댄 채 담배를 빨고 있는 남자들. 몇몇 골목에서는 우리를 향해 까만 손을 내미는 축들도 있었다. 조선의 어두운 뒷골목과 하나 다르지 않았다.

"자신 행님하고 다른 사람들은 부산으로 갔겠지요?"

그러길 바랐다.

"그럼 차인 어른한테 뭔 말이라도 들어갔을 긴데."

"어둔아, 괜한 바람 갖지 마라. 차인 어른도 어쩔 수 없는 일이여. 우리가 불법으로 와버려서 어쩔 수가 없다고."

어둔은 가만히 고개를 주억거렸다. 멍들지 않은 눈이 살짝 보였는데 눈가에 눈물이 맺혀 있다가 떨어졌다.

고작 서른 몇 해 살았지만 체념은 빠를수록 좋다는 걸 배웠다. 우리에게 희망은 돈에 있었다. 돈이 없다면 희망도 없었다. 버려지고 잊혀졌으며 숨소리조차 제대로 내지 못하고 살아가야 하는 역적 가문의 사람들은 더더욱 그랬다. 내가 함부로 부부의 연을 맺지 못하는 것도 그런 연유가 강했다. 그래서 나뭇잎에 지나지 않은 배를 탔고, 시도 때도 없이 범이 출몰하는 산을 드나들며 한세상 밥이라도 따뜻하게 먹을 수 있기를 바랐는데……. 발에 밟히는 흙이 축축했다. 내륙과 연한 부산과 달리 사방이 바다라 그런지 바다의 습기가 땅에도 배어 있었다.

쿠로베에가 가끔 뒤를 살폈다. 그의 눈매가 매의 눈처럼 매서웠다. 간혹 거리의 아이들이 돌을 던지거나 침을 뱉었다. 핏자국이 묻은 얼굴로 다 헤진 적삼을 입고 있는 우리는 거지나 다를 바 없는 몰골이었다.

"바카야로!"

아이들을 물리친 건 의외로 쿠로베에였다. 아이들이 그의 고함 소리에 놀라 삽시간에 흩어졌다. 문득 그의 저의가 무엇인지 가늠이 되지 않았다.

어물전의 마지막 가게를 지나고 조금 날카롭고 경사가 급한 지붕의 건물들이 나타나면서 주택가가 보였다. 눈여겨보니 우리네의 건물들과 비슷한 면모들도 보였다. 우리에게서 건너온 문화이고 양식이니 닮아 있을 수밖에 없었을 것이다. 길과 골목은 우리를 구경하는 사람들로 붐볐다. 쿠로베에가 돌아왔다는 사실을 섬 사람들이 모두 알고 있는 듯했다.

일본인들이 우리를 끌고 들어간 곳은 의외의 장소였다. 오키 군청의 번소. 사람들이 쉬거나 묵는 장소였다. 이건 나의 예상과는 달랐다. 어둔과 내가 끌려간다면 쿠로베에가 몸담고 있는 상인의 숙소로 갈 거라 믿었기 때문이었다.

"행님, 여가 어디요?"

"우리말로 치면 관아여."

"우리를 와 이리로 데려온 거죠?"

나도 의문이었지만 쿠로베에의 뜻을 충분히 헤아릴 수 있을 것 같았다. 그는 사사로운 앙갚음을 하고자 하는 게 아니라 관을 통해 조선에 궁극적으로 항의를 하겠다는 뜻 같았다. 울릉도와 독도를 영원히 자신들의 섬으로 삼겠다는 욕심이라는 걸 알 것 같았다. 그런 연유 때문에 나와 어둔이 살아서 오키섬까지 올 수 있었던 것이라는 짐작도 갔다.

잠시 후 일본인이 번소로 들어오더니 다시 우리를 어두운 창고로 끌고 갔다. 창고의 모양새 역시 조선과 별반 다르지 않았다. 문을 열고 들어서니 한쪽 벽면에 농기구들이 가지런히 놓여 있었다. 창고인 듯한데 제법 넓었다. 그곳에 또 다른 일인들 셋이 우리를 기다리고 있었다. 그들은 이가 돌출된 쥐의 인상이었으며 키가 작고 다부진 체격이었다. 일본 전통의 원주민이라는 걸 알 수 있었다.

"옷을 벗어라!"

일본인 중 한 명이 느닷없이 나와 어둔을 가리키며 옷을 벗으라고 말했다.

"왜 옷을 벗으라는 거냐?"

우리에게 명령했던 일본인이 나의 일본말을 듣고 적잖이 놀란 눈치였다.

"혹시 우리 사람이냐?"

문가에서 서성이던 일본인이 나를 보고 물었다.

"조선 사람이다."

그러자 내게 처음 명령을 했던 일본인이 헛기침을 한 차례 내뱉은 후 말했다.

"조센징은 옷을 벗는다, 입국절차다."

어머니 앞에서도 옷을 벗어본 적이 없었다. 나는 상놈이나 다름없는 신분이었지만 옷을 벗는 건 나 자신 스스로를 천박하게 만드는 행위라 여겼다. 딱히 누군가에게 배운 적도 없고 특별한 가르침을 받은 것도 아니었지만, 더더욱 일본인 앞에서 옷을 벗을 수는 없었다. 아무리 더워도 남 앞에서 함부로 옷을 벗지 않는 게 조선인의 예의였다.

"조선 사람은 함부로 옷을 벗지 않는다."

어둔은 내 곁에 서서 일본인과 나를 번갈아 보느라 정신이 없었다. 이번엔 뒤에 멀찌감치 서 있던 일본인이 앞으로 나섰다. 이들 중 우두머리인 듯했다.

"옷을 벗어라. 이건 우리나라에 들어오는 모든 외국인들이 치르는 절차다."

"너희들이 나가면 벗겠다."

나를 달래듯 입을 열었던 일본인이 고개를 젓자, 나머지 두 일본인이 몽둥이를 들고 달려들었다.

"조센징 새끼가 벗으라면 벗을 것이지, 무슨 말이 그렇게 많냐?"

한 일본인의 몽둥이를 손으로 잡았다. 누군가에게 맞고 누군가를 제압하는 일에는 이골이 나 있었다. 키 작은 일본인 셋쯤이면 간단하게 때려눕힐 수도 있었다. 힘이 부족하면 기백으로라도 무릎을 꿇게 만들 수 있었다.

어머니가 나에 대해 늘 염려했던 건 남들보다 큰 덩치나 키가 아니었다. 상대를 제압하는 나의 기백이었다. 그건 가문의 피였다. 수백 년의 시간을 지닌 가문의 슬픔에서 비롯된 기백이었다. 금성대군과 손잡은 가문이었기에 역적으로 몰려 거의 멸문지화 당했다는 말을 들었다. 씨족을 멸하는 관군과 철기군의 칼 아래 가문 사람들이 흘린 피가 십 리 길을 넘었다고 했다. 100년의 세월이 지났지만 내 몸에 흐르는 그 슬픔의 피는 여전히 남아 있었다.

'잊지 말아라, 평생을 숨어 살아야 한다.'

어머니는 입이 닳도록 말했다. 그래도 나의 피에 밴 가문의 기백은 어쩌지 못했다. 어머니가 염려했던 건 바로 그 기백이었다. 목에 칼이 들어와도 바른 소리를 해야 하는 그 기백. 나도 잊으려 했고 감추려 했지만 감춰지지 않았다. 100년의 세월이 지났으니 이젠 조선이 우리 가문을 용서할 때도 되지 않았는가.

나는 몽둥이를 하늘 높이 쳐든 일본인 앞으로 바짝 다가들었다.

"바카야로, 이 조센징 새끼가 감히!"

하지만 이곳은 일본인의 소굴이었다. 더군다나 지금 내 곁에는 가족과 다름없는 어둔이 부들부들 떨며 서 있었다. 어찌 두렵지 않겠는가. 나 역시 두려움에 심장이 얼어붙는 느낌이었다. 나는 몽둥이를 잡았던 손에 힘을 풀었다. 상대를 노려보았던 눈도 내리깔았다. 잠깐 주눅이 들었던 일본인이 기다렸다는 듯 몽둥이질을 해댔다.

"행님, 이놈들이 와 때리는데?"

나는 어찌된 일인지 그들의 몽둥이질이 고통스럽지 않았다.

"일마들 뭐라카는데?"

어둔은 금방이라도 울음을 터트릴 듯했다. 일본인들은 닥치는 대로 몽둥이를 휘둘렀다. 걸핏하면 매질이었다. 그럼에도 나는 이 매질이 아프지 않았다. 업동을 잃은 슬픔이 커서였을까, 자신의 백성이 자신의 섬과 바다에서 고기를 잡는데도 지켜주지 못한 나라에 대한 원망이 커서였을까, 나라로부터 버려져 수백 년을 몸뚱이 하나로 비빌 언덕 없이 살아내야만 했던 우리 가문의 얄팍한 삶이 서러워서였을까. 나는 일본인의 몽둥이질을 막지 않았다. 그 와중에도 배로 떠났을 동지들이 떠올랐다. 자신 형님이나 가동, 담사리 등은 무사히 부산으로 돌아갔을까? 머리가 터져 관자놀이를 타고 피가 흐른 후에야 일본인들의 매질이 멈췄다. 잠시 가라앉았던 어둔의 눈도 퉁퉁 부어 엉망이었다.

"*조센징, 옷 벗어라!*"

몽둥이를 내던진 사내가 말했다. 어둔은 그제야 눈치로 일본인들의 말을 알아듣고 벗을 것도 없는 옷을 하나둘 벗었다.

5

1693년 4월 21일 술시(戌時).

감색의 유카타를 입었다. 낡고 헤진 옷이었지만 감물을 들인
옷이라 괜히 정이 갔다. 옷을 갈아입자 일본인들은 우리를 끌
고 번소에서 벗어나 군청의 입구 왼편에 있는 심사대 앞으로
데려갔다. 군청은 오키섬의 관할 관리소답게 사람들로 제법 붐
볐다. 쉴 새 없이 사람들이 드나들었다. 그중 내 눈길을 유독
끄는 사람들은 외국인들이었다. 그들은 일본인이나 우리 조선
인들이 입고 다니는 옷과 그 생김새가 달랐고 색감도 화려했
다. 머리에 쓰고 있는 모자 역시 특이한 분위기를 만들어냈다.

　일본의 포졸들이 나와 어둔을 심사대 앞 나무 의자에 앉혔
다. 심사대에는 오동나무로 만들었을 법한 탁자가 중앙에 놓여
있었고, 탁자 앞에 관리인 듯 갓을 쓴 일본인이 앉아 있었다.
그의 모자는 의금부 관리들이 쓰는 모자와 비슷했다. 힘이 없
고 깃이 없는 형태였지만 관리의 모습은 조선과 일본이 많이
닮아 있다는 걸 보여주었다. 그가 멍이 들고 찢어진 내 얼굴을
힐끔 쳐다보았다.

"우리말을 할 줄 안다고? 이름, 나이, 직업, 사는 곳을 말해라."

나는 그를 쳐다보았다. 뱃일을 하는 어부들과 달리 그의 얼굴은 하얬다. 가늘게 콧수염을 기르고 있었고 눈이 가늘었지만 눈매가 나쁘지 않았다. 그렇다고 그에게서 위안의 말을 들을 생각은 없었다. 그 역시 일본인이었으니.

"이름은 안용복이오. 나이는 서른아홉, 직업은 상인이고, 부산 초량 왜관 부근에 살고 있소."

관리는 내 말을 받아 적는 동안 잠깐씩 글 적기를 멈추었다. 나는 어둔에 대해서도 대신 말해주었다. 모두 말하자 일본인 관리는 나를 빤히 쳐다보았다.

"여기는 왜 온 것인가?"

관리의 말에 불뚝 화가 치밀어 올랐다. 나도 모르게 무릎 위에 올려놓은 주먹에 힘이 들어갔다. 어둔은 그저 나와 관리를 힐끔거리기만 했다. 그의 눈은 불안으로 가득했다. 나 역시 긴장이 되고 불안했다. 옳고 그름의 문제가 아니었다. 지금은 살아남아야만 했다. 하지만 울릉도와 독도에 천혜가 가득하다 해도 가서는 안 되는 곳이었다. 일본의 약탈이 무서워서가 아니라 지금 조선의 힘으로는 울릉도와 독도까지 국력이 미치지 못했다. 도해금지령은 그러니까 조선의 백성을 지키기 위한 고육책인 셈이었다.

설령 어둔과 내가 일본 어부들에게 납치되었다는 사실을 신

고한다고 해도 오키섬에서나 쓰시마섬 또는 초량 왜관에서 모르는 일이라고 잡아떼면 없었던 일이 되고 말 터였다. 업동의 억울한 죽음은 말할 수도 없었고, 어둔이나 나는 앞으로 나가지도 뒤로 물러나지도 못할 형국에 놓여 있었다. 그럼에도 이 부당함에 치를 떨었고 우리 조선은 물론 일본 역시 원망스러웠다. 무엇이 이토록 일본인들로 하여금 조선을 경멸하게 만들었으며, 우리 조선 또한 일본을 천대하게 되었는지 그 뿌리가 궁금했다.

"여기에 왜 왔느냐고 물었다."

내가 입을 다물고 있자 관리가 재차 질문을 했다.

"내 의지로 이곳에 온 게 아니다. 너희들이 끌고 온 거지."

"끌고 오다니?"

"너희 어부들이 내 동료 한 명을 죽이고, 나와 내 다른 동료를 납치해온 거란 말이다."

관리는 들었던 붓을 조용히 내려놓고 나와 어둔을 번갈아 보았다.

"우리 어부들은 불법을 저지르지 않는다. 만약 우리 어부들이 너희들을 끌고 왔다면, 우리 바다에서 불법으로 고기를 잡았을 공산이 클 텐데……."

관리의 말이 채 끝나기도 전에 나는 의자를 뒤로 밀치며 벌떡 일어났다. 어둔도 놀라고 관리도 놀랐으며 우리를 지켜보던 일본의 병사들도 놀랐다. 병사들이 허리춤의 칼 손잡이에 손을 엎으며 나를 노려보았다. 가슴속에 회오리가 일었다. 용광로 속의 붉은 쇳물처럼 화가 끓어올랐다.

"울릉도 앞바다가! 독도 앞바다가! 어째서 너희들 바다냔 말이다!"

이렇게 분노를 터트릴 일은 아니었다. 업동의 발아래 떨어지던 상투가 떠올랐고, 바다에 던져지는 그의 몸이 문득 기억난 때문인지도 몰랐다. 바닥을 돌돌 구르던 상투가 잊혀지지 않았다. 그게 마치 업동의 머리이기도 한 양 느껴져 몸서리가 쳐졌다.

"독도와 울릉도는 조선의 것이란 말이다!"

나는 독도와 울릉도가 나의 것이라 말하지 않았다. 조선의 것이라 말했다. 우리를 끌고 왔던 어부가 몽둥이로 나의 등짝을 사정없이 후려쳤다. 진실 아닌 것을 진실이라 꾸미려면 언제나 폭력이 필요하다는 걸 그들은 여실히 보여주었다. 나는 한 차례 더 울릉도와 독도가 우리의 섬이며, 그 섬의 바다는 조선의 바다라고 소리를 질렀다. 일본인의 매는 가리지 않고 사방에서 쏟아졌다.

조선의 남자

1

1693년 4월 23일 진시(辰時).

나와 어둔은 후쿠우라 항에서 짐짝처럼 배에 실려 일본 내륙
으로 향했다. 울산에서 배를 타고 출발해 독도에서 일본인들에
납치되어 이곳에 오기까지 한 달여의 시간이 흐른 듯했다. 고
작해야 하루 정도 흐른 듯한데, 차갑던 바람은 따뜻한 바람으
로 바뀌어 있었고 짧았던 해가 길어져 있었다. 지금까지 살아
온 것보다 독도에서 이곳까지 흐른 시간이 더 긴 듯하면서도
지나버린 시간은 짧은 것처럼 여겨지는 이상한 기분이었다.

후쿠우라 항에서 요나고까지는 꼬박 하루 반나절이 걸렸다.
그 긴 시간 동안 어둔과 나는 결박당한 채 갑판에 짐처럼 버려
져 있었다. 일본인들이 갑판을 오가며 우리에게 침을 뱉거나
훈도시를 입은 어부들은 대놓고 오줌을 갈기기도 했다. 끼니는
물론 물도 주지 않았고 걸핏하면 발길질을 했다. 나는 견딜 수
없는 모멸감에 사로잡혔지만 울거나 소리를 지를 수 없었다.
개중에는 측은한 눈길로 우리를 훔쳐보는 어린 어부도 있었다.

"행님, 내가 살아남으믄 절마들 요절을 낼 기라요."

이제 어둔도 제법 정신을 차린 듯했다.

"그나저나 시금이는 보고 죽어야 하는디······."

어둔은 말끝을 흐렸다.

"걱정하지 말그라."

"행님도 참, 어찌 걱정이 안돼요. 이래 가다가 지 놈들 맘에 안 든다고 바다에 던졌삐리면 누가 알기나 하겠소?"

"그래서 걱정하지 말라고 하는 기다. 우릴 죽일 거였으면 진 즉 죽였을 거다. 우리 바다에 들어와 노략질해대는 왜구들이 아닌 게 다행이다. 그놈들이었다면 진즉 우릴 죽였겠지."

"그람 희망이 있는교?"

"장담할 수는 없지만 우릴 상급 관아로 끌고 가는 거 같은 데, 그런 거라면 살아날 가능성이 크제."

"그라요? 그럼 난 행님만 믿소. 내일 죽더라도 시금이 얼굴 은 함 보고, 부탁할 말도 좀 남기고, 엄니한테도······."

어둔의 말끝에 엄니라는 단어가 나오자 나 역시 어머니 얼굴이 떠올랐다. 작고 여린 몸 어디에 눈물 한 방울 흐르지 않는 강단이 숨어 있나 싶을 정도로 어머니는 강했다. 내겐 시퍼렇게 살아 있는 기백을 죽이라 하면서도 어머니는 강한 마음 한 번 꺾는 걸 보지 못했다. 차라리 굶었으면 굶었지 관의 구휼미를 받지 않았고, 포졸들이나 선비들이 지날 땐 그들과는 아무런 연관이 없음에도 눈매가 싸늘하게 변하던 어머니였다. 가문에 대해 물어도, 아버지에 대해 물어도 답하지 않았고, 그저 바보처럼 살라고만 하셨다. 지금 어머니는 어찌 지내고 있는가.

나는 조선 쪽이라 짐작되는 곳으로 고개를 돌렸다. 눈물이
흐르진 않았다.

"행님, 뭍이 보이요."

오키섬을 떠나 요나고의 미호노세키 항에 도착할 때까지 하
루 반나절의 시간이 흘렀지만 그 시간은 결코 짧지 않았다. 일
본 내륙의 땅이 보이기 시작하자 내가 살아온 삶이 그리 길지
않았다는 사실도 깨달았다.

내게 출신성분은 중요하지 않았다. 논도 없고 밭도 없는 처
지였지만 몸은 튼튼하게 태어나서 노동일에는 무리가 없었다.
비록 한양 양반의 외거노비*였지만, 초량 왜관 개성상단의 동
래 지역 책임자인 차인 어른을 만나면서 나는 외거노비의 신
분에서 자유로워질 수 있었다. 한동안 수군의 배에서 노를 젓
는 능로군으로 일하다가 그를 만나 전국을 떠도는 장돌뱅이로
살아갈 수 있었다. 초량 왜관을 드나들며 일본말을 막힘없이
할 수 있을 정도로 익히게 된 것도 차인 어른의 배려였다. 이렇

● 노비는 소유주에 따라 공노비와 사노비로 크게 구분되는데, 이들은 다시 각각 소유주와 함께 사
   는 솔거노비(率居奴婢)와 그렇지 않은 외거노비로 나뉜다. 사노비 가운데 외거노비는 주인과 따
   로 살면서 농업에 종사하고 일정한 신공(身貢)을 바쳤다. 이들은 주인의 토지뿐 아니라 다른 사
   람의 토지도 경작할 수 있어서, 신분적으로는 주인에게 예속되었으나 경제적으로는 양인 농민
   인 백정(白丁)과 비슷했다. 이들은 주인집에 함께 살면서 농사와 집안의 잡일에 혹사당하던 솔
   거노비보다는 사회경제적 처지가 나아, 이들 중 일부는 토지와 가옥, 심지어 노비까지 소유했
   다. 그러나 이들 역시 부단히 노비 신분에서 해방되려 했다(출처: 다음 백과).

게 바람처럼, 때론 물처럼 흘러가며 살아온 덕에 가슴에 차곡
차곡 쌓여왔던 울분이 그마나 식었는데, 그 울분이 다시금 가
슴 속에서 덩어리 지어 단숨에 일어서는 기분이 들었다.

'일본말을 배워라. 훗날 요긴하게 써 먹을 날이 올 게다.'

그건 오늘을 염려했던 예언인지도 몰랐다. 거의 강압적으로
개설된 부산의 초량 왜관을 드나들며 나는 비로소 나 자신에
대해 인식할 수 있었다. 동해와 서해, 남해를 돌고 산짐승들과
세상의 모든 나무들이 자라고 있는 산을 타며 조선을 배워 나
갔다. 마을과 마을 사이에 흐르는 개울에는 이유가 있었고, 산
과 산을 나누며 흐르는 강물에는 마땅한 인과 관계가 존재했
다. 그럼에도 조선은 마치 몇몇의 나라처럼 여겨졌다. 조선은
백성들의 것이었는데 백성의 자리는 너무 희미해서 보이지 않
았다.

나의 짐 속에 담기지 않은 물건은 없었다. 깊은 산 속의 짐승
뼈를 나르기도 했고, 청에서 수입한 책과 약들을 실어 나르기
도 했다. 어느 날부터 일본인들이 삼을 원했다. 천제의 점지가
있어야만 얻을 수 있다는 삼을 원했다. 게다가 삼 시장은 굉장
히 큰 시장이었고 대부분을 일본인들이 수입해갔다. 조선으로
서는 큰 수출품이었다. 그래서 전국의 심마니들을 만나러 다녔
고, 이번에 거둬온 삼만 수백 근에 이르렀다. 그 삼을 쓰시마에
서 온 오다의 농간에 넘어가 헐값에 넘기고 말았다. 차인 어른
조차 부당함을 알면서도 어쩌지 못하는 존재였다. 억울하지만

훗날을 약속하자는 게 어른의 말이었다. 하지만 이런 훗날을 기대하지는 않았다. 그리고 인간에게 미래 같은 건 미혹일 뿐, 믿을 수 없는 시간들이었다.

내 나이 이제 내년이면 불혹의 나이에 접어든다. 선현들은 어떤 유혹에도 넘어가지 않을 나이라고들 말했다. 하지만 유혹조차 사치인 세상을 살아왔다. 나와 같은 외거노비 출신의 천민들 삶에 불혹이라는 용어조차 사치였다. 문득 선화가 떠올랐다.

선화는 삼의 씨를 내려 보겠다고 여수의 영취산 산속에서 조용히 삼을 기르고 있었다. 대역죄인의 딸로 버려져 겨우겨우 목숨을 건진 여동생 같은 아이였다. 선화와 내 처지가 다르지 않았다. 죽는 순간까지 역적의 딸이라는 오명에서 벗어날 수 없는 나라에서 우리는 살았다. 들키는 날에는 죽을 각오를 하고 심마니인 제갈성의 어인마니로 보냈고, 멸문지화의 참혹함 속에서 생명을 건진 후 어인마니로 소소한 행복만을 간직한 채 살아가는 여인이 되었다. 산과 하늘, 그리고 얼마 전 낳은 아이와 자신의 남자에게 의지해 한 평생 살겠다고 다짐했을 터. 그녀는 아이와 제갈성과 함께 삼씨를 내려 어렵지 않게 삼을 재배해 보겠다고 전해왔다. 오랜 시간이 지난 후에야 누구도 모르게 내가 선화를 거둔 건 가문의 내력에 대한 원망과 증오 때문이라는 걸 깨달았다.

선화에게서 나의 내력을 보았고, 시대가 바뀌지 않는 한 꺾일 수밖에 없는 신분의 벽을 보았다. 속이 깊어 집안이 어찌 풍비박산이 났는지는 말하지 않았다. 아버지에 대해서도, 어머니에 대해서도 전혀 입 밖으로 내지 않았다. 누군가에게라도 말해야 그 슬픔이 조금이나마 옅어질 거라는 걸 알면서도 선화는 자신의 내력에 대해 말하지 않았다. 그리고 나는 선화의 마음이 짐작이 가고도 남았다. 나 역시 그렇게 살아왔으니까.

포구에서 먼 바다에는 대형 상선들과 군선이 떠서 출렁거렸다. 일본의 내륙 중심부로 들어갈 수 있는 길목이라 그런지 항구도 제법 컸다. 나는 그것들을 둘러보았다. 훗날 성장하면, 대형 상선 하나 마련해 세상을 누비며 살 수 있다면 그 이상의 바람은 없을 것 같았다.

사는 세상이 넓어지고 만나는 사람들이 많아졌고, 장사를 위해 돌아다니는 길이 확장되면서 정신없이 바쁘긴 했지만 대신 미련은 옅어졌다. 그저 주어진 대로, 흘러가는 대로 큰 욕심 부리지 않고 살아가는 게 우리의 삶이었다. 별다른 욕심을 부리지 않기에도 모자란 인생이었다. 그저 밥 세끼에 만족하고, 무탈하게 큰 병 없이 오래 살지도 않으며, 어느 순간 적당한 때에 삶을 마감하면 되는 인생이었다.

삶은 다양했고, 역동적이었으며, 때론 괴팍하기도 하다는 걸 알게 되었다. 무엇보다 내가 순흥 안씨이며 조선 사람이라는 굴레에서 벗어날 수 있게 된 건 스스로도 놀라운 일이었다. 그래서 요즘에는 조선의 땅과 조선의 바다, 그리고 조선의 사람

들이 내게 어떤 의미인지 헤아리지 않았다. 자각한다 한들 내
겐 아무런 의미가 없었다.

어둔은 입을 벌린 채 포구를 둘러보았다. 슬픔이나 불행 같
은 것들은 잊어버린 눈빛이었다.

"행님, 여기 어디요?"

"요나고 항구인 거 같어."

"행님은 어찌 모르는 게 없소."

일본의 말을 익히고 배우며 일본의 땅에 대해서도 공부했
다. 동쪽의 어디쯤에 쓰시마섬과는 비교가 안 되는 큰 도시가
있으며, 서쪽이나 남쪽 어디쯤에는 사병을 거느린 군주들이 군
림하고 있다. 여러 군주들 중에 에도 막부의 5대 쇼군인 도쿠
가와 쓰나요시(德川綱吉)가 가장 막강한 인물이라는 것과 습한
나라라 방바닥에는 다다미를 쓰고, 옷은 통풍이 좋은 옷을 입
으며, 여전히 지방 군주나 호족들이 각자 사병을 거느리고 있
는 나라라는 정도도 알고 있었다. 그 모든 지식을 습득할 수 있
었던 건 차인 어른 덕분이었다. 나를 개성상단 부산 동래 지역
의 운송부장으로 자리를 매겨주었는데, 어쩌면 나의 내력까지
짐작하고 그런 배려를 해주었던 것인지도 몰랐다.

"행님, 우리 고향에 돌아갈 수는 있겠지?"

"가야제."

항구에 도착하자 우린 결박당한 채 배에서 끌려 내려갔다.
뭍에 발을 디뎠을 때 눈앞에 제법 화려한 비단 옷을 걸친 일본

인이 나타났다. 그의 곁에 나와 어둔을 납치해오고 업동을 바다로 보낸 쿠로베에가 서 있었다.

"네놈들이 불법으로 고기를 잡았다는 조선 어부들이냐?"

그는 손에 부채를 쥔 채 말했다.

"우리 바다에서 고기잡이를 한 게 왜 불법이란 말이냐?"

나는 일본의 말로 분명하고 정확하게 전달했다. 그러자 우리를 대면하고 있던 사내 곁의 사무라이가 칼집으로 나의 어깨를 내려쳤다.

"너희 바다라……."

후에야 알았지만 그가 바로 요나고에서 가장 큰 상단을 운영하고 있는 오오야였다. 초량 왜관에서도 몇 차례 이름을 들은 일이 있었다.

"나머지는?"

오오야가 쿠로베에에게 물었다.

"쫓아갔는데 이미 먼 바다로 나가버려서 잡아오질 못했습니다."

오오야는 쿠로베에의 말을 들은 후 그들의 서해 쪽을 바라보았다. 우리에겐 동해이지만 그들에겐 서해인 바다. 끝도 없이 분쟁을 일으키고 자신들의 땅이라 주장하는 섬이 있는 바다. 그의 이마에 깊은 주름이 잡히는 게 보였다.

"어르신, 무슨 걱정이라도 있으신가요?"

"네가 조선 어부를 잡아 온 일이 잘된 일인지 잘못된 일인지

가늠이 되질 않아서다. 오다가 조선 어부 한 명이 죽었다고 했
지?"

"명이 길지 못한 거라 저희로서도 어찌할 수가 없었습니다."

오오야가 쿠로베에를 지긋이 쳐다보았다.

"영주께도 이미 소식이 들어갔으니 뵈어야 할 거다. 저것들
을 목욕시켜라!"

오오야는 누구에게랄 것도 없이 명령을 남기고 돌아섰다.
한 가지 다행이라면 이대로 내 생명이 끝날 거라는 예상이 달
라질 수도 있겠다는 점이었다. 바다에 어부 한둘쯤은 던져버렸
어도 별반 이상이 없는 시절이었다. 게다가 적국의 어부라면
말해 무엇할까. 그런데 오키까지 흘러왔고 요나고에 올 수 있
게 되었다. 아직은 운명이 내게 살아 있을 기회를 주고 있는 모
양이었다.

2

1693년 4월 27일 이른 사시(巳時).

우리는 오오야의 저택으로 끌려갔다. 그는 요나고의 큰 상인임을 짐작해주는 저택을 갖고 있었다. 너른 마당과 배롱나무가 둘러싼 연못 딸린 정원, 그리고 급한 경사의 지붕을 가진 가옥이 눈에 들어왔다. 연못에는 연잎이 떠 있었고, 석등도 여러 개가 배롱나무 사이사이에 일정한 간격을 두고 세워져 있었다. 질서는 없어 보였지만 그게 오히려 더 자연스러워 보였다.

권력을 가진 장사꾼의 집이었지만 일꾼들과 장사꾼들이 자유롭게 드나드는 눈치였다. 다만 사방에 칼을 찬 사무라이들이 더러 보였다. 외국인들도 상당수 드나들었다. 하지만 우린 여전히 손을 결박당한 채 목욕탕으로 끌려갔다.

"행님, 우리 어디로 끌려가고 있는교?"

"성주를 봐야 해서 씻어야 한단다."

"씻는다고? 참으로 벨난 놈들일세."

일인들은 우리를 목욕탕 안으로 밀어 넣었다. 목욕탕이라는 공간을 구경해보기는 처음이었다. 나무로 만든 너른 목욕통이 이색적이었다. 그곳에는 나이가 지긋해 보이는 백발의 노인이 우리를 기다리고 있었다. 노인은 훈도시 차림이어서 그의 늘어진 근육과 살들이 훤히 드러났다.

"옷을 벗어라."

노인은 조용하게 말했다.

"어둔아, 옷을 벗으란다."

"와 이놈들은 어디 옮길 때마다 옷을 벗으라 난리고?"

나는 말없이 옷을 벗었다. 반항한다고 해서 내 뜻이 관철되지 않는다는 걸 알고 있었다. 어둔도 내 눈치를 보면서 슬금슬금 옷을 벗었다. 우리는 발가벗은 채 노인의 앞에 섰다.

"무릎을 꿇어라."

조용하면서도 강한 힘이 들어간 목소리였다. 옷까지 벗었는데 무릎을 꿇을 수는 없었다. 나는 버티고 선 채 고개를 저었다. 그러자 탕 입구에서 서성이던 사내 둘이 몽둥이를 들고 득달같이 달려왔다. 우리는 기어이 무릎을 꿇고 말았다. 우리가 무릎을 꿇자 노인이 돋보기를 들고 우리에게 다가들었다. 노인은 돋보기로 귓속을 살피고 입안을 살폈다. 눈을 살피고 몸 이곳저곳을 꼼꼼하게 살폈다. 노인은 민망함도 느끼지 않는지 나와 어둔의 항문까지 살폈다.

"치아라! 드런 새끼들아! 와 똥꼬는 쑤시고 지랄이고!"

어둔이 노인의 손을 걷어내자 일인이 달려와 어둔의 엉덩이를 가격했다. 노인이 손짓을 하자 일인이 뒤로 물러났다.

"기분 나빠하지 마라. 모든 외국인이 받는 입국 검사니까."

노인이 뒤로 물러나자 일인들이 나와 어둔의 몸에 물을 뿌렸다. 씻으라는 의미였다. 상처 가득한 얼굴을 씻고 멍이 든 몸을 씻었다. 겨드랑이도 씻고 사타구니도 씻었다. 어둔은 내 눈치를 보며 따라 했다. 상처가 아물지 않은 부위에 물이 닿을 땐 쓰라렸다.

몸을 닦고 다시 옷을 입자 사람의 몰골이 나왔다. 노인은 우리를 살핀 후 고갯짓을 했다. 일본인들은 말끔해진 우리들을 어디론가 데려갔다. 인근에서 가장 높은 지붕을 가진 건물이 시야에 펼쳐졌다. 높고 뾰족하면서도 처마와 지붕이 화려했다. 요나고의 성이었다.

"우리 지금 성주를 만나러 가는 거다."

"성주를 와?"

"내도 모르지."

우리는 넓은 다다미방에서 성주가 나오기를 기다렸다. 창은 넓었고 바닥에는 다다미가 깔려 있었다. 방의 꾸밈은 아기자기했으며 특이하게도 방마다 붉은 기운이 맴돌았다. 여닫이문의 창호지에는 소나무 그림이 그려져 있었고, 상석 뒤편에는 십장생을 그린 병풍이 드리워져 있었다. 상석 앞에 다탁이 앉아 있었으며, 다탁 위에는 조선의 백자가 가만히 놓여 있었다. 그다지 낯선 풍경이 아니었다. 어떤 것들은 익숙하게 보았던 풍경이었고, 한 차례도 본 적이 없는 물건들이라 해도 큰 거부감이

들지 않았다.

　나와 어둔은 관리를 따라 그가 안내하는 대로 복도를 따라 더 안쪽으로 들어갔다. 방문을 열고 안으로 들어가자 긴 탁자가 놓여 있었고, 탁자 중앙에 요나고 성의 영주인 듯한 사내가 앉아 있었다. 정수리까지 민 머리가 방안으로 들어온 햇살에 반짝거렸다. 일본식 상투인 촌마게(ちょんまげ)였다. 머리 뒤쪽으로 상투처럼 묶은 모양새도 초량 왜관에서 본 일본인들과 달리 더 길고 깔끔했다.

　"인사드려라. 요나고 성의 영주이신 아라오 슈우리 영주님이시다."

　쿠로베에가 나와 어둔을 쳐다보며 말했다. 그의 곁에 히라베에와 내게 이름을 묻던 관리와 동일한 옷을 입은 사내들 둘이 앉아 있었으며, 문밖에는 구경꾼들이 서성거렸다.

　나는 목례를 한 후 아라오 영주를 쳐다보았다.

　"너희들은 누구냐?"

　"어디에서 온 누구냐고 묻습니다."

　관리 복장을 입은 한 사내는 통역관이었던 모양이다. 나는 곧장 일본말로 대답을 했다.

　"저는 조선의 동래에 사는 안용복이라고 합니다. 그리고 이 친구는 울산에 사는 박어둔이요."

　아라오 영주는 나의 유창한 일본말에 흠칫 놀란 눈치였다.

　"우리말을 유창하게 하는군. 그래, 조선인이 일본에는 왜 온 것이냐?"

그는 알면서도 모른 척 내게 묻는 것일까? 아니면 진짜 모르는 것일까? 지금 이 시점에서는 그게 중요하지 않았다. 어둔은 나와 영주, 그리고 주변 사람들을 살피느라 분주하게 눈을 굴렸다.

"저도 그 이유를 모릅니다. 독도에서 전복과 물고기를 잡다가 끌려온 것입니다."

"뭐라? 그럼 납치를 당했다는 말이냐?"

그의 목소리에 당혹스러움이 묻어났다. 나와 어둔이 요나고까지 온 게 우리의 자의가 아니었다는 사실을 이해한 듯했다.

"납치를 당했소. 저자들이 다짜고짜 칼과 조총을 들이대어서 어쩔 수 없이 여기까지 끌려온 것입니다."

"납치라……."

영주는 쿠로베에를 빤히 쳐다보았다. 딱히 힐난을 하는 목소리는 아니었다. 그렇다고 칭찬의 말투도 아니었다.

"납치라니? 어찌 된 일인가?"

쿠로베에가 입을 가리고 헛기침을 한 후 말하기 시작했다.

"그게 그러니까……. 납치가 아닙니다. 몇 해 전부터 조선인들이 물고기를 잡으러 다케시마를 침범하는 바람에 저희가 조업을 할 수 없었습니다. 그 피해가 너무 심해서 성주님께 증거를 삼아 대책을 세우고자 데려왔습니다. 게다가 우리말을 잘하는 게 혹시 조선의 첩자들일 수도 있겠다는 생각이 들어서…… 일단 조사를 통해 조선 조정에 항의를 해야 할 듯도 싶어 데려온 것입니다."

쿠로베에의 말을 듣고 있자니 가슴 저 밑바닥에서부터 뜨거운 덩어리 하나가 밀려올라왔다.

"우리가 침범을 했다고요? 당치도 않습니다. 우리는 조선의 땅인 독도에서 고기를 잡은 것입니다. 그리고 우린 첩자 따위도 아니오."

"영주님, 보십시오. 조센징들은 저렇게 억지를 부립니다."

쿠로베에의 입가에 엷은 미소가 잡혔다. 어둔은 고개를 숙인 채 들지 못했다. 적지라고 밖에 말할 수 없는 요나고의 성에서 조선인이라고는 나와 어둔 둘 뿐이었다. 일본의 관리들과 상인들, 심지어 사무라이들까지 진을 치고 있어서 일본이 조선을 둘러싸고 있다는 묘한 기분에 사로잡히기까지 했다. 강심장의 사내라 해도 긴장하지 않을 수 없는 분위기였다.

"우리는 칸에이 2년(寬永, 인조 2년인 1625년)부터 에도 막부의 허락을 받아 다케시마에서 어로 활동을 해왔습니다. 여기 도해 허가증이 있습니다."

쿠로베에가 돌돌 말린 문서를 펼쳤다. 아라오 영주는 물론 관리들 몇이 도해허가증을 돌려가며 들여다보았다. 영주와 관리들이 고개를 끄덕거리거나 서로 수군거렸다. 나는 이 상황이 이해되질 않았다. 일본의 입장에서는 조선에 도해허가증을 받아야 하는 것이지, 일본 막부의 허가를 받는 건 타당한 일이 아니었다.

"조선의 어부들은 다들 그 섬을 독도라 부릅니다. 다케시마라는 이름은 오늘 처음 들었습니다."

"그래 너희들의 허가증은 어디 있느냐?"

이번에는 오오야가 힐난하듯 내게 물었다.

"저희는 허가증이 없습니다."

"영주님, 보십시오. 이놈들은 허가증도 없이 멋대로 우리의 바다를 침범한 자들입니다."

쿠로베에는 선언하듯 강한 어조로 말했다. 나는 그의 얼굴을 쳐다보았다. 그는 유독 광대뼈가 튀어나온 얼굴이었는데 오늘은 특히 더 우매하고 고집스럽다는 인상을 풍겼다. 회의실의 다른 사람들은 불필요한 논쟁에 휘말리고 싶지 않다는 듯 무심한 표정이었다.

"이보시오. 독도가 조선 땅인데, 왜 우리 어부들이 일본의 허가를 받아야 한단 말이오. 독도는 오천 년 전부터 이미 우리의 땅이었소."

영주는 차가운 눈으로 나를 쳐다보았다. 오오야와 쿠로베에는 분을 이기지 못해 숨을 거칠게 몰아쉬며 나를 노려보았다.

"근래에 다케시마를 침범한 조선 어부들이 42명이나 됩니다. 그 때문에 우리 어부들의 피해가 막심하다고 들었습니다."

오오야는 침착하려 애를 쓰며 또박또박 말했다. 하지만 이 논쟁은 무의미한 논쟁이라는 걸 나는 깨달았다. 저들은 수백 년이 흘러도 독도를 자신들의 영토라 우길 것이라는 생각이 들었다. 그곳엔 강치가 있고 어느 바다보다 풍부한 수산물이 있었다. 조선으로 건너오기 위한 발판으로도 훌륭했으며 전략적인 요충지로도 모자람이 없는 곳이었다.

나는 오늘 조선의 어부가 42명이나 일본으로 끌려왔다는 사실을 알게 되었다. 그건 그만큼 일본의 어부들이 독도에 드나들었다는 말일 터였다. 그럼에도 우리 조선은 아무런 조치도 취하지 않고 있었던 셈이었다. 100년 전 일본은 조선의 땅에 들어와 살육의 전쟁을 벌였다. 그 전쟁의 여파일까. 우리 땅을 우리 땅이라 부르지 못하고 심지어 우리 땅에 도해금지령까지 내리는 나라가 나라일까. 우리 백성들을 보호한다는 명분이지만, 백성을 보호할 생각이었다면 울릉도에 우리의 군사들을 기거하게 하면 가능한 일이라는 생각이 들었다.

아라오 성주가 입을 다물자 회의실에는 크고 깊은 침묵이 흘렀다.

"영주님, 우리가 강하게 나가질 않다 보니 조센징 어부들이 계속해서 우리가 관리해온 어장에 나타나 불법으로……."

오오야는 이야기를 마무리 짓지 못했다. 아라오 성주가 눈을 부릅뜨고 노려보았다. 나는 그의 눈빛에서 일말의 양심을 보았다. 오오야 거상이나 쿠레베에가 억지를 부리는 걸 마냥 받아줄 수는 없다는 뜻이 숨겨져 있는 듯했다.

"그러니까 오오야상은 조선 어부들이 우리 어장에 침범을 했으니 조선에 항의를 하자는 겐가?"

오오야가 천천히 고개를 끄덕거렸다.

"이건 우리끼리 해결할 수 있는 문제가 아니다. 에도 막부의 뜻을 모르고는 해결할 수 없는 일이다. 모든 일에는 순리가 있는 법!"

"영주님, 지금 우리 막부가 예민해져 있는 시기지 않습니까? 이런 작은 일로 막부의 심기를 건드릴 필요가 있겠습니까?"

나는 그들의 말을 들으며 한편으로는 안도했고 다른 한편으로는 서글펐다. 일본의 막부가 어떤 식으로든 결정을 하면 그 결정을 조선이 받아들여야 한다는 말처럼 들렸기 때문이었다. 오오야가 아라오 영주의 곁으로 바짝 다가들더니 귓속말을 했다. 영주의 입가가 미세하게 일그러지는 걸 보았다. 영주는 나와 어둔을 한 차례 쳐다본 후 회의실을 빠져나갔다. 오오야와 쿠로베에도 뒤따라 나가고 회의실로 사무라이들이 들어왔다.

"일어나라!"

사무라이들은 우리에게 일어날 것을 명령했다. 내가 미적거리자 그들은 칼집으로 가차 없이 나와 어둔의 등을 내려쳤다. 울화가 치밀어 올랐지만 나는 조용히 일어났다.

"행님, 우리 이제 어디로 가나요? 혹시 참수시키는 건 아니겠죠?"

어둔은 두려운 마음을 숨기지 못하고 물었다.

"내 바다에서 고기를 잡았는데 남이 우리를 참수시킨다는 건, 자신들의 거짓을 증명하는 거나 마찬가지여. 그러니 그런 짓은 하지 않을 것이여."

사무라이들이 나와 어둔을 일으켜 세운 후 앞장 세웠다.

"도무지 어려운 말을 쓴 게 도통 모르겠네. 자신들의 거짓을 뭐한다고요?"

천성이 밝은 어둔이었다. 업동의 죽음은 물론 우리도 죽을지 모르는 상황에서도 사소하게 궁금한 걸 참지 못하고 물었다. 그건 조선 백성들의 천성인지도 몰랐다.

"도둑이 제 발 저린다는 거여."

그제야 어둔이 고개를 끄덕거렸다. 하지만 내 말의 뜻을 제대로 알아들은 것 같지는 않았다.

3

1693년 5월 18일 술시(戌時).

굵은 소나무로 이루어진 창살 사이로 햇살이 밀려 들어왔다. 새삼 햇빛이 감사하다는 생각이 들었다. 또한 햇빛의 색감이나 따사로움은 조선이나 일본이나 매한가지라는 사실을 깨닫기도 했다. 빛은 창을 넘어 들어와 감방 안을 샅샅이 밝혀주었다. 보통의 감방들과는 달랐다. 여러 죄수들이 같이 쓰는 감방은 아니었다. 옆도 보이지 않고 정면만 보이는 감방이었다. 사설 감방인 듯했다. 다른 사람들에게 우리를 노출 시키지 않겠다는 뜻 같았다.

"행님, 우리 돌아갈 수 있겠제?"

어둔은 이미 수십 차례 물었던 걸 또 물었다. 자신에게 하는 다짐이라 나는 별달리 대꾸하지 않았다. 그리고 나 역시 궁금했다. 나나 어둔에겐 지금 그것만이 최고의 관심사였다. 어둔의 눈은 퀭해 보였다. 잠도 제대로 잘 수 없었다. 그렇다고 끼니를 제때 주는 것도 아니었다. 그들은 우리를 무시하고 비웃고 경멸했다. 딱히 저들의 의도를 헤아릴 수가 없었다.

우리를 끌고 올 때의 전력이라면 우리를 물고기밥으로 만들어도 저항하지 못했을 것이다. 그런데 이들은 우리를 굳이 일본까지 납치해왔다. 게다가 내가 아는 한 일본은 아직까지 각 지역이나 섬에서 영주들의 힘이 막강했다. 에도 막부를 대놓고 무시할 수는 없지만, 그렇다고 순종적으로 복종하지는 않는다는 말을 들었다. 그래서 에도 막부의 쇼군이 어느 때보다 예민해져 있으며 잔혹할 때는 더없이 잔혹하다는 말을 들은 일이 있었다.

"색시랑 아들놈이 보고 싶네."

그는 창살 쪽으로 고개를 돌리며 눈물을 훌쩍였다. 나도 어머니와 의붓동생처럼 지내는 선화가 보고 싶었다. 이토록 순진한 어부들이 무엇에 소용된다고 납치해온 것일까. 나는 여전히 이해가 되지 않았다. 또한 나 자신의 가슴 속에 끓어오르는 정체불명의 덩어리도 해석할 수가 없었다. 활화산의 용암보다 더 뜨거운 덩어리였다. 감방의 차가운 바닥에 누워도 그 뜨거움은 사라지지 않았다. 찬물을 들이키고 홑겹의 적삼만 입은 채 새벽을 맞으면서도 추위가 느껴지지 않았다.

"행님, 우리 안 죽겠지요?"

그 질문도 이미 수십 차례였다.

"그럴 거여."

나는 매번 긍정적으로 성실하게 말했다.

"참말이죠?"

"죽일 생각이었으면 업동이처럼 진즉 죽였을 거라고 몇 번을 말해야 알아 듣겠냐."

"우리 혹시 노비로 팔아버리는 거 아닐까?"

굳이 납치를 해서 데려온 이유가 노비로 팔아먹기 위한 짓이었을까. 하지만 다른 뜻이 있어 보였다. 죽지 않을 만큼만 물을 주고 음식을 줬다. 어찌되었든 살아 있어야 했다.

"아직도 독도가 즈그들 땅이라고 우기든가요?"

그처럼 말을 알아듣지 못하니 마음은 편하겠다는 생각이 들었다.

"그려, 바다도 지들 것이라며 우리가 침범했다고 말허드라."

"썩을 놈들! 우리 할아버지의 할아버지 때부터 거기서 고기를 잡아왔는디, 무신 귀신 씨나락 까먹는 소리를 하는 건지 모르겠네."

굳이 설명하거나 증명하지 않아도 독도는 조선의 땅이었다. 이미 오래전부터 조선의 것이었으니 조선의 것이라고 말하지 않는 건 당연했다. 일본인들은 당연하지 않기에 자꾸만 독도가 자신들의 영토라고 주장하는 듯했다.

"행님, 우리 여기 온 지 얼마나 됐지라?"

쿠로베에의 어부들에게 납치되어 요나고까지 내려온 게 바로 어제의 일 같은데, 벌써 두 달의 시간이 흐르고 있었다. 혹나쁜 꿈을 꾸고 있는 건 아닐까. 그렇다고 여기기엔 허벅지와 어깨, 그리고 턱에 남아 있는 통증이 강했다. 입안이 허전해 혀로 안을 더듬어보니 오른쪽 아래 어금니가 느껴지지 않았다. 조총 개머리판으로 턱을 맞았을 때 빠져버린 듯했다.

"행님, 그래도 선장이나 담사리가 우리 처지를 관아에 알리지 않았을까?"

어둔은 두 달 사이에 광대뼈가 드러나고 얼굴도 더 검어졌으며 눈자위는 시커멨다.

"그럼 우릴 구하겠다고 관에서 나올 수도 있잖아요."

나는 일말의 기대도 하지 않았다. 배를 타고 같이 독도로 넘어온 다른 사람들이 설령 풍랑을 피하느라 울릉도나 독도에 잠시 정박을 했다고 하더라도, 우선 일본인들이 그들의 증언대로 말해줄 리가 없었다. 자기네들의 어장에 와서 우리가 고기를 잡았다고 발설할 터였다. 그건 곧 우리가 도해금지령을 어겼다는 말이었다. 백성을 보호하자고 그런 정책을 펼쳤다는 점을 이해할 수 있었다. 그러나 조선의 어부를 강제로 납치했다는 건 침략과 다르지 않았다.

우리가 납치되었다는 점은 국제적인 사건이었다. 만약 조선의 나랏일 보는 사람들이 우리를 구할 의지를 가지고 있다 하더라도, 부산이나 울산 관아에서 한양으로 서신을 보내 누군가가 파견을 나올 때까지 얼마간의 시간이 걸릴지 알 수 없었다. 법과 금지를 어긴 자, 국제적인 문제를 일으킨 자, 전선에서 노나 젓는 능로군이었던 어부와 소금이나 파는 소금장수를 과연나라가 구하려 들 것인가? 게다가 나는 역적 가문의 자손이었다. 나도 모르게 고개를 저었다.

"쪼매만 기다려 보자."

나는 우리가 살아나갈 길은 우리 스스로 개척해야 한다는 사실을 깨달았다. 한 가지 다행이라면 요나고가 무법천지의 땅은 아니라는 점이었다. 눈을 감았다. 집중하고 고민하고 생각해야만 했다. 창살 너머에서 희미하게 파도 밀려오는 소리가 들리는 것 같았다. 배를 타고 한참 안쪽으로 들어왔으니 바다의 일 같은 건 들리지 않을 텐데, 내 귀엔 파도의 움직임이 들렸다. 심지어 비릿한 냄새도 맡을 수 있었다.

"문을 열어라!"

감옥 앞쪽에서 짧은 일본말이 들렸다. 어둔이 내 곁에 바짝 당겨 앉았다. 나는 눈을 떴다.

이마 위쪽에서부터 정수리를 비롯해 거의 밀어버린 머리. 옆머리와 뒷머리만 기른 후 틀어 올린 촌마게 상투를 한 사무라이 한 명과 두 명의 평민이 복도에 서 있었다. 사무라이 왼편 허리에는 긴 칼이 매달려 있었다. 세 사람이 감옥 문을 열고 안으로 들어왔다. 그의 뒤를 이어 일꾼들이 상과 음식을 들고 들어왔다. 나는 사무라이와 상 위에 차려지는 음식과 술을 번갈아 보았다.

"행님, 이게 뭐꼬? 혹시 처형하기 전에 마지막으로 주는 밥이가?"

어둔의 말이 방정맞게 들렸지만 그럴 수도 있겠다는 생각이

들었다. 그런데 그건 우리 두 사람의 오산이었다. 일꾼들이 나
간 후 사무라이가 우리 맞은편에 정좌를 하고 앉았다.

"나는 히로카즈쿠미라 하오."

히로카즈쿠미는 자신의 이름을 말한 후 술병을 들어 잔을
집으라는 시늉을 해보였다. 최후의 만찬이라면 받고 싶지 않았
다. 다른 의도가 있다 해도 받을 수가 없었다. 이런 갑작스러운
배려의 뒤에는 늘 야로가 숨겨져 있기 마련이었다.

히로카즈쿠미는 술병을 든 채 우리가 잔을 들기만을 기다렸
다. 히로카즈쿠미의 눈동자는 흔들림 없이 나의 눈을 노려보았
다. 나도 그의 눈을 마주 보았다. 그가 무엇을 바라는지, 내가
할 수 있는 대답은 무엇이 될지 궁금했다. 짐승 취급을 하다가
갑자기 사람 취급을 하는 그들의 저의도 헤아릴 수 없었다. 그
럼에도 히로카즈쿠미는 여전히 술병을 든 채 내가 잔을 들 때
까지 기다리겠다는 듯 미동도 하지 않았다.

순간 초량 왜관 부근의 시장골목에서 초향을 만났을 때가
떠올랐다. 일인 왈패들에게 농락당하고 있던 그녀를 나 몰라라
할 수 없어 일인 무사들과 격투가 벌어진 일이 있었다. 일본인
은 모두 다섯이었다. 혼자서 놈들을 상대하는데 워낙 수가 많
아 지쳐갈 즈음, 일인 중 누군가 나타나 칼을 빼들었다. 구경꾼
들이 제법 모여들었고 여기저기서 비명이 터져 나올 때쯤 길
가던 사무라이 한 명이 칼을 든 일본 왈패를 함께 제지해준 것
이었다.

'우리의 이름을 더럽히지 마라.'

일본인 모두가 악인이고 비열한 모사꾼은 아니었다.

'장사하는 것들이 무슨 짓이냐?'

일본은 누구보다 사무라이를 귀한 계급으로 여겼다. 강력한 쇼군이 나타나면서 지방의 사무라이들은 주인을 잃고 떠돌았다. 그들은 한번 섬긴 주인을 배신하지 않는다고 했다. 사무라이가 몰락하면서 상인들이 득세를 했다. 상인들이 사무라이의 권위에 슬슬 도전하고 있다는 말이 들려왔다. 하지만 일본은 아직 사무라이의 세계였다. 강력한 쇼군이 있고 그를 따르는 사무라이들에 의해 일본이 유지되고 있었다. 적이었지만, 간혹 격이 있고 자존감 높은 사무라이들도 더러 있었다.

지금 앞에서 술병을 들고 술 받기를 기다리는 사무라이도 어쩌면 격이 있는 사무라이인지도 몰랐다. 나는 잔을 들었다. 그는 말없이 술을 따랐다. 어둔에게도 술을 따랐다.

"우리 어장을 침입했다 들었소."

술잔이 여러 차례 돈 후에 히로가츠쿠미가 마침내 입을 열었다.

"독도는 일본의 어장이 아니오. 우리 조선의 어장이지."

그는 나의 말을 듣고 피식 웃었다.

"땅이든, 바다든 힘 있는 자의 것이오."

"일본으로 흘러온 모든 문명은 조선의 땅에서 건너간 것이오. 천 년 전 일본 서쪽 일대의 땅에는 일본보다 백제와 가야의 유민들이 더 많았다고 들었소. 백제나 가야 역시 조선의 뿌리이기도 하오. 그렇다면 일본 땅에 사는 사람들도 우리의 형제들인데……."

나는 말을 이을 수가 없었다. 100년 전에도 일본은 조선을 유린했다. 단순하게 내륙으로 뻗어 나가려는 욕망 때문만은 아니었다. 일본이 반도에서부터 시작되었다는 존재의 뿌리를 지우려는 욕심이었는지도 몰랐다. 더불어 혼란한 정세를 전쟁으로 덮어보고자 했다는 말도 들었다.

"아무렴 그렇겠지요. 문화는 내륙에서 흘러와 섬나라로 전파됩니다. 그걸 모르진 않습니다. 다만 오랫동안 독도는 우리가 도해허가증을 발행하면서 이루어졌지요. 이미 80여 년 전부터 독도에서 어로 활동을 해왔습니다."

이건 피곤하고 불필요한 논쟁이었다.

"당신은 어부가 아니군요."

"예전에 무엇이었든 지금은 어부요."

오랜만에 마신 술 덕이었는지 전신이 뜨겁게 달아올랐다. 소금에 절인 생선과 나물들을 보니 더없이 고향이 그리워졌다.

"좋소, 그럼 죽도가 80년 이전에는 어떤 섬이었습니까?"

내가 그에게 물었다.

"물론 일본의 땅이고 바다니까, 당연히 우리의 섬이고 바다지 않았겠소."

그는 아무런 근거도 없는 추측을 늘어놓았다. 하지만 우리에겐 근거가 되는 기록들이 존재했다.

"거리가 좁혀지지 않겠군요."

"제게 이런 이야기나 들으려 여기까지 찾아온 건 아닐 테고."

그때 히로가츠쿠미의 눈이 반짝거렸다.

"과거의 역사는 현재의 정치적 목적에 의해 변질이 될 수도 있겠죠. 그리고 그런 일은 나나 당신의 몫은 아닐 겁니다. 지금 요나고의 영주님이나 오오야 상인은 당신들이 독도를 침범했다고 보고 있습니다. 그리고 그 사실을 문서로 기록해 서명해야 한다고 보고 있습니다."

"침범이라, 말이 안 되는 소리입니다."

"현재를 벗어날 수 있는 유일한 방법입니다. 괜한 고집 부리지 말고 침범한 거라 인정을 하세요."

술이 몸을 돌자 그들을 향해 솟아올랐던 분노가 약화되었고 미움도 말랑말랑해지고 있었다. 누군가 내게 달콤한 말을 속삭이고 있는데 꼭 들어줘야 할 것만 같은 기분에 사로잡혔다.

"독도는 일본의 섬입니다."

히로가츠쿠미가 상 위에 술잔을 내려놓으며 단언하듯 말했다. 잔과 상이 부딪치는 소리에 나도 모르게 어깨가 움찔거렸다. 순간 풀려 있던 몸의 긴장이 다시 조여들었다. 그리고 새삼 나의 미약함을 깨달았다.

울릉도와 독도가 어느 나라의 섬이든 그게 내게 뭐 중요한 일일까 싶었던 시절이 있었다. 그냥 바다 위에 떠 있는 한 조각의 땅일 뿐이었다. 그저 입에 풀칠할 수 있는 한세상이면 족한 인생이었다. 나라의 일 따위, 나라의 자존심 따위 나와는 상관 없는 일이었다.

그럼에도 조선 사람들은 일본인들을 미워했다. 미움의 정체가 사실은 근거도 없고 깊이도 없는 것일지도 몰랐다. 한 세기전 조선의 땅과 조선인들을 도륙했던 과거가 있다지만, 그게 우리 증오의 근본이라 말할 수는 없었다. 그보다 더 오래된 무엇이 나와 히로가츠쿠미 사이에 흘렀다. 조선인 어부와 일본인 사무라이 사이에 흘렀다. 그 미묘한 흐름을 이해하기엔 나도 무지한 인간이었지만 그 역시 무지한 인간이었다.

"이보시오. 우린 그렇게 할 수가 없소. 그건 나와 우리 조선을 부정하는 일이기 때문이오."

"조선인은 알다가도 모르겠군. 그냥 침범을 했다고 인정을 하면 그걸로 무사히 고향으로 돌아갈 수 있건만."

두 병의 술병이 거의 바닥나고 있었다. 어둔은 이미 몸이 풀어져 옆으로 픽 쓰러지고 말았다. 사무라이 역시 취기가 오른 듯했다.

"난감하게 되었군. 나는 당신들을 설득하러 온 건데, 앞으로 당신들 미래가 어찌될지 장담할 수 없을 거요."

그는 그 말을 하면서 오른쪽 다리를 왼쪽 무릎 위에 올려놓았다. 몸이 좌우로 비틀거렸다.

"조선 사람과 술을 마셔보기는 처음이었소. 당신의 눈을 보니 고집을 꺾지 않을 거라는 생각이 들긴 했지만⋯⋯. 내겐 군주가 중요하지 땅이나 섬은 중요하지 않소. 땅이나 섬, 바다는 우리의 일이 아니오. 윗사람들의 일이지. 그래도 우리의 군주께서 섬과 바다를 원하니 그에 따르는 것일 뿐."

"나를 납치한 것으로도 모자라 내게 부당한 사실을 받아들이라 하니, 나로서는 그럴 수 없을 뿐이오."

"조선인들이 남다르다는데 오늘에서야 그 말을 알 것 같소. 조선 사람들은 조선을 먼저 생각한다는 말."

그랬던가. 나는 그의 말을 이해할 수가 없었다. 나 역시 나와 내 가족이 가장 중요했을 뿐이었다. 내게 조선이라는 나라가 중요하게 다가왔던 건, 초량 왜관에서 일본인들을 상대로 장사를 하면서부터였다. 사실 그 마저도 최근의 일이었다. 그때부터 나는 더더욱 나의 조선이 밉기도 했지만 애틋하기도 했다. 그 얄궂은 심사가 일본인 사무라이의 눈에 드러난 것일까.

"조선을 먼저 생각해서 당신들의 요구를 들어주지 않는 건 아니오. 조선에 우리의 삶이 있기 때문이오. 그곳에 나의 유년이 있고, 슬픔이 있고 아픔이 있으며, 기쁨과 행복 또한 있기 때문이오. 조선이 사라지면 우리의 기억도 사라지기 때문에 그러는 것이오. 조선 사람이 조선의 섬을 조선의 섬이 아니라고 말한다는 건, 곧 조선 사람이 아니라는 말과 다르지 않소. 그건 곧 나의 뿌리가 없다는 말이기도 하오."

히로카츠쿠미는 가만히 나를 쳐다보았다. 벽에 매달린 횃불의 일렁거리는 빛이 그의 눈 속에서 가늘게 춤을 추었다.

"우린 군주만 있을 뿐이오."

얼마나 오랜 시간을 술을 마셨는지 정신을 차려보니 술 항아리 다섯 개가 바닥에 드러누워 있었다. 항아리 표면이 창살을 넘어 들어온 달빛으로 반짝거렸다.

"쉬운 길인데 그걸 마다하는군. 나도 나의 내일을 알지 못하듯, 당신도 당신의 내일을 알 수가 없을 텐데……."

히로가츠쿠미가 몸을 일으켜 세웠다. 그의 몸이 비틀거렸다.

"조선 사람이 어떤 사람인지 궁금했는데, 조금은 이해를 할 수 있게 된 거 같소."

그는 보초를 불러 문을 열게 했고, 문이 닫히기 전에 나를 돌아보았다. 술에 취한 그의 게슴츠레한 눈이 나와 마주쳤다. 술을 마셨음에도 나는 오히려 더 머리가 맑아지는 기분이었다. 히로가츠쿠미가 나를 찾아왔음에도 필사적으로 나를 설득하려 하진 않았다는 사실도 깨달았다. 그는 사무라이지 모사꾼은 아니었다.

"이곳 영주가 당신이 따르던 처음의 군주요?"

나의 질문에 그는 피식 웃었다.

"지금 우리 일본에서 처음의 군주를 모시는 사무라이들이 얼마나 될 거 같소? 쇼군에 의해 지방 호족들이 하나들 정리되면서 사무라이들도 갈 곳을 잃었소. 지방 군주나 호족들 입장에서도 쇼군하고 맞서봐야 승산이 없다는 걸 알고, 싸워보지도 않고 백기를 드는 성주들도 있소. 그들의 미래를 보장해주는 조건이지요. 그 바람에 성주에게 충성을 다했던 사무라이들은 뿔뿔이 흩어졌소. 나도 여기까지 흘러왔고."

히로카츠쿠미와 대작을 한 뒤 처음으로 그의 눈을 깊이 들여다보았다. 슬픔이 채워진 것도 아니고 고통으로 일그러진 것도 아니었다. 그냥 텅 빈 눈이었다.

"당신에게 가장 중요한 게 뭐요?"

그는 창살 앞에 선 채 혼잣말을 하듯 웅얼거리며 물었다. 그의 질문은 내 마음을 혼란스럽게 했다. 조선인으로서의 중요함에 대해 묻는 것이겠지만 나는 한 개인으로서 지키고자 하는 것들만 떠올랐다.

"살아남는 것이오."

그의 동공이 조금씩 커졌다가 잦아드는 걸 보았다.

"살아남는 것이라……. 그렇지 우리 같은 것들은 언제나 그게 가장 중요했지."

그가 헛웃음을 날렸다. 그의 말이 쓸쓸하게 들렸다. 나는 태어날 때부터 어머니로부터 살아남으라는 가르침만 배웠다. 그것이 조선이라는 땅에서 내가 할 수 있는 최선의 진리라 가르쳤다. 어머니는 두드러지지 말고 모나지도 않게, 그저 물처럼 흘러가라며 입이 닳도록 말했다. 아무런 생각을 할 필요도 없었고 어떤 결정을 내릴 필요로 없었다. 노비가 되라면 노비가 되었고, 전선에서 노를 저으라면 저었다. 배를 타고 상인 노릇을 하라면 상인이 되어 물건들을 거둬왔다.

"시금아, 시금아……."

어둔은 꿈을 꾸는지 잠꼬대를 했다. 부인이 얼마나 보고 싶었던 것인가. 꿈속에서 눈물을 흘리는지 그의 눈가에 눈물이 맺혔다. 무릎과 다리가 저려왔다. 어깨는 천근을 얹은 듯 무거워졌다.

나도 눕고 싶었다. 술기운이 퍼지는지 몸의 긴장들이 맥없이 끊어졌지만 그 앞에서 쓰러지고 싶지 않았다. 뭔가를 선택하며 살아가고 싶은 사람의 의지 같은 걸 보여주고 싶었다.

"나 역시 군주의 명에 따를 뿐……. 오늘 당신을 설득시키지 못했으니 나의 군주께서 나에 대해 실망하겠군. 당신의 이름이 뭐요?"

"안용복이오."

그는 주저하다가 입을 열었다.

"안용복상, 당신들은 곧 돗토리로 가게 될 거요."

감옥의 문을 열고 나가기 전 걸음을 멈추고 말했다.

"술 고마웠소."

"고마워할 거 없소. 그리고 안용복상, 어디를 가든 부디 살아남으시오. 당신이 어부라는 게 믿어지지 않는군."

"연이 닿으면 만나겠지요."

"나도 곧 돗토리로 보내질 거요. 인연이 닿는다면 볼 수 있겠지요."

그는 그 말을 남기고 어둠 속으로 사라졌다. 일본인들도 조선인들이 일본인을 미워하듯, 그들 역시 우리 조선인들을 극도로 미워한다고 들었다. 나는 그 이유를 알지 못했다. 그들조차도 딱히 답을 내놓을 수 없었다. 그 미움이나 증오는 몸뚱이만 갖고 사는 사람들로부터 비롯된 게 아니었다. 나나 어둔이 넘볼 수 없는 세상에서는 사는 자들이 빚어낸 미움이고 증오일 터였다.

4

1693년 5월 30일 미시(未時).

수레는 좌우로 흔들렸다. 흔들리는 소 잔등 너머로 끝없이 펼쳐진 모래사장이 눈에 들어왔다. 소도 모래도 조선의 풍경과 크게 다르지 않았다. 수레가 조금 좁고 길 뿐, 눈에 보이는 풍경들이 조선의 해안가와 별반 다르지 않았다. 드는 물과 나는 물의 차가 큰 해변이라면 어느 세상이든 비슷한 풍경이 연출될 터였다.

오른편의 야트막한 야산 위에는 진달래도 피고 철쭉도 피어 하늘거렸다. 영락없는 봄이었고 조선이었다. 수레의 바퀴가 굴러가며 삐거덕거렸다. 말을 타고 나와 어둔을 호위하는 요나고의 병사와 관리들도 입을 다문 채 앞만 보고 걸어가느라 사위는 고요했다. 간간이 파도가 해안으로 밀려드는 소리만 들릴 뿐이었다. 길을 따라 매괴들 역시 지천에 피어 있었고 간간이 능수매화도 눈에 띄었다.

"행님, 납치된 것만 아니라믄 우리 멋진 나들이 온 거라 해도 믿겠소……."

길은 반듯했다. 길은 바다와 뭍을 나누었다. 인위적으로 반듯하게 닦은 길이었지만 좌우 길가에 사쿠라도 만개해 있었다. 햇빛이 흰 꽃들 사이로 스며들자 눈이 부셨다. 길 위를 제 명을 다한 사쿠라 꽃들이 하얗게 덮고 있었다. 손톱만한 크기의 꽃이지만 군락을 이룬 모습은 새로운 세상을 보여주었다. 꽃들 사이로 들어간 빛들은 서로 부딪쳐 산란했고, 다시 또 빛을 만들어내며 빛났다. 문득 고향의 산이 떠올랐다. 영취산으로 오르는 길목의 배 밭에도 흰 꽃이 흐드러지게 피었을 터였다. 꽃은 아름다운데 사람들은 추했다. 한 시절 잠깐 피었다 진다지만, 사람 역시 잠시 이 세상에 머물 뿐이었다.

수레는 앞으로 잘도 나갔다. 길은 크게 모난 곳이 없었다. 술과 음식만 충분하다면 나들이와 다를 바 없었다. 어쩌된 일인지 요나고에서부터 일본의 관리와 병사들은 우리에게 경멸하는 눈길을 주거나 함부로 다루지 않았다. 그들의 매질에 부어올랐던 등이며 팔도 붓기가 가라앉았다.

"행님, 여긴 그냥 조선이네요. 거렁뱅이들도 똑같고."

고요한 정적을 깨고 어둔이 입을 열었다. 거리 음습한 곳에 드문드문 거지들이 몸을 웅크린 채 바닥에 앉아 해바라기를 하고 있었다. 그들 너머 길의 먼 곳에서는 아지랑이가 피어올랐다. 바다에서 불어오는 바람의 온기도 조선의 것들과 크게 다르지 않았다. 말을 타고 앞서 걷던 관리들이 힐끔힐끔 뒤를 돌아다보았다. 나와 어둔은 수레의 흔들림에 몸을 맡긴 채 오랜만의 고요를 즐겼다.

해안으로 몰려온 석양 또한 붉디 붉었다. 노을이 해안의 사구를 서서히 점령해 들어올 땐 내가 조선인이라는 사실조차 망각했다. 무엇 때문에 이 자리에 있는지, 나의 미래가 어떠할지도 궁금하지 않았다. 미래의 일이란 나나 어둔 같은 천민들이 고민할 문제가 아니었다. 게다가 이미 나나 어둔이 뭔가를 선택할 수 있는 시간을 넘어버렸기에, 일찌감치 체념이 찾아든 것인지도 몰랐다. 그저 조선으로 돌아갈 수만 있기를 바랐다. 어머니의 말대로 살아남을 수 있기만을 바랐다. 그런데 지금은 충분히 살아서 조선으로 돌아갈 수 있을 것 같았다.

"우리가 여 온 지 을매나 지났을까?"

어둔은 시시때때로 지난 시간을 궁금해 했다. 일본의 봄볕도 따사로웠다.

"두 달은 족히 흘렀을 거다."

나는 어둔의 질문에 매번 성실하게 답했다.

"시금이랑 형님 엄니는 우리가 죽었을 거라 생각허지 않겠소? 벌써 빈 관을 땅에 묻고 장사 지냈을 지도 모르고."

긴장감이 사라지자 감상적인 감정이 일어나는 모양이었다.

"살아 있는데 죽었다고 소문나믄 오래 산데이."

어둔은 슬쩍 코를 훌쩍였다. 일본인들에게 끌려가는 걸 보았으니 다른 어부들은 우리가 죽었을지도 모른다고 짐작했을 것이다. 하지만 나는 지금 다행히 살아 있었다. 한편으로 업동이 곁에 없다는 사실이 가슴을 쓰라리게 만들었다.

햇살은 옷섶을 파고들만큼 길어졌다. 가슴을 파고든 석양은 붉었지만 눈이 부셨고, 피부에 닿아선 온기를 전달해줬다. 수레바퀴가 땅을 짚고 넘어가며 내는 삐거덕거림이 일정한 간격으로 들려왔다. 사구 주변을 벗어나자 바닷바람도 멀어졌다.

"오늘은 여기서 묵습니다."

말에서 내린 일본의 관리가 내 쪽으로 걸어와 말했다. 관리의 말투도 달라졌다. 100년 전의 일본인이라면 기대할 수 없는 말투였다. 아니 노략질을 해대는 왜구들이라면 여전할 터였다. 하지만 이들은 달랐다. 턱없이 증오하거나 미워하지 않았고, 경우 없이 성난 말투를 내뱉거나 윽박지르지 않았다. 조선에서도 뱃사람들은 거칠었다. 일본의 뱃사람들도 그러할 것이다. 독도에서 강치를 때려잡던 그들에게서 거침 이상의 광기가 느껴졌던 것처럼.

"얼마나 더 가야 하는 거요?"

나는 상념을 접고 그에게 물었다.

"내일 반나절만 더 가면 돗토리 성에 닿을 거요."

나와 어둔이 수레에서 내렸다. 일본인들은 바다 쪽을 등진 곳에 불을 피우고 지지대를 만들어 불 위에 반쯤 마른 생선을 올렸다. 또 다른 일본인은 불 속에 고구마와 감자를 던져 넣었다. 생선이 구워지는 동안 일본인들은 저희들끼리 희희낙락거렸다. 나와 어둔은 그런 그들과 생선을 구경했다. 생선이 익자 그들이 나와 어둔에게 막대에 꿴 생선을 한 마리씩 건넸다. 화려한 성에서 술과 만찬으로 대접을 받는 것보다 이렇게 길거리에서 생선 한 조각과 고구마 하나를 먹을 수 있다는 사실이 마음 편하고 더 훌륭했다.

"이 생선이 뭐요?"

"은대구요."

그들은 생선을 먹으며 술병의 술을 홀짝거렸다. 나와 어둔에게도 몇 모금 술이 돌아왔다. 술맛은 우리 막걸리 맛과 비슷한 니고리자케(濁り酒)였다. 일본의 탁주였다. 우리도 평범하게 마시던 술이라 그런지 이 시간 자체가 낯설게 느껴지지 않았다.

"행님, 이건 딱 막걸리인디요."

"그려, 일본 막걸리지."

평범한 그들과 있으니 더없이 넉넉했고 특별한 거리감마저 느껴지지 않았다. 모닥불은 기세 좋게 타들어가며 밤의 한기를 몰아내주었고, 몸에 돈 술기운이 그나마 희미하게나 남아 있던 긴장감을 모두 거둬가 버렸다. 어느 순간 나도 모르게 모래 위로 풀썩 쓰러지고 말았다.

5

1693년 6월 1일 신시(辛時).

돗토리의 거리는 요나고와는 비교할 수 없을 정도로 화려했다. 돗토리의 집이나 건물들은 반듯하고 깨끗했다. 거리도 말끔했다. 가옥 뒤의 소나무들과 향나무들은 가지치기를 했는지 정비되어 있었으며, 높은 곳의 축대는 화강암을 깎아 박아 넣은 듯했다. 나무를 다듬는 사람들이 있고 돌을 깎는 사람들이 있는 곳이었다.

멀리 돗토리 성이 보였다. 나와 어둔은 수레에 앉은 채 돗토리의 거리를 둘러보았다. 한 가지 기이한 건 거리에 사람들이 보이지 않는다는 점이었다. 자세히 살펴보니 집 안에 사람들이 보였다. 창문을 약간 열어둔 채 빼꼼히 고개를 내민 사람, 대문 안에서 문틈으로 거리를 내다보는 사람, 골목의 끝에서 힐금거리는 사람들이 보였다. 다른 나라에서 오는 사람들을 경계하라는 지시가 있었던 듯했다. 다만 그들의 시선에서 적의가 느껴지진 않았다.

수레는 부드럽게 굴러갔다. 시골길을 걷다가 한양에 올라온 기분이었다. 길은 수로를 따라 이어졌고 수로엔 물이 흘렀다. 그 모든 풍경에서 격이 느껴졌다. 조선의 경복궁 앞을 지나갈 때 느꼈던 자부심 같은 게 성 주변의 거리와 가옥들 속에도 배어 있었다.

길은 다시 언덕을 따라 이어졌다. 돗토리 성으로 들어가는 언덕길이었다. 큰 돌들로 축대를 쌓아 올렸는데 백제의 솜씨처럼 정교했다.

"지난 쇼군께서 여길 정복하실 때 병사들이 한 명도 안 죽었다는 말 들었는가?"

일본인 관리 둘이 나누는 환담이 나의 귀에도 들려왔다.

"치고 박고 싸웠다면 몇 천은 죽었겠네. 여기 돗토리 성은 천혜의 요새란 말이야. 여길 정복하려면 모르긴 몰라도 일만 병사는 희생 됐을 걸."

"이 사람이 몰라도 한참을 모르는군. 지난 번 쇼군께서 돗토리를 정복하기 위해 성 부근에서 진을 치되, 일절 싸우진 않았다고 해. 그냥 성으로 들어오는 물자들만 차단했던 거지. 물자를 차단하니까 두 달쯤 지나자 성 안의 사람들이 다 굶어죽게 생겼거든. 그렇게 결국 항복을 한 거라 하더라고."

말을 듣고 있던 일본인의 눈이 커졌다.

"그기 사실인가?"

"그럼 사실이지. 관에서 나가믄 술 추렴이나 다니지 말고 책도 좀 보고 그러게. 우리 쇼군께서 관리들한테 책 읽으라 그러셨다는데 못 들었는가?"

"그기 책에 나오는가?"

"책에 모두 쓰여 있지. '무혈입성'이라는 훌륭한 전술이었다지."

"그런 전술을 가지고 있으니 쇼균이시겠지. 그나저나 물자가 못 들어오게 했다면 성 사람들 죄다 굶어 죽었겠는데?"

"그랬다고 하드만. 사람이 사람을 뜯어먹어야 할 상황이 되어서야 항복을 했다니, 옛날 돗토리 성주님도 지독했던 게지."

돗토리 성에 그런 내력이 있었구나.

언덕길을 오르는 소의 씩씩거림이 잦아들었다. 각 층의 처마가 하늘을 향해 위로 들린 성이 눈앞에 펼쳐졌다. 요나고 관리들이 걸음을 멈추었고 수레도 멈추었다. 나는 수레에서 내리며 거무튀튀한 색감의 돗토리 성을 올려다보았다. 성 주변에 칼을 찬 사내들이 서성거렸다. 사무라이들 같은데 그들은 한결같이 후줄근한 차림새였다. 손을 가로질러 양쪽 겨드랑이에 넣고 주변을 배회했다. 갈 곳 잃은 사내들, 추레한 몰골의 사무라이들. 나와 그들의 신세가 다르지 않다는 기분이 들자 괜히 울적해졌다.

성 저편에서 뜨겁고 습기 가득한 바람이 불어왔다. 원래의 자리로 돌아가려면 얼마의 시간이 더 필요할까? 시간은 속절없이 흘러가고 있는데 시간의 흐름을 느낄 수가 없었다.

1693년 여름

1

1693년 6월 4일 오시(午時).

돗토리에 온 지 사흘 만에 성으로 향했다. 이케다 쓰나키요의 궁은 천장이 높았다. 이케다 쓰나키요는 돗토리 현의 다이묘, 번주(藩主)였다. 그리고 돗토리는 일본의 번(藩) 중에 제법 규모가 있는 번이라는 말을 들었다. 돗토리 현은 한때 쇼군과 날카롭게 대적했던 성이기도 했다.

천정과 벽, 그리고 천정에서 떨어진 굵은 기둥과 수십 명은 족히 앉을 수 있을 법한 회의 탁자의 규모는 흡사 임금의 집무실을 꾸민 모양새와 다르지 않을 것 같았다. 용과 산신들을 그린 그림이 천정을 수놓고 있었고, 실내에는 향나무를 태운 향이 떠돌았다. 요나고에서 느껴보지 못했던 절제된 분위기가 느껴졌다.

나는 탁자를 가운데 두고 질서정연하게 앉아 있는 번사(藩士)들을 둘러보았다. 입구에서 안쪽 끝이며 정중앙인 맞은편 높은 곳에 이케다 쓰나키요라는 번주가 다이묘 갓을 쓰고 앉아 맞은편으로 들어서는 나와 어둔을 눈여겨 살폈다. 유독 그가 입고 있는 옷이 눈에 들어왔다. 상의와 하의에 문양이 박혀 있었는데, 모란의 문양이었다. 나는 번주의 머리 위에 그림처럼 걸려 있는 문양도 살폈다. 흰 바탕에 검은 꽃잎, 역시나 모란의 문양이었다. 이케다 쓰나키요 가문의 문장(紋章)을 뜻했다. 모란은 일본 귀족 가문들의 문장이었다. 초량 왜관에서도 옷에 문장의 무늬를 넣은 일본인들을 보았지만, 이케다 번주의 옷처럼 검고 금빛의 화려함을 나타내는 옷을 본 적은 없었다. 그 역시 대단한 귀족 가문이라는 말이었다.

눈길을 돌리다 쿠로베에와 히라베에를 보게 되었다. 의복을 갖춰 입은 그의 옷에도 거북이 모양의 문장이 박혀 있었다. 수백 개의 문장을 가진 나라. 그만큼 권력을 가진 사람들이 많다는 말이었으며, 그 아래에 나와 같은 백성들이 존재한다는 말이기도 했다.

쿠로베에의 눈길이 내 눈길을 따라 사방을 살폈다. 내가 문장을 확인했다는 사실을 깨닫고 그의 입이 더 굳게 다물어졌다. 조선의 일개 어부가 일본 가문의 문장을 알고 있다는 건, 색다른 의미를 지니고 있다는 걸 그가 모를 리 없었다. 내가 일본을 속속들이 알고 있다는 걸 눈치 챈 듯했다. 나는 쿠로베에게서 눈을 거두었다. 그 역시 문장 아래 태어나 처음부터 곱게 자란 인물일 터. 문장 뒤에 숨어 권력을 휘두르고 백성들을 밟아댔을 그의 모습이 선연했다.

나와 어둔은 안내인의 뒤를 따라 갔다. 절제된 분위기가 풍기는 엄숙함과 실내의 으리으리한 위용에 적잖이 긴장되었다. 나와 어둔은 이케다 쓰나키요 번주의 맞은편 자리로 안내되었다. 의자에 앉고 보니 그가 멀리 있었지만 정면으로 보였다.

"자네가 조선에서 온 어부인가?"

이케다 쓰나키요는 내가 자리에 제대로 앉은 걸 확인한 후 직접적으로 물었다. 번사들과 쿠로베에가 나와 어둔에게 눈길을 주었다가 거뒀다.

"맞소."

이케다 쓰나키요는 고개를 주억거렸다.

"번주님, 조센징들이 다케시마를 침범하는 바람에 막부에 바치던 까막전복과 홍합, 그리고 강치 기름 등의 수확에 큰 피해를 보고 있습니다."

쿠로베에가 내게 눈길조차 주지 않은 채 입을 열었다.

"사실인가?"

이케다 쓰나키요의 얼굴엔 어떤 변화도 없었다. 하긴 그들의 말 그대로라면 조선의 어부 몇몇이 그들의 바다에서 불법 조업을 한 일이니 번주에겐 대수로운 일도 아닐 터였다.

"번주님, 저희 요나고에서는 오래 전, 칸에이 2년에 에도 막부로부터 허가증을 받아 다케시마로 출어를 해왔습니다. 하지만 조선인들은 허가증이 없습니다."

쿠로베에는 패각으로 나를 가리키며 말했다.

이젠 저들의 집요한 논리에 화도 나지 않았다. 가만 생각해

보니 내가 조선인이라는 사실에 화를 낼 필요도 없었고, 두 달이 넘는 시간이 지났건만 누구도 우리를 구하러 오지 않는다는 점에 대해서도 화를 낼 필요가 없었다. 어둔이나 나는 그저 모래알과도 같은 존재였다. 이름을 갖지 못한 숲의 잡초였고, 목덜미를 스치고 지나간 바람 같은 존재였다.

하지만 눈앞에 펼쳐져 있는 산을 내 산이라 부르지 않아도 우리 산이었고, 해안으로 밀려드는 바다의 일을 굳이 내 것이라 말하지 않아도 우리의 바다였다. 바다의 경계가 어떠한지 알 수 없지만, 나와 가까이 있고 나의 선조가 살아왔다면 내 것이라 말하지 않아도 우리의 것이지 않은가.

어쩌면 내가 정작 화가 났던 건 두 달이라는 세월 동안 이들의 농간에 놀아나며 끌려 다닌 것 때문인지도 몰랐다. 나와 어둔이 속절없이 시간을 보내는 동안 이들은 어떤 계략을 세워놓았을지 몰랐다. 쇼군의 힘이 막강하다지만 아직 일본은 각 지역 번주들의 힘도 무시할 수 없다고 들었다. 쇼군의 힘이 미치지 않는 곳, 요나고도 쓰시마도 어쩌면 돗토리 역시 쇼군의 힘은 무서워하면서도 언젠가 번주들도 그 자리에 올라갈 수 있을 거라는 야망을 버리진 않았을 것이다. 이런 것들을 막힘없이 생각하는 나 자신에게 화가 났다.

"우리들은 그저 봄이 되면 독도에 나가 고기를 잡고 가을에 돌아올 뿐이다."

이케다 쓰나키요는 나를 지긋한 눈으로 바라보았다. 탁자를 두고 둘러앉은 번사들은 저마다 수근거렸지만 번주만은 나를 쳐다본 채 눈썹 한 가닥 일그러트리지 않았다.

"조센징!"

번주가 나를 쳐다보며 말했다. 그 한마디에 회의실 안은 삽시간에 적막에 휩싸였다.

"다케시마 조업의 허가증이 있는가?"

"없소. 조선에서는 다들 허가증 없이 고기를 잡고 있소."

"허가증이 없다? 불법이군."

"허가증을 왜 받소? 옆 마을을 갈 때 당신이라면 허가증을 받겠소? 당신이 요나고를 방문할 때 막부의 허가증을 받습니까? 당신이 앞바다에서 고기를 잡을 때 허가증을 받습니까?"

그제야 이케다 쓰나키요의 얼굴이 미묘하게 일그러졌다.

"번주님, 그곳은 아무도 살지 않는 땅 아닙니까?"

"다케시마는 아무도 살지 않는 땅입니다. 그래서 80년 전부터 우리가 조업을 해온 곳입니다."

쿠로베에의 얼굴이 조금 상기되어 보였다.

"독도는 이미 오천 년 전부터 우리 조상들이 드나든 땅이오. 그런데 바다 너머에서 일본의 옷을 입고 일본의 말을 하고 일본의 칼을 휘두르는 해적들이 시시때때로 쳐들어와, 멋대로 부녀자들을 강간하고 살인을 저지르는 바람에 백성들을 본토로 옮기고 잠시 섬을 비워둔 것일 뿐이오. 그래서 조선에서는 따로 허가증을 만들지 않소."

나는 스스로도 놀랄 정도로 막힘없이 말했다. 하지만 그저 사실을 말했을 뿐이다. 한 가지 신경 쓴 게 있다면 발음이 정확하게 들리도록 애를 썼으며, 어느 단어에서 강조해야 하는지를 알았을 뿐이었다. 내 말이 끝나자 번주는 물론 번사들까지 눈을 부라리며 나를 쳐다보았다.

"내 말은 틀림이 없소. 그건 우리의 역사가 증명하오."

갑작스럽게 나는 조선을 입장을 대변하는 사람이 되어버렸다. 내가 원하던 바는 아니었다. 그렇다고 이들 앞에서 기죽고 싶지는 않았다. 조선에 대한 원망이 깊었다. 그럼에도 나는 결국 조선인이었다. 무엇보다 스스로 지키지 못하면 모든 걸 빼앗긴다는 것도 알았다. 우리에게 힘이 있었다면 전국을 뒤져 가져온 산삼을 그렇게 헐값에 넘기진 않았을 것이다. 지금처럼 쉽게 일본인들에게 농락당하지 않았을 터였다. 초량 왜관에 머무는 일본인들에 대한 나의 감정은 날카로웠다. 그들에 대한 선입견에 휩싸여 엉덩이를 의자에 붙이고 앉아 있을 수가 없었다.

하지만 나와 어둔이 끌려온 곳은 일본 서부 쪽의 큰 세력을 가지고 있는 번주였다.

"역사라……. 일개 어부가 역사에 대해 알고 있다?"

번주의 얼굴이 차갑게 굳어졌다가 이내 평온해졌다. 번사들은 자신들이 아는 주장을 읊어대느라 소란스러웠다.

"너는 어떻게 이렇게 일본말을 잘하는 것이냐?"

이케다 쓰나키요가 느닷없이 물었다. 그의 말이 회의실을 점령하자 변사들이 입을 다물었다.

"본래 타국의 언어를 습득한다는 건, 보통의 노력만으로 되는 일이 아니다. 네가 우리말을 유창하게 하는 건, 다른 목적이 있어서가 아니더냐?"

번주는 나를 빤히 쳐다보았다. 먼 거리였음에도 그의 눈빛에서 강렬함이 느껴졌다. 그 순간 나는 한 가지 묘한 사실을 깨달았다. 내가 일본의 말을 모르는 평범한 조선의 어부였다면, 어쩌면 돗토리까지 끌려오는 일은 없었을지도 모른다는 사실이었다. 저들에게 일본말을 능수능란하게 하는 나는 경계의 대상일지도 몰랐다.

내가 아는 한 일본은 칼과 총을 쉽게 쓰는 민족이었다. 경계의 대상이고 적이라 판단되면 가차 없는 결정을 하는 이들이었다. 지금까지 내가 보아온 일본인들은 그러했다. 그게 모사꾼이든, 정도를 걷는 사무라이든 비슷했다. 그건 나 역시 마찬가지였다. 나를 해칠지도 모를 사람을 의심하는 건 당연한 일이었다.

그런데 이들이 나를 두고 저울질을 하고 있다는 기분이 들었다. 단숨에 죽여 처리할 수 있음에도 나와 어둔을 살려두고 있었다. 나의 죽음이 엉뚱한 문제를 불러일으킬지도 모른다고 경계하는 게 분명했다. 그게 조선과 일본의 문제에 영향을 미친다고 판단한 것일까. 그건 어쩌면 나의 일본어가 유창한 때

문인지도 몰랐다. 살아서 돌아갈 수 있다는 실낱같은 희망이
생겼다.

"나는 본래 장사치요. 초량 왜관을 드나들며 수십 년 장사를
해왔고, 일본인들과의 거래가 많다보니 자연스럽게 일본말을
익힐 수밖에 없었소."

"장사치라 해도 우리말을 잘한다는 건 쉬운 일이 아니다. 네
가 우리말을 잘하는 건 다른 목적이 숨겨져 있을 터."

감정이 섞이지 않은 번주의 말은 조금씩 더 차가워졌다.

"일본의 말이란 본래 대륙에서 출발해 조선을 거쳐 일본에
까지 이른 말이라 익히는 게 그리 어렵지 않았을 뿐이오."

내 말이 끝나기 무섭게 번주가 탁자를 내려쳤다. 번사들이
놀라 어깨를 움찔거렸다. 쿠로베에 역시 허리를 곧추세웠다. 그
때 회의실 오른편 쪽문이 열리더니 일본인 한 명이 빠른 걸음
으로 번주에게 다가왔다. 모두의 시선이 그에게 쏠렸다. 그가
번주에게 가깝게 다가가 귓속말을 했다. 그는 전령인 듯했다.

"모두 나가라. 쿠로베에와 오야봉로주, 그리고 조센징만 남
아라!"

번사들이 빠져나가자 회의실을 가득 채웠던 긴장감은 사라
지고 그 자리를 적막이 대신 채웠다.

2

1693년 6월 5일 미시(未時).

나는 일본인들의 주도면밀함에 적잖이 놀랐다. 지난 봄 나와 어둔이 쿠로베에에게 납치되어 돗토리까지 흘러오는 동안 그들은 나와 어둔, 그리고 조선의 문제를 두고 막부에 의견을 물었던 듯했다. 적어도 내가 요나고에 머무는 동안 나와 어둔의 일이 돗토리 번주에게 알려졌고, 번주가 우리의 문제를 쇼군에게 물었다는 말이었다. 업동이 죽고 나와 어둔을 납치한 일은 내게도, 일본에게도 단순하거나 간단한 일이 아니었다.

한 식경이 흐르도록 이케다 번주는 회의실로 돌아오지 않았다. 쿠로베에가 먼저 회의실로 들어온 뒤 오야봉로주와 번주가 나타났다. 그들이 어떤 이야기를 나누었는지 궁금했다. 그리고 전령이 가져온 소식이 무엇인지도 궁금했다. 나는 슬쩍 쿠로베에의 얼굴을 쳐다보았다. 그의 얼굴은 검게 그늘져 있었다.

"조센징, 네 이름이 무엇이냐?"

한참 내 얼굴을 바라보던 이케다 번주가 물었다.

"안용복이오."

"네 용모로 보나 너의 말솜씨로 보나 일개 어부는 아닐 진데, 쇼군의 뜻이 우리와 다르니 난감할 뿐이다."

"쇼군의 뜻이 어떠하단 말이오?"

이케다 번주는 피식 웃음을 날렸다. 그가 자리에서 일어나자 일본인들 몇이 부리나케 회의실로 들어왔다. 고개를 숙인 쿠로베에와 오야봉로주 역시 자리에서 일어났다.

"일어나시지요. 번주님께서 후히 대접하라 하셨습니다."

"행님, 이것들이 뭐라 하는교?"

"도무지 모르겠다."

번주와 쿠로베에는 이미 회의실을 빠져 나간 뒤였다. 나와 어둔은 안내를 하는 일본인의 뒤를 따라갔다. 그는 우리를 연회장인 듯한 곳으로 안내했다. 이케다 번주와 쿠로베에, 그리고 오야봉로주와 번사들이 미리 자리를 잡고 있었다. 우리의 자리는 이케다 번주의 자리에서 그리 멀지 않았다. 사람들 앞에 저마다의 상이 차려져 있었고 상위에는 요리가 올려져 있었다. 술병과 술잔도 각자 하나씩 놓여 있었다.

어둔의 눈이 휘둥그레졌다. 초량 왜관 부근의 일본식 식당에서 보았던 일본의 음식보다 화려하고 가짓수도 많았다. 우리의 된장과 비슷한 낫또가 가장 먼저 눈에 들어왔다. 날생선을 밥에 얹은 스시도 보였고, 여러 가지 장아찌류도 보였다. 얇게 썬 양고기와 야채가 상 중앙에 가득 차려져 있었다. 어김없이 술병과 잔도 놓여 있었는데 상위의 음식들이 봄처럼 화려했다.

"이게 뭔 상이요?"

우리가 자리에 앉자 이케다 번주가 입을 열기 시작했다. 그의 곁에 역관인 듯한 사내가 서서 번주와 나를 번갈아보았다.

"오늘 우리는 막부의 쇼군으로부터 통달을 받았다."

"오늘 우리는 막부의 쇼군으로부터 통달을 받았다."

짐작했던 대로 번주의 곁에 서 있는 사람은 역관이었다. 내가 일본말을 충분히 알아들을 수 있음에도 굳이 역관을 통해 통역을 하는 건 격식을 갖추고자 함인 듯했다. 어둔은 상위를 집요하게 쳐다보다가 역관에게 눈길을 주었다.

"울릉도와 독도는……."

"울릉도와 독도는……."

이제야 비로소 저들이 섬의 명칭을 제대로 인식하고 있다는 생각이 들었다. 제대로 된 섬의 명칭조차 모르던 저들이 싸잡아서 '죽도'라 불렀던 우리의 울릉도와 독도를 엄연한 조선의 땅으로 인정하는 순간이었다. 나와 어둔의 관심이 그제야 역관에게로 향했다.

"조선의 섬이니."

"조선의 섬이니."

나도 모르게 침이 목울대를 타고 넘어갔다.

"일본 어부의 어로 행위를 일절 금한다."

"일본 어부의 어로 행위를 일절 금한다."

어둔이 나를 바라보다 와락 껴안았다. 분명 좋은 소식이고 희망적인 전달이었지만, 나는 가슴 한편에 쌓인 씁쓸함을 떨쳐 낼 수가 없었다. 울릉도에서 시작되어 독도에 이르는 바다는 일본의 막부에서 그들이 소유에 대해 논의할 대상이 아니었다. 에도 막부가 공개적인 석상에서 이토록 공언하는 건, 다른 군주들이 에도 막부의 뜻을 가끔 배반한다는 뜻이기도 했다. 그러니 그 말을 거역하지 말라는 의미였다.

"여기에 그 증서를 전달하니."

"여기에 그 증서를 전달하니."

역관의 곁에 서 있던 관리 한 명이 서계를 들고 내게 다가왔다.

"조선의 어부는 막부 쇼군의 뜻을 전달받기 바란다."

"조선의 어부는 막부 쇼군의 뜻을 전달받기 바란다."

서계가 내게 전해졌다.

"안타까운 한 가지, 조선의 어부 한 명이 불의의 사고로 명을 달리한 일에 대해서는."

"안타까운 한 가지, 조선의 어부 한 명이 불의의 사고로 명을 달리한 일에 대해서는."

"깊은 애도의 뜻을 전한다."

"깊은 애도의 뜻을 전한다."

말을 끝낸 역관이 나를 향해 고개를 숙였다. 쿠로베에는 물론 이케다 번주, 그리고 번사들의 얼굴이 창백했다.

"본래 일본과 조선은 돈독한 사이이며 가까운 곳에 위치해 의지하는 사이인지라, 그동안 조선으로 표류한 우리 어부들을 극진히 대접해 돌려보낸 준 점을 깊이 감사한다."

"본래 일본과 조선은 돈독한 사이이며 가까운 곳에 위치해 의지하는 사이인지라, 그동안 조선으로 표류한 우리 어부들을 극진히 대접해 돌려보낸 준 점을 깊이 감사한다."

"그대들도 표류민으로 인정하여 외국인 처리소인 나가사키로 갈 것이다. 그곳에서 쓰시마를 거쳐 조선으로 돌아가게 될 것이다."

"그대들도 표류민으로 인정하여 외국인 처리소인 나가사키로 갈 것이다. 그곳에서 쓰시마를 거쳐 조선으로 돌아가게 될 것이다."

나는 역관의 말 한 마디 한 마디를 가슴 깊이 들었다. 납치는 사라지고 표류민이라는 단어만 남았다. 납치와 표류는 하늘과 땅의 차이만큼 다른 의미지만, 나는 그냥 받아들이기로 했다. 무엇이 되었든 간에 살아서 고향으로 돌아갈 수 있으니 말이다.

"오늘은 맛있는 술과 음식으로 여독을 풀고 즐거운 시간을 보내도록 하라."

"오늘은 맛있는 술과 음식으로 여독을 풀고 즐거운 시간을 보내도록 하라."

어느 새 어둔은 훌쩍거리기 시작했다. 죽을 줄로만 알았는데 살아서 돌아가게 되었으니 감격스러울 법도 했다. 어쩌면 바다의 구천에서 떠돌 업동이 떠올랐는지도 몰랐다. 그냥 고분 고분 잡혀 왔다면 결국 고향으로 돌아갔을 것을.

연회장 중앙 무대에 일본의 악사들과 하얀 얼굴의 게이샤들이 올라왔다. 굳어 있던 번사들의 얼굴에 화색이 돌았다. 술잔에 술이 채워지고 근엄했던 분위기는 조금씩 흥겨운 마당으로 변해갔다. 단 두 사람의 얼굴만은 굳은 채 그대로였다. 이케다 번주와 쿠로베에는 처음 나와 마주했을 때의 얼굴 그대로였다. 어둔은 누군가 따라주는 술을 넙죽넙죽 받아마셨다. 술 몇 잔이 들어가자 그간의 원망과 증오마저도 씻겨진 듯했다.

나는 역관에게서 받은 서계를 조심스럽게 풀어보았다.

"鬱陵島非日本界"●

울릉도는 일본의 영토가 아니다.

나는 조선의 하늘이 있는 먼 서쪽으로 눈길을 주었다. 보름인가. 만월의 달이 떠서 연회장을 내려다보고 있었다. 음악이 흐르고 춤판이 벌어졌지만 내 마음은 착잡하기만 했다. 일본인들은 나나 어둔에겐 더 이상 관심을 보이지 않았다. 뭔가 답답

● 일본에서는 명치시대 이전에는 독도를 마쓰시마(松島), 울릉도를 다케시마(竹島)라 불렀다. 그러다 1905년 영토 편입 이후부터는 독도를 다케시마라 부르고 있다. 또한 《삼국사기》 신라본기에 따르면, 512년 울릉도와 독도는 모두 우산국의 땅으로 언급되고 있다(출처: 한국민족문화대백과, 한국학중앙연구원).

했지만 그 답답함의 정체를 알아차릴 수가 없었다. 이케다 번주는 어디로 갔는지 보이지 않았다. 쿠로베도 나의 시야에서 사라졌다. 번사들만이 남아 저희들끼리 떠들고 먹고 마셨다.

나는 음식에서도, 술에서도 맛을 느끼지 못했다. 가슴 절반이 휑한 기분 탓인지 전신에 추운 기운이 들었다.

"이걸 드셔보세요."

손 하나가 내 눈앞에 불쑥 나타났다. 나는 놀란 눈으로 내게 술잔을 내민 게이샤를 쳐다보았다. 여자의 입에서 나온 말은 조선의 말이었다. 하얗게 분칠한 얼굴이 아니라 해도 나는 이곳에서 일본 여자와 조선 여자를 구분할 수 없을 터였다.

"따뜻한 술이에요. 저도 가끔은 한기를 느껴요. 하지만 댁들은 돌아가기라도 하잖아요."

여자가 뚜껑을 닫힌 잔을 내게 내밀며 나를 물끄러미 쳐다보았다.

"울릉도는 물론, 독도도 일본의 땅이 아니지요. 저의 할아버지와 할머니가 태어나고 물질 다니시며 사셨던 곳이에요."

나는 여자에게서 잔을 받았다. 분칠 때문인지 그녀의 얼굴에서 표정을 읽을 수 없었다. 그럼에도 그녀가 조선말을 하는 여자라는 사실만으로 느닷없이 친근감이 들었다.

"이곳에는 일본에서 살 수밖에 없는 조선의 여자들이 많아요."

초량 왜관을 통해 일본으로 건너가는 여자들이 있다는 말은 들은 적이 있었다. 조선 이전에도 많았으며 일본에서 일가를 이룬 가야와 백제 사람들이 많은 곳에서 살아가고 있다는 말을 들었다. 여자는 상 위의 요리와 음식들을 새로 놓기도 하고 빈 술병들을 치우며 말했다.

"막연하게 그리워요. 조선에서 얼마 살지도 못했는데 말할 수 없이 그리워요. 그게 왜 그런지 모르겠어요. 그리움 같은 것들 때문에 지치면, 전 이렇게 따뜻한 술 한 잔을 해요."

"당신 이름이 뭐요?"

나는 하얀 얼굴 뒤에서 빛나는 여자의 눈을 바라보며 물었다. 여자는 잠깐 망설이는 듯하다가 입을 열었다.

"도화예요. 제가 태어난 고향에 복숭아나무가 많았대요."

도화. 그녀는 술잔의 뚜껑을 열어준 후 잰걸음으로 무대로 걸어 나갔다. 잔에서 여린 김이 희미하게 피어올랐다. 내게 술을 준 여자는 어느새 다른 게이샤들 속에서 춤을 추었다. 여자가 가끔 눈길을 주었다.

나는 갑자기 어떤 예고도 없이 마음이 울컥 달아올랐다. 나를 나이게 만드는 몇 안 되는 기억들. 순흥을 등진 후 어머니의 손을 잡고 넘어가던 고갯길의 기억이, 동네 아이들이 놀릴 때 내 머리를 쓰다듬어주던 훈장의 손길이, 전선의 노를 저으며 바라본 남해의 붉은 바다가, 짐을 꾸려 집을 나설 때면 환하게 미소를 지어 보이던 어머니의 얼굴이 떠올랐다. 그건 그리움 이전에 40년을 살아낸 나의 전부라 해도 틀리지 않았다. 그러니까 그것들이 모두 조선에 있었다. 어느 누구에게도 말하지 못했던, 감춰두었던 그리움들이 가슴속을 채우기 시작했다. 전에는 일부러 떠올리려고 해도 떠오르지 않던 것들이었다. 배의 고물에 앉아 피리를 불던 기억도 떠올랐다. 내가 돌아가야 하는 건, 그런 기억들을 잊지 않기 위해서였다.

여자가 준 따뜻한 술을 단숨에 들이켰다. 연회장의 소음이 멀어지면서 나의 기억들은 더욱 선명하게 떠올랐다. 나는 비로소 내 가슴 절반이 잘려버린 듯한 느낌이 몰려온 이유를 깨달았다. 근본적인 그리움, 나를 버리고 나를 인정하지 않는다 해도 단전 밑에서부터 올라오는, 태어나기 훨씬 이전부터 내게 점지되었던 근원에 대한 그리움이었다.

3

1693년 6월 7일 진시(辰時).

성을 나섰다. 이른 아침이라 바다에서 몰려온 안개가 성 주변을 맴돌았다. 입하가 지났지만 이른 아침에는 여전히 서늘했다. 나는 아침의 이 서늘한 기운이 좋았다. 매일 새로 태어나는 듯한 기분이었다. 오늘은 그 기분이 더 고조되었다. 후쿠오카와 나가사키, 그리고 쓰시마를 거쳐야 하지만 공식적으로 조선으로 돌아가는 첫날이기 때문이었다. 나와 어둔이 성문 밖으로 나가자 고여 있던 안개들도 바다 쪽으로 서서히 물러났다.

이케다 번주와 번사들이 형식적인 배웅을 나왔다. 성의 일반인들도 보였다. 그들 무리 속에서 따뜻한 술을 건네던 게이샤 도화도 보았다. 여자의 사연이 궁금했지만 지금은 그런 걸 물을 처지가 아니었다. 게다가 분칠을 하지 않은 저 여자가 어제의 그 여자인지 아닌지 확신이 가지 않았다. 다만 나를 쳐다보는 눈빛만이 지극했을 뿐.

선두에 말을 탄 사무라이 여덟 명, 말 등을 관리할 일꾼 세명, 관리가 두 명, 전령 한 명이 우리와 같이 움직이는 모양이었다. 나는 그들을 두루 살펴보았다. 각자 짐을 졌고, 말의 옆구리에도 이런 저런 짐들이 매달려 있었다. 그들은 입을 꾹 다문 채 성 주변에 서성거리는 사람들을 구경했다.

그들 중 유독 눈길을 끄는 사무라이가 있었다. 사무라이 무리 중 우두머리인 듯한데 그 사내도 나와 어둔을 힐금거렸다. 낯이 익었다. 히로카츠쿠미! 나도 모르게 입가에 미소가 돌았다. 천천히 그에게 다가갔다.

"히로카츠쿠미상!"

"안용복상!"

나는 그의 손을 잡았다. 주변에 서 있던 사무라이들이 그런 우리 둘을 쳐다보았다.

"정말로 만나게 될 거라 기대하진 않았소."

히로카츠쿠미가 먼저 말했다.

"안용복상의 호위를 내가 맡게 될 줄이야."

어둔도 그를 알아보았다. 갖춰 입은 예복이 다르고 머리카락을 말끔하게 묶어 올렸으며 깨끗하게 면도한 얼굴 때문에 처음엔 긴가민가했다.

"번주님께서 중요한 사안이라 판단하셨는지 나가사키까지 무사히 잘 모시라 하더군요."

나가사키까지 순조로운 여정이 될 것 같다는 생각이 들었다.

"그런데 이렇게 많은 분들이 같이 가야 하는 거요?"

"갈 길이 머오. 곳곳에 산적들도 많고 지금 쇼군의 뜻을 따르지 않는 사람들도 많소. 완전히 평정이 되려면 시간이 더 걸릴 듯하오. 그러니 칼을 쓰는 이들이 많을 수밖에 없지 않겠소. 모두 일급 사무라이들이오."

그가 내게 칼 한 자루를 내밀었다.

"일본검을 쓸 줄 아시오?"

"어깨 너머 배웠소. 일본검이지만 조선의 검법대로 사용하면 되지 않겠소?"

그가 호탕하게 미소를 지었다.

"그렇지요. 본국검법도 있지만 조선세법도 있다고 알고 있소만."

일본에까지 알려지지 않은 더 많은 검법이 있었지만 나는 말하지 않았다. 모두 능로군으로 지낼 때 익힌 검법들이었다. 영취산의 뇌헌 스님에게서 불가의 검술도 배웠다. 검술에 능하다 말할 순 없지만 칼을 쓸 줄은 알았다. 그리고 칼은 사람을 살리기 위한 도구라 배웠다.

나는 히로카츠쿠미가 건네준 칼을 집에서 꺼내 살펴보았다.

"그건 번주님께서 선물로 드리는 것이기도 하오."

나는 성문 위에 서 있는 이케다 번주를 쳐다보았다. 너무 먼 거리에 있어서 그가 미소를 짓는지는 알 수 없었다.

"안용복상, 가 봅시다. 갈 길이 머니."

그가 앞장을 섰다. 두 명의 사무라이가 뒤를 맡았고 우린 중앙에서 이동을 했다.

쿠로베에게 납치되어 일본으로 끌려올 때에 비하면 화려한 귀향이었다. 게다가 모처럼 나의 마음을 헤아려줄 것 같은 히로카츠쿠미가 무리의 대장이었다. 하지만 즐겁고 흥겨워야 하는데 가슴 한복판에 무거운 돌이 앉아 있는 것처럼 여전히 몸도 마음도 무거웠다. 그것은 업동의 죽음 때문만은 아니었다.

"행님, 그 나가사키까지 을매나 걸리겠소?"

말을 타고 달리고 있지만 가까운 거리는 아니었다.

"보름에서 스무날쯤 걸릴 게야."

"조선으로 돌아간다는데, 그까짓 스무날이 문제요. 1년이 걸려도 가야제."

어둔의 얼굴은 상기되어 보기 좋았다.

"나가사키에서 쓰시마꺼정은 배타고 사나흘이면 가지요?"

그렇겠지. 나는 마음속으로 대답했다. 울산에서 배를 타고 독도로 향했던 동료들의 얼굴이 떠올랐다. 선장인 자신, 요리사인 덕생, 어부이자 목수들이었던 환량과 서화립, 담사리, 매사냥꾼인 가동과 죽은 그의 동생 업동, 그리고 어둔. 그들은 하나의 목적만을 지닌 채 독도로 향했다.

겨울에서 봄으로 넘어가는 날이면 하루 한 끼도 제대로 해결할 수 없었다. 그 지긋지긋한 가난에서 벗어나는 길을 찾아나서야 했다. 그건 일본이라 해서 다르지 않았다. 일본이 100년 전 바다를 건너온 것도 결국엔 먹고 살기 위해서였을 터였다. 정치적인 목적 같은 건 알 바 아니었다. 설령 그런 목적을 빤히 알고 있었다 하더라도 일본의 백성들 역시 다른 방법이 없다고 생각했을지도 몰랐다. 일본의 침략에 대해 조선 사람들이 강한 동질감을 느끼게 된 점은 전쟁이 끝난 후 획득하게 된 중요한 정서였다. 하지만 그 정서로 백성들에게 목숨을 내놓는 희생을 강요할 수는 없었다.

말은 달렸다. 숲을 달리고 해변의 모래 위를 달렸다. 숲속의 마을에서 하루 여정을 풀기도 했고, 어느 땐 바닷가 마을에서 묵기도 했다. 여의치 않을 경우 거리에서 밤을 보내기도 했다. 여름이 점점 넓은 속도로 퍼져나가고 있었다. 길가의 응달에도 꽃이 피었고, 나비와 벌들의 움직임도 눈에 띄게 바빠졌다. 스치는 바람은 달콤했고, 분노로 딱딱하게 뭉쳐 있던 마음도 서서히 풀어지고 있었다.

히로카츠쿠미에 대한 이야기도 듣게 되었다. 어쩌면 마음이 풀린 데에는 그의 영향이 가장 큰 듯했다.

"난 본래 돗토리 태생이오. 이전 번주님을 모셨고, 떠돌다 요나고까지 흘러갔지요. 다시 돌아오고 싶었는데 마침 당신이 나타나면서 그 염원이 빨리 이루어진 셈이오."

그에게도 어머니가 있지만 혼자의 몸이라는 것도 알았다. 여자를 데려다가 행복하게 해줄 수 있는 처지가 아니다 보니, 여자 만나기를 꺼려한다는 사실도 알게 되었다. 나와의 관계처럼 우연이지만 연이 닿으면 그땐 한번쯤 진지하게 여자와 같이 사는 삶도 고민해보겠다고 말했다.

그에게라면, 내가 일본을 떠나면 다시 보지 못할 사람이기에, 나의 내력에 대해 말해도 크게 문제 될 게 없다는 생각이 들었다. 나는 순흥 사람이며 역적으로 몰려 가문이 풍비박산이 났고, 고향엔 차마 들어가 보지도 못했다는 말을 했다. 고향에 대한 기억도 없었다. 그는 나의 이야기를 조용히 들어주었다.

열흘쯤 그렇게 일본의 내륙을 달렸을까. 해가 중천에 떠 있을 시각임에도 하늘이 어두웠다. 길을 달려 숲으로 들어서는데 짙은 안개가 고여 있어 더 이상 달리지 못하고 말을 걷게 했다. 안개에 짠 내가 숨어 있었다.

"여기가 어디쯤이요?"

나는 히로카츠쿠미에게 물었다.

"머잖아 후쿠오카요."

"바다가 가까운가요?"

"그렇소."

"안개가 짙군요."

"바닷가와 가깝기도 하고 산이 인접해 있어서 그럴 거요. 우리가 워낙 습기가 많은 나라이기도 하고."

바로 앞사람의 머리통만 보일 정도로 짙은 안개를 헤집고 앞으로 나갔다. 겨우겨우 앞사람과 말의 흔적을 따라 갈 수 있을 만큼 안개는 짙었다. 그러다 앞사람이 문득 멈췄고 덩달아 일렬로 걷던 말들도 일제히 멈췄다. 나는 그제야 길 양편의 나

무들을 둘러보았다. 그 끝이 보이지 않는 대나무. 나무의 끝이
안개에 묻혀 더더욱 끝을 가늠할 수가 없었다. 족히 수백 년은
됨 직한 대나무 숲이었다.

4

1693년 6월 18일 오시(午時).

하늘을 가린 대나무 숲 안쪽으로 들어가자 그곳만 안개가 걷혀 묘한 분위기를 자아냈다. 나와 어둔도 긴장이 되었지만 일본 사무라이들은 물론 일꾼들도 긴장한 듯했다. 우리들 모두 숨죽인 채 말에서 내려 앞으로 걸어 나갔다.

차갑고 서늘한 습기가 얼굴을 덮어왔다. 대나무잎 가지들 사이사이로 빛이 떨어지는데 다른 세상에 들어온 듯한 기분이 들었다. 어느 순간 허리춤에서 칼을 빼어든 사무라이들이 앞장서 나갔다. 사람도 발소리를 죽였고 말들도 조용히 발을 옮겼다.

"주위 경계를 게을리 하지 말아요."

히로카츠쿠미가 말했다.

"우리야 상인도 아니고 가진 것도 없는데."

내가 말했다.

"쇼군에게서 받은 서계가 있지 않소?"

"서계가 무슨?"

앞으로 걸음을 옮기는 그에게 물었다.

"아직 일본은 완전하게 통일이 되었다고 말할 수 없소. 아직도 지방 군주의 힘이 막강한 곳들이 있기도 하고. 쇼군의 뜻을 따르지만 자신의 지역 일은 간섭하지 말라는 군주들도 있소."

전방 숲의 그늘 어디쯤에선가 바스락거리는 소리가 들려왔다.

"그래도 누가 그를 거역하겠소?"

내가 물었다.

"그건 알 수 없소. 울릉도와 독도를 제 땅이라 생각하는 치들이겠지."

그가 말했다.

"울릉도와 독도를 차지하기 위해 세계를 없앤다? 그걸 쇼군이 가만히 두고 보겠소?"

"그건 모르는 일이오. 막부의 명령이 저 쓰시마나 오키까지 가닿으려면 아무리 빨리 가서 소식을 전한다 해도 족히 한 달은 걸릴 거요. 특히 쓰시마 같은 섬이라면, 나루터만 장악하면 어떤 비밀도 새어나갈 수 없는 섬이오."

어느 순간 바람이 잦아들었다.

"쇼군께서 명령을 내렸다는 걸 알면서도 어길 사람들은 널렸소. 언제나 그렇지만, 그리고 어느 나라나 마찬가지겠지만……."

그의 말이 채 끝나기도 전에 몸을 떨던 대나무가 갑자기 조용해졌다. 일행 모두가 전방 숲의 그늘 안쪽 깊은 곳으로 눈길을 주었다. 뚜렷하지는 않지만 무언가 살아 있는 생명체가 우리 쪽으로 다가오고 있었다. 사무라이들이 칼 잡은 손에 힘을 주었다.

5

1693년 6월 18일 늦은 오시(午時).

검은 말들이 숲에서 나왔다. 히로카츠쿠미와 사무라이들이 원을 만들어 나와 어둔, 그리고 일꾼들을 보호할 수 있는 모양새로 펼쳐 섰다. 우리에게 서서히 다가오는 말들은 어두운 그늘속에서도 허리와 옆구리가 반들거렸다. 눈도 새카맣게 빛났고 다리의 근육들도 단단한 힘이 느껴졌다. 내가 타고 온 말과는 비교할 수 없을 정도로 검고 건강하며 근육질인 말들. 말의 입에서 안개보다 짙고 강렬한 입김이 흘러나왔다. 등골에 소름이돋았다. 말들은 수면을 차고 오른 고래에게서 느꼈던 위압감을지니고 있었다. 자신 이외의 것들은 하찮은 존재라는 인식이까만 눈 속에 배어 있었다.

검은 말들 한 무리 뒤에 석상처럼 흔들리지 않는 자세로 다가오는 또 다른 말이 있었다. 그 말 위엔 갑옷과 투구를 쓴 한남자가 앉아 있었다. 그를 본 히로카츠쿠미가 갑자기 말에서내렸다. 다른 사무라이들도 그의 행동을 따랐다.

"안용복상, 내리세요. 쇼군이세요!"

그의 말이 아니더라도 나 역시 말에서 내렸을 터였다. 다만 무심한 어둔만은 말 안장에 앉아 상황을 파악하느라 두리번거렸다. 나는 그의 다리를 잡아 끌어내렸다.

쇼군 앞으로 세 명의 사무라이들이 나섰다. 한 나라의 왕을 호위하는 무사들답게 그들의 눈은 어스름한 사위에서도 매섭게 빛났다. 세 명의 사무라이 중 한 사무라이가 앞으로 나섰다. 옆얼굴에 가늘고 길게 늘어진 머리카락이 눈에 들어왔다. 바람은 불지 않았고 안개도 물러났으며 차갑고 서늘한 기운만 맴돌았다.

나는 고개를 숙인 히로카츠쿠미의 모습을 그대로 따라 했다.

"어디서 오는 누구냐?"

우리에게 질문을 한 사무라이는 여자였다. 나도 모르게 힐금 고개를 들어 질문을 한 사무라이의 얼굴을 쳐다보았다. 그러자 재빠르게 칼집이 날아와 내 어깨를 찍어 눌렀다. 칼집이 날아오는 느낌과 소리가 들렸다. 소리라곤 죽순이 자라는 소리밖에 없는 대나무 숲 한복판이라 듣지 않을래야 듣지 않을 수 없었다. 소리를 들었다는 건 그쯤은 피할 수 있었다는 말이었다. 하지만 나는 피하지 않았다. 히로카츠쿠미를 믿었고, 대나무 숲에 떠도는 기운은 서늘하고 무거웠지만 함부로 칼을 놀리지 않을 거라는 걸 가르쳐주었다. 히로카츠쿠미가 눈만 돌려 나를 슬쩍 쳐다보았다.

"돗토리에서 오는 히로카츠쿠미라고 합니다. 이 두 사람은 조선의 어부이고, 국제재판소가 있는 나가사키까지 가는 길입니다."

그제야 사무라이들 뒤에 서 있던 쇼군이 앞으로 나섰다. 에도 막부의 5대 쇼군 도쿠가와 쓰나요시. 갑옷의 장식들이 미세하게 부딪치며 풍경소리와 비슷한 소리를 냈다. 투구는 사슴의 뿔처럼 강인하고 화려했으며 허공을 떠도는 미세한 빛의 입자가 그의 갑옷과 투구를 빛나게 했다.

"고개를 들어라."

쇼군이 말했다. 나와 히로카츠쿠미, 그리고 뒤에 엎드려 있던 사람들이 고개를 들었다. 어느새 사무라이들이 우리를 둘러쌌다. 그는 매우 작은 키와 덩치의 남자였다. 그럼에도 그에게선 기품이 흘렀다. 조선의 왕에게서 흐르는 기품 못지않았다.

"왜 피할 수 있었는데 피하지 않았느냐?"

쇼군은 뜻밖의 질문을 했다. 히로카츠쿠미가 나를 힐금거렸다. 그는 쇼군이 무엇을 묻는지 알지 못하는 눈치였다. 그건 바로 눈앞의 여자 사무라이도 몰랐다. 여자 사무라이의 눈가가 미세하게 떨리는 게 보였다.

"무슨 말인지 모르겠습니다."

내가 뱉은 일본말에 쇼군은 약간 놀란 눈치였다. 억양이나 말투가 일본인과 다르지 않았기 때문이었을 것이다.

"일본인이냐?"

"아니오, 조선인이오."

쇼군의 심기가 불편하다고 판단한 것인지 주변의 사무라이들이 우리 쪽으로 한 발 정도 더 조여들었다. 쇼군이 눈을 부라리자 그들이 행동을 멈추었다.

"조선인이 어떻게 우리말을 그렇게 잘할 수 있는가?"

"초량 왜관에서 어깨 너머로 배웠을 뿐입니다."

"어깨 너머로 배웠다? 일본말을 할 수는 있다, 하지만 억양까지 닮는 건 쉬운 일이 아니다."

"일본인들을 상대로 장사를 하다 보니 저도 모르게 일본말이 늘었다고 밖에 설명할 수 없습니다."

초량 왜관의 일본 장사치들이 내겐 필요악의 존재였다. 그들과 악다구니를 하면서 일본말은 더 쉽게 다가왔고 그래서 더 빨리 익힐 수 있었다.

"그래, 일본말을 잘하는 조선인이라……. 내 질문은 우에하라의 칼집을 넌 충분히 피할 수 있었다는 거다. 우에하라가 네 어깨를 내려치기 위해 칼집을 들 때부터 넌 이미 알고 있었다."

나는 쇼군과 히로카츠쿠미를 번갈아 쳐다보았다. 히로카츠쿠미의 얼굴색이 좋지 않았다. 쇼군의 기분을 상하게 만들었다는 뜻일까. 하지만 달리 할 말도 없었다.

"죽이고자 한 게 아니라 예의를 갖추라는 뜻인 줄 알았기에 피하지 않았을 뿐입니다."

"기의 흐름을 알고 있다? 보통의 인간들은 알지 못하는 것을. 네놈 정체가 무엇이냐?"

쇼군 목소리의 톤이 올라갔다. 사무라이들이 일제히 다시 칼집에서 칼을 뽑아들었다. 그러자 쇼군이 좌우를 한 차례 더 매섭게 둘러보았다. 사무라이들이 도로 칼을 집어넣었다.

"어부일 뿐입니다."

"어부라? 조선의 어부는 일본말에도 능통하고 무인의 칼이 움직이는 것도 배우는가?"

"저는 조선의 어부일 뿐입니다. 어려서부터 초량 왜관에 드나들며 일본말을 익힌 것이고, 여러 스승님들께 본국검법과 예도를 좀 배우고 익혔을 뿐입니다."

"본국검법과 예도라……."

쇼군이 말했다. 그의 눈은 여전히 매섭게 빛났다. 범의 눈이었다. 언젠가 벼를 모두 벤 논에서 범 눈을 본 일이 있었다. 범의 눈빛은 한 마지기나 되는 논 전체를 밝히는 듯했다. 어머니는 도깨비불이라고 했고, 어떤 이들은 호랑이 눈빛이 맞다고 했다. 도깨비불이든, 호랑이 눈빛이든 살아남은 게 용하다고들 말했다. 쇼군의 눈빛이 그랬다. 어둠조차 접근할 수 없을 정도로 강렬하게 빛났다. 거짓말을 할 이유도 없지만, 그의 눈빛은 거짓말을 하고 싶어도 할 수 없게 만드는 차가움이 깃들어 있었다.

"그래 좋다. 네놈이 일본에 온 이유가 무엇이냐?"

쇼군이 물었다.

"지금은 어부로써, 그저 독도에서 고기를 잡다가 끌려왔습니다."

나는 머리를 조아린 채 말했다.

"끌려왔다? 그럼 납치를 당했다는 말이냐?"

"그렇습니다."

쇼군은 낮고 굵은 신음소리를 내며 뒤를 돌아다보았다. 그
러자 관료인 듯한 사내가 쇼군의 뒤로 다가들었다.

"이케다 번주에게서 연락이 오기를, 조선 어부 둘이 독도에
표류하고 있어서 데리고 왔으며, 독도를 조선의 섬이라 주장하
고 있다는 전갈이었습니다. 아마 저 두 조선인이 그들인 모양
입니다."

"납치라 하지 않느냐?"

관리인 듯한 사내가 머리를 조아렸다. 나는 넓은 땅에서 하
나의 이야기가 전달될 때 얼마나 많은 왜곡이 뒤따르는지를
알게 되었다. 자신의 편의대로 덧붙여지거나 빠지면서 본질은
감춰진, 전혀 새로운 이야기가 만들어진다는 것을.

"표류임이 분명하다. 멀리 있는 섬 하나 때문에 양국이 분란
에 휩싸이는 걸 나는 원하지 않는다. 그래서 서계도 써준 것이
다. 서계를 가지고 있느냐?"

쇼군의 입에서 표류라는 말이 나왔다. 그건 몇몇 일본인들
이 독도를 포함해 울릉도를 죽도라 부르며 일본의 섬이라 주
장하는 것과는 달리 울릉도가 조선의 섬이라는 말과 다르지
않았다.

나는 품 안에 넣어 두었던 서계를 그에게 내밀었다. 그는 조용히 서계의 내용을 살폈다. 그가 고개를 끄덕인 후 서계를 내게 돌려주었다.

나는 나와 어둔의 납치가 간단한 일이 아니었다는 걸 새삼 깨달았다. 쿠로베에가 표류라 보고를 했다면, 일개 어부의 표류를 두고 왕과 다르지 않은 인물이 관심을 보였다는 것부터 심상치 않았다. 오키섬에서나 돗토리에서 나와 어둔을 흔적도 남기지 않고 처리할 수도 있는 일이었다. 그런데 이들은 그러질 않았다. 전쟁을 치를 땐 짐승의 혼을 드러내는 민족이지만 보통의 일상에서는 특별히 잔혹하지 않은 평범한 인간이라는 말이었다. 크게 상식에 벗어나지 않는 인간들이었다. 한편으로 나와 어둔을 살려준 다른 저의가 있을지도 모르겠다는 생각도 들었다.

"누구도 이 문제로 분란을 일으키지 말라."

쇼군이 말하자 관료인 듯한 사내가 강하고 짧은 어조로 대답했다. 나는 그의 말 속에서 다른 걸 느꼈다. 아직은 쇼군의 영향권이 세세하게 미치지 않는 지역이 있을 수 있다는 점이었다. 쇼군이 돌아서자 그의 수하들이 일제히 그의 뒤를 따랐다. 뒤의 경계를 맡은 사무라이가 우리를 내려다보며 말했다.

"명심하고 또 명심하시오. 이 숲에서 우리는 만난 적이 없는 것이오."

사무라이는 앞과 뒤를 한 차례 살핀 후 쇼군의 뒤를 따랐다.

나와 히로카츠쿠미, 그리고 다른 사무라이들이 그제야 허리를
폈다. 그런데 앞서 걷던 쇼군의 말이 갑자기 멈춰 섰다. 그는
몸을 반쯤 뒤로 돌린 후 말했다.

"서계에 적힌 내용은 틀림없다. 그리고 모든 일본인이 조선
인을 증오하거나 경계하진 않는다."

그는 그 말을 남기고 더 짙고 어두운 대나무 숲 깊숙이 들어
갔다. 그가 나타났다는 흔적은 땅 위에 널린 말들의 발자국뿐
이었다. 한바탕 꿈을 꾼 것 같기도 했다.

"행님, 아까 그 사람이 누구요? 엄청 무섭게 생겼던데."

"쇼군이여."

"쇼군이면……."

"여기 일본의 왕이라 할 수 있지."

어둔은 그제야 놀라 제 손으로 입을 막았다. 히로카츠쿠미
가 그런 그를 쳐다보며 히죽 웃었다.

"사무라이들도 그렇고, 살 떨려 뒤지는 줄 알았데이!"

어찌되었든 쇼군이 나와 어둔의 납치를 알고 있다는 건 다
행스러운 일이었다. 또한 우리의 등장을 단순하게 받아들이고
있지 않다는 인상을 받았다. 나와 어둔의 납치를 두고 오랜 시
간 토론을 했음이 역력했다.

"아까도 말했지만 쇼군의 뜻을 쉽게 거역하진 않을 거요. 하
지만 쇼군의 힘이 미치지 않는 곳에선 자기들 편의대로 생각
할 수도 있소."

우리도 말에 올랐다.

"서계 잘 간직하시오."

히로카츠쿠미가 말했다. 그의 목소리는 힘이 있고 굵었다. 나는 고개를 끄덕인 후 말의 엉덩이에 박차를 가했다. 말은 다시 꾸역꾸역 몰려들기 시작한 안개를 뚫고 앞으로 달려 나갔다.

6

1693년 6월 30일 유시(酉時).

봄꽃 가득한 언덕의 정상에 오르자 바닷물이 만 안쪽으로 들어온 형태의 나가사키가 한눈에 보였다. 노을이 서서히 수평선을 점령하고 있었다. 불그스름한 빛이 조금씩 항구 쪽으로 다가오며 항구를 감쌌다. 나와 어둔이 서 있는 언덕까지 붉은빛이 흘러왔다. 세상이 온통 노랗고 붉은빛으로 뒤덮이고 있는데 괜한 슬픔이 밀려왔다. 노을은 슬픔을 만들어내는 힘이 있는 듯했다. 곧 고향으로 돌아갈 수 있을 거라는 감상 때문인지도 몰랐다. 나는 헤지고 거친 손바닥으로 얼굴을 문질렀다. 하지만 나가사키 항구를 점령한 노을빛을 씻어내지는 못했다. 멀리 있지만 항구 주변을 오가는 많은 사람들이 보였다. 창 넓은 모자를 쓴 외국인들의 모습도 자주 눈에 띄었다.

"저기가 데지마입니다. 화란(和蘭: 네덜란드) 무역특구죠."

나가사키는 돗토리보다도 그 규모가 훨씬 큰 항구 도시였다. 조선과 중국이 가까이 있었고, 중국 너머의 나라들이 오가는 곳이기도 했으며, 수평선의 너머에서 건너온 배들도 수십 척 정박해 있었다. 배들 중에 범선들도 여러 척 정박해 있는 게 보였다. 그들의 배는 200여 명이 승선할 수 있는 우리 판옥선보다 규모가 더 커 보였다. 판옥선보다 두 배는 족히 넘는 인원이 승선할 수 있을 정도의 크기였다. 배 옆면으로 뚫린 화포 구멍과 길이가 인상적이었다. 문득 나 자신을 지키지 못하면 언제든 나를 잃을 수도 있다는 생각이 들었다.

"행님, 좋아할 일인지 모르겠지만 여기 배들은 최신식이네요."

어둔은 항구를 구경하느라 정신이 없었다.

히로카츠쿠미는 배들이 대부분 화란의 배라고 알려주었다. 항구에서 멀리 정박해 있는 범선들은 규모가 남달랐다. 나는 묘한 위기감과 질투를 느꼈다. 앞으로 조선이 변하게 될 미래를 보는 듯했다. 조선이 어떤 방향으로 변할지는 알 수 없지만 곧 닥쳐올 미래라는 생각이 들었다.

구름 몇 점이 왼편에서 오른편으로 흘러갔다. 그러다 눈길이 수평선 너머로 가닿았다. 배로 넉넉잡아 닷새면 닿을 곳에 조선이 있었다. 헤엄이라도 쳐서 바다를 건너가고 싶은 심정이었다.

히로카츠쿠미가 말에게 물을 주고 동행들에게도 쉴 것을 지시했다.

"우리 일본에서 아마 가장 큰 국제 항구일 겁니다."

히로카츠쿠미가 굳이 설명하지 않아도 느낄 수 있었다. 외국의 배와 사람들이 쉽게 드나드는 건 일본이라는 나라가 가진 어쩔 수 없는 숙명이라는 생각이 들었다. 그 숙명은 일본을 어느 방향으로든 변화시킬 게 분명했다.

나와 어둔이 아직까지 살아남을 수 있었던 것은 이런 국제적인 변화 때문인지도 모를 일이었다. 세상을 무대로 삼는 나라이니 어민의 표류 같은 건 중요하게 생각하지 않을 수도 있었다. 다만 우리의 등장은 이들을 바짝 긴장시킨 듯했다. 죽은 업동만 억울한 일이었다.

"나는 관청까지 댁들을 호위하면 끝이오. 어쩌면 이 언덕을 내려가는 순간부터 끝일 거요."

히로카츠쿠미는 긴 여정이었음에도 한 점 흐트러진 모습을 보이지 않았다.

"이제 우리는 어디로 갑니까?"

"관청에서 모시고 갈 겁니다."

"이제 언제 다시 볼 수 있을지 모르겠군요."

"또 인연이 닿으면 볼 수 있겠지요."

나와 어둔, 그리고 그가 말을 타고 언덕 아래로 내려갔다.

7

1693년 6월 30일 늦은 유시(酉時).

나가사키의 화란 특구 부근은 일본이라 말할 수 없을 정도로 일본의 건물과는 판이하게 다른 건축물들이 널려 있었고, 거리를 지나가는 사람들도 일본인보다는 외국인들이 더 많았다. 전에는 들어본 적이 없는 낯선 언어들이 들려왔고, 개를 잡아 태울 때의 묘한 비린내가 거리에 풍겼다.

"행님, 여긴 완전히 딴 세상이네요."

초량 왜관을 통해 그런대로 다른 나라들 사람들을 만나고 물건을 접하곤 했지만, 나가사키는 규모도 달랐고 처음 구경하는 물건들도 거리에 나와 펼쳐져 있었다.

"*나가사키는 신세계요.*"

히로카츠쿠미의 설명이 아니어도 낯선 건물들에 혼이 홀릴 정도였다. 성을 받치고 있는 축대의 돌들은 크기도 컸지만 단단하고 강인한 인상을 풍겼다. 성은 무척 높았고 화려했으며 조선에서는 구경할 수 없는 선과 면, 그리고 곡선이 다른 건물들이 눈에 들어왔다. 눈에 보이는 그들의 성과 건물들은 대단히 이국

적이며 사람이 인위적으로 만들어낸 듯 대부분 화려했다.

"안용복상, 여기보다 더 훌륭한 건물들이 있는 곳도 있소. 구마모토에 천수각이라고 있는데 그 천수각은 60척 높이요."

히로카츠쿠미는 신이 나서 말했다. 그도 격이 있는 사무라이였지만 일본인이라는 걸 새삼 느꼈다.

"그 건물을 지은 게 100년 전이오. 우리가 태어나지도 않았을 때죠."

히로카츠쿠미가 주변의 성을 둘러보며 설명했다. 바라보는 방향에 따라 곡선의 끝이 날카롭게 뻗어 있었다. 어쩐지 자연스러움보다는 인위적인 분위기가 풍겼다. 우리는 성 앞을 지나며 사람들을 구경했다.

여기까지 오는 데에만 100일이 넘는 시간이 걸렸다. 초량에 있는 어머니나 어둔 처의 가슴은 새카맣게 타들어가 숯이 되었을 터였다. 그들의 염려가 짐작되지만 화란특구의 거리는 그런 짐작마저 날려버릴 정도로 매혹적이었다. 어둔도 길을 걸으며 가게마다 진열해 놓은 물건들을 구경하느라 여념이 없었다.

나는 슬쩍 슬쩍 곁눈질만 할 뿐, 히로카츠쿠미의 뒤를 따라 갔다.

"내 임무는 당신들을 여기까지 안내하는 거요."

히로카츠쿠미가 걸음을 멈추었다.

"어디로 가시오?"

내가 물었다.

"돗토리로 돌아가야겠지요."

그가 대답했다.

"훗날 인연이 있으면 또 보도록 합시다."

그가 머뭇거리다 내 손을 잡았고, 나도 주저하다 그의 손 등 위에 손을 얹었다.

"부디 뜻한 바를 이루고 가시오."

히로카츠쿠미가 돌아섰다. 다른 사무라이들도 내게 가볍게 목례를 한 후 돌아섰다.

분노가 일지 않아도 맞은편에 선 사람에게 폭행을 행사하는 사람들이 있었다. 나는 한동안 인간의 그런 점을 이해할 수 없었다. 분노하지 않았는데도 칼을 빼들어 상대의 배를 찌르고 목을 치는 그런 증오를 이해할 수 없었다. 아무런 적의도 없이 서로에게 화승총을 겨누고 발사하는 그 심정도 이해하기 힘들었다. 코를 베어 모으고 이미 죽은 강치를 난도질하는 이들을 받아들일 수 없었다. 그런 게 전쟁이라고 한다지만, 그렇다면 전쟁은 인간의 세상에서 사라져야 할 가장 큰 패악이었다.

그에 비해 히로카츠쿠미는 상식적인 인간이었다. 사실은 어쩌면 모든 인간은 상식적인 세상을 살아가고 있는지도 몰랐다. 누군가 누구를 음해하고 증오하고 죽음에 이르게 하는 건 인간의 의지라기보다 인간적 삶을 질투한, 오로지 자신의 욕망에만 충실한 악마들의 짓이라 생각했다. 히로카츠쿠미는 그런 유형의 인간은 아닐 거라고 추측했다. 그 추측 역시 억측일 수도

있었다. 그 역시 군주를 위해, 또는 쇼군을 위해 칼을 들고 화
승총을 들고 아무런 적의도 느낄 수 없는 상대에게 칼질을 하
고 총을 발사할 수도 있었다.

나라면 어떠했을까?

순흥 안씨 집안 어른들은 불의라 판단된 무력과 힘에 의한
강압을 용납할 수 없어서 반기를 든 분들이었다. 그러니 100년
이 훌쩍 지난 지금까지 나는 물론 순흥 안씨들 모두가 고통 받
고 있는 게 아닌가. 그래도 그 뜻을 저버릴 마음은 없었다. 나
를 고통으로 내몰지도 않았고, 나를 번민에 빠지게 하지도 않
았으며, 나를 죽음으로 내몰지도 않은 상대를 향해 이유 없이
적의를 만들어내는 그런 힘과 무력이라면 따르고 싶지 않았다.

히로카츠쿠미가 떠나고 나와 어둔, 그리고 관리들만 남았다.
우리는 관리들의 뒤를 따라갔다. 나와 어둔은 그들과 함께 구
마모토 성문 안으로 들어가 제법 너른 마당의 오른편에 자리
잡은 나가사키 현의 관청으로 향했다. 외국인들이 많이 드나드
는 곳이라 그런지 출입문은 두꺼웠다. 그리고 위로 몇 계단을
올라가야만 했다.

관리들이 우리를 나가사키 현의 관리에게 안내했다. 한참
무더워지기 시작하는 여름이 관청 안까지 밀려와 후텁지근해
지고 있었다. 잠깐 불운했지만 상식의 세상에 들어왔기에, 더
이상 불운한 일은 생기지 않을 거라 생각했다. 하지만 그건 나
만의 오산이었다.

8

1693년 7월 14일 신시(辛時).

나가사키에서 하릴없이 보름 가까운 시간이 흘렀다. 외국인들
은 순서에 따라 입국 절차와 출국 절차들을 밟는다며 나와 어
둔을 근방의 숙소에 머물도록 했다. 대접이 나쁘지 않아 나와
어둔은 큰 불만이 없었다. 그 시간 동안 구마모토 성을 낱낱이
둘러보았고 외국 사람들로 붐비는 나가사키의 거리며 항구들
을 구경 다니기도 했다. 차례를 기다리며 속절없이 세월만 보
내고 있는데 관청에서 나와 어둔을 불렀다.

　우리는 안내인의 안내로 외국인들이 입국과 출국의 절차를
밟는 사무실로 들어갔다. 사무실은 특이했다. 여러 명의 관리
들이 앉아 있었고, 한 명의 관리마다 칸막이로 나누어진 공간
이 주어져 있었다. 각 관리들 앞에도 넓은 챙을 가진 모자를 쓰
거나 두건을 두른 외국인들이 앉아 말을 나누고 있었다.

　나와 어둔도 머리 위로 끝이 많이 올라간 일본 갓을 쓴 관리
앞에 앉았다. 그는 서류를 뒤적이더니 나와 어둔을 바라보았
다. 나와 어둔의 등장을 오래 전부터 대비하고 있었던 듯했다.

나와 어둔을 철저하게 준비를 한 후 맞이하는 모습이었다. 무슨 꿍꿍이가 있을 수도 있겠지만 나는 그저 흘러가는 대로 이제야 준비되었을 뿐이라고 생각하려 했다.

"이름을 말해주시오."

"나는 안용복이고, 이 사람은 박어둔이라고 합니다."

관리는 고개를 끄덕거렸다.

"아는지 모르겠지만 우리의 조선 업무는 쓰시마를 거치게 되어 있습니다. 두 분도 쓰시마를 거쳐 조선으로 가시게 될 것입니다. 그 전에 업무상 몇 가지를 기록으로 남겨야 해서 물어보겠습니다."

평온했다. 그래선 안 되는데 마음이 평온했다. 다만 업동의 죽음이 마음에 짐으로 남아 있을 뿐이었다. 몸도 편안했다. 구마모토 성으로 들어온 후 이들은 나와 어둔을 강압적으로 대하지 않았으며, 우리의 일상을 간섭하지 않았다. 때맞춰 밥을 우리의 숙소까지 날라주었고, 술도 원하면 가져다주었다. 그런데 마음 한 구석은 씁쓸했다. 깊은 밤이 오면 외로움이 견딜 수 없을 만큼 강렬하게 밀려왔다. 더위와 습기 때문에 잠에서 깨면 숨 막히는 묘한 억압 같은 게 느껴졌다. 둔한 어둔조차도 얼른 조선으로 돌아가기를 바랐다.

"먼저 죽도에는 왜 가신 겁니까?"

관리가 물었다. 이들은 장소를 옮길 때마다 끈질기게 물었던 걸 또 물었다. 업동을 구하지 못한 나의 죄를 각인시키듯.

"우리 조선에서는 그 섬을 죽도라 하지 않습니다. 독도라 합니다. 죽도라는 말은 이곳에 와서 처음 들었습니다. 우리가 알고 있는 죽도는 울릉도에 속한 부속 섬을 이르는 말이며, 울릉도의 부속 섬으로는 죽도와 독도가 있고, 그 섬들은 모두 조선의 섬입니다."

"아 그렇습니까?"

관리의 얼굴에는 별다른 표정의 변화가 없었다.

"그럼 그 독도에는 왜 가신 겁니까?"

"정확하게 말하면 우리가 간 곳은 울릉도에 속한 독도이며, 전복과 미역 등을 채취하러 갔습니다."

관리는 나의 말을 기록했다.

"표류를 당했다고 기록되어 있는데, 어디에서 표류를 당한 것입니까?"

"표류라니요? 우리는 독도에 있다가 강치를 잡던 일본 어부들에게 끌려온 것이오."

관리가 고개를 들고 나와 어둠을 쳐다보았다. 그 사이 우리가 조사를 받던 조사실로 여섯 명의 사내들이 들어왔다. 언뜻 보기에도 넷은 사무라이들이었다. 우리를 조사하던 관리의 눈이 부드러웠다면, 사내들의 눈은 차가우면서도 강렬해 보였다. 관리의 흰 피부와 대조적으로 그들은 하나같이 검게 그을린 몸을 가진 사내들이었다. 칼에 손을 얹고 있는 모양새도 우리에게 이해할 수 없는 적의를 품고 있는 듯했다.

"뭐요?"

관리가 물었다.

"우린 조선인들을 인계 받으러 쓰시마에서 온 사신들입니다."

관리가 그들을 차갑게 쳐다보았다.

"지금 조사 받는 게 안 보이시오? 밖에서 기다리시오!"

관리는 그들을 손으로 내몰았다. 사내들은 나와 어둔을 한 차례 훑어본 후 별 말썽을 부리지 않고 조사실 밖으로 나갔다. 그들이 사라진 후 관리는 우리가 독도에 가게 된 배경에서부터 질문을 했다. 몇 명이 독도에 갔는지, 그리고 다른 어부들은 어찌 되었는지도 물었다. 나는 보탬이나 뺌 없이 말했다. 업동이 칼에 찔린 후 치료를 받지 못해 결국 바다에 던져졌다는 말도 했다.

"쇼군께서는 두 분이 표류민이 되셨다고 말씀하셨고, 독도를 포함한 울릉도에 우리 일본 어부들의 어로 행위를 금지시켰습니다. 아까 본 그분들과 함께 쓰시마로 건너간 뒤 조선으로 돌아가게 될 것입니다. 수고하셨습니다."

조사를 끝낸 후 우린 나가사키에서 하루를 더 묵었다. 쓰시마로 가기 위한 절차가 필요한 모양이었다. 다음날 이른 아침, 나와 어둔은 쓰시마에서 온 사내들과 나가사키 항으로 향했다. 나가사키와 돗토리의 이케다 번주가 우리에게 준 몇 가지 선물들과 함께 중형급 어선이자 군선인 세키부네에 올랐다. 때론 억울하고 비참한 기분에 사로잡힌 시간들이 있었지만, 쇼군에게서 직접 서계를 받아간다는 그 마음 하나로 위로가 되었다.
하지만 위로라는 건 나의 순진한 생각일 뿐이었다. 쇼군의 권
력이 닿지 않는 곳에선 그곳의 군주가 곧 왕이었다. 그리고 그
군주들은 거상들을 등에 업고 있었다.

9

1693년 8월 29일 묘시(卯時).

이른 새벽 출항을 했지만 해가 뜨면서 금방 더위가 몰려왔다. 입추가 지난 지 꽤 되었지만 남쪽에서 불러오는 바람에는 더위와 습기가 가득해 날은 후텁지근했다. 그늘 한 점 없는 갑판에 나와 서 있으면, 기어이 무릎을 꿇게 만들겠다는 듯 뜨거운 태양이 머리를 쪼아댔다. 배 뒤를 쫓는 갈매기도 없었고 바람도 강하지 않아, 노를 저어 나가는 노꾼들마저 지친 듯 배의 속도가 나질 않았다. 그래도 쓰시마에서 온 사내들은 우리에게 노를 잡으라고 몰아붙이진 않았다. 그야말로 표류민인 양 대했다. 나가사키에서 귀빈 대접을 받았다는 게 믿어지지 않을 정도로, 쓰시마의 어부들은 우리들에게 무뚝뚝하고 데면데면하게 굴었다.

배는 나흘 만에 드디어 쓰시마의 이즈하라 항에 도착했다. 어서 고향으로 돌아가고 싶었다. 고향을 떠난 지 거의 반년이 다 되어 가고 있었다. 고향사람들은 우리가 일본에 생존해 있다는 소식을 알 리 없으니 모두 죽었으리라 짐작할 터였다. 허묘를 만들고 제삿날까지 정했을지도 몰랐다. 한 가지 다행이라면 일본의 막부에서 나와 어둔을 조선으로 돌려보내겠다고 결정했다는 사실이었다.

배에서 내렸다. 이즈하라 항 역시 무역을 하는 배들과 어선들로 붐볐다. 하지만 나가사키 정도의 규모는 아니었다. 거리의 폭도 좁았고, 주택이며 성이라 부를만한 건축물의 규모도 작았다. 항구에서 빠져나와 바다 쪽으로 길이 난 개천을 따라 섬 안쪽으로 걸어 들어갔다. 그들은 말없이 나와 어둔을 간간이 살피기만 했다. 이즈하라 항은 전에도 두 차례 차인 어른과 함께 드나들었던 곳이라 풍경들이 낯이 익었다.

사내들이 나와 어둔을 안내한 곳은 조선어 통역사를 기르는 어사자옥(御使者屋)이었다. 어사자옥 입구에서 한 노인이 유독 눈에 띄었다. 노인은 나와 어둔에게 눈길을 준 채 거둘 줄 몰랐다. 백발의 상투와 흰 턱수염이 인상적이었다. 입술은 말라 갈라져 있었고, 눈은 빛나지만 휑한 느낌도 묻어 있었다. 노인을 뒤로 하고 우리는 어사자옥으로 들어갔다. 나와 어둔이 들어온 걸 확인한 후 문이 닫혔다. 문이 닫히며 빛도 차단되자 서늘한 기운이 어깨를 덮쳤다. 여름이 물러가지 않은 늦여름이라 아직도 한낮은 더위가 기승을 부리는데도 어사자옥 안은 서늘했다.

관리들은 나와 어둔을 건물 안쪽 깊은 곳으로 안내했다. 안쪽 깊은 복도의 끝에 다다랐을 때 관리 한 명이 오른편에 달려 있는 문을 열었다.

"이리로 들어가시오."

나와 어둔은 영문을 몰랐다. 나가사키에서 받은 호의를 생각해보면 제법 그럴듯한 숙소에 묵으리라 짐작했기 때문이었다. 그럴듯하지 않더라도 바다가 내다보이는 민가의 방 하나쯤 얻어 조선으로 떠날 때까지 지낼 수 있을 거라 믿었다.

문을 열고 안으로 들어갔을 때, 창고나 다름없는 그곳엔 이미 일본인들이 나와 어둔을 기다리고 있었다. 모두 여섯 명이었는데, 그중 셋은 칼을 찬 모양새가 사무라이였다. 나머지 셋도 왈패들의 몸에 얼굴도 우락부락한 인상이었다.

"여기가 어디냐?"

내 질문이 채 끝나기도 전에 관리는 창고를 나간 후 문을 닫았다. 그러자 기다렸다는 듯 왈패 하나가 안에서 문을 걸어 잠갔다.

"가진 물건을 모두 내놔라."

어둔은 이미 사색이 되어 입술을 파르르 떨기 시작했다. 내가 아무리 날래다 해도 사무라이 셋과 왈패들 셋을 감당할 수는 없었다. 더군다나 여긴 일본이었으며 좁은 창고 안이었다. 죽기 살기로 마음먹으면 창고에서 도망갈 수는 있겠지만, 업동을 잃었는데 어둔마저 잃을 수는 없었다.

"우린 나가사키로부터 무사히 조선으로 돌아갈 수 있도록 허락을 받은 조선의 어부다. 너희들이 우리에게 함부로 할 수 없다."

내 말을 기다렸다는 듯 왈패 셋이 몽둥이를 들고 달려들었다. 사무라이 중 하나는 칼집에서 칼을 꺼냈다 넣었다는 반복하면서 위협을 가했다. 여긴 일본 본토보다 조선과 더 가까운 쓰시마였다. 왜구들의 전진기지이며 쇼군의 영향력이 세세하게 미치지 않는 곳이었다. 어둔은 품에 챙겨 두었던 은전이며 비녀 따위를 바닥에 내려놓았다.

"서계는?"

사무라이 하나가 앞으로 나서며 말했다.

"스케자에몬, 저놈이 순순히 내놓을 거라 생각하는가?"

스케자에몬, 그가 이 패거리의 우두머리 같았다. 다른 치들이 그의 눈치를 보며 움직였다. 그가 고개 짓을 하자 왈패들이 달려들었고 남은 사무라이들까지 합세를 했다. 둘은 어둔에게 달려들어 막무가내로 발길질을 했다.

"행님, 그 서계 주이소. 이러다 우리 조선 땅도 못 밟고 뒤지겠소."

어둔에게 매질을 하거나 발길질하는 모양새가 죽어도 상관없다는 듯 전혀 힘 조절을 하지 않는 몸놀림이었다.

"행님, 지발, 죽어도 시금인 보고 죽어야지요. 행님도 어머니는 보시고……."

어둔은 더 이상 말을 잇지 못하고 폭 고꾸라졌다. 나는 양손으로 잡고 있던 왈패들의 멱살에서 손을 떼었다. 그러자 그들이 내게 달려들었다. 나는 품에 고이 간직했던 서계를 그들에게 넘길 수밖에 없었다. 나가사키까지 오는 길에 만났던 쇼군이 떠올랐다. 그를 들먹일 수도 있었다. 어쩌면 그 역시 일본 전역을 암행 중일 수도 있었다.

"행님, 그 왕이라는 분 만난 이야기를 하소."

어찌되었든 쇼군은 독도를 포함한 울릉도를 조선의 영토로 인정한 사람이었다. 우리를 조선으로 돌려보내주고 일본 어부들에게 조업금지령을 내린 인물이었다. 그를 불편하게 만들고 싶지 않았다.

"여기 서계입니다."

사무라이 하나가 스케자에몬에게 서계를 넘겼다. 그는 서계를 펼쳐보았다.

"명심해라. 다케시마는 일본 땅이다. 조센징이 함부로 넘어올 수 없다."

서계를 빤히 들여다보면서도 그는 표정의 변화 없이 말했다.

"너희들이 말하는 다케시마는 조선의 땅이다. 쇼군에게서 받은 서계에도 분명 그리 쓰여 있다. 울릉도와 독도는 너희들의 영토가 아니라고 그 서계에 써져 있단 말이다. 너희는 쇼군의 말도 우습게 여기는 자들인가?"

순간 스케자에몬의 얼굴이 붉게 달아오르고 눈이 일그러졌다.

"이 조센징이 여기가 어디라고 감히!"

스케자에몬이 화를 내자 왈패들과 사무라이들이 내게 달려

들어 발길질과 주먹질을 하기 시작했다.

"스케자에몬, 아무래도 이놈은 첩자 같은데?"

"첩자가 아니고선 어떻게 이렇게 일본말을 잘 할 수 있겠는가?"

"이놈은 우리보다 일본말을 더 잘하는 거 같다."

핏물 고인 귀 안으로 그들의 말소리가 들려왔다. 멀리 꿈속의 말 같기만 했다. 눈도 부어 그들의 얼굴을 제대로 쳐다볼 수 없었다.

"다시 한번 우리 쇼군을 욕보이는 날엔 바로 죽음을 맞이할 줄 알아라. 쇼군께서는 다케시마의 저간의 사정을 모르기 때문에 그런 결정을 하셨을 뿐, 진위를 알게 되면 다케시마가 우리 섬이라는 걸 인정하실 게다."

나는 웃음밖에 나오질 않았다. 독도에서 납치되어 오키섬을 거쳐 돗토리로, 다시 후쿠오카와 나가사키를 지나 쓰시마로 오는 동안 이들은 한결같이 울릉도와 독도에만 관심을 보였다. 안내를 하거나 호위를 맡은 사무라이들도 독도에 관심을 보였다. 그들이 물으면 답했다. 그냥 원래 조선에 있던 섬이었다고. 그 섬이 지금 나의 인생을 갈가리 찢어놓고 있었다.

스케자에몬이 서계를 품에 넣고 창고를 빠져나가자 나머지 사람들도 그의 뒤를 따랐다. 그들을 향해 피어올랐던 분노와 긴장이 맥없이 풀려버렸다. 나는 바닥에 대자로 누워 버렸다. 한 가지 위안이라면 바닥에 차갑다는 정도였다. 뜨거워진 몸을 식히기엔 충분했다. 허망한 나를 달래주기에도 충분했다.

　나 혼자 울릉도와 독도가 조선의 땅이라는 사실을 기록한 서계 따위를 받아가 무엇에 쓴단 말인가? 나는 그냥 조선의 일개 장돌뱅이고 어부에 지나지 않았다. 어머니나 잘 건사하고 영취산 깊은 곳에서 삼씨 내리고 있는 선화나 잘 보살펴주면 그것으로 내 인생은 충분하지 않은가. 세상이 반기지 않으니 후손을 남길 이유도 없었다. 어머니 역시 혼인하라 닦달하지 않는 건, 나의 후대가 가문의 굴레에 얽매여 떠돌며 살기를 바라지 않았던 것인지도 몰랐다. 그런 조선을 위해 서계 하나 지키자고 목숨까지 내걸 이유가 뭐란 말인가?

　순간 눈가에 고여 있던 눈물이 흘러내렸다. 100년의 세월 동안 목숨까지 내놓고 적통을 지지했던 선친들의 숨겨진 내력이 느닷없이 떠오른 이유를 알 수 없었다. 한겨울 초가 처마 밑에서 언 발을 햇빛에 녹이며 꽝꽝 얼어 있던 밥을 먹던 시절도 있었다. 그래도 어머니는 숨겨야 할 기백을 그때만큼은 잊지 마라 가르치셨다. 나는 그 모순 속에서 자랐다. 기백을 감추면서도 드러내야 하는 그 모순.

10

1693년 9월 29일 자시(子時).

지붕의 가는 틈으로 한 줄기 달빛이 희미하게 흘러들어왔다. 어둔은 꿈을 꾸는지 몸을 자꾸 뒤척거렸다. 무슨 꿈을 꾸는지 흐느끼기도 했다. 나는 잠들지 못했다. 입안에서 여전히 피비린내가 났다. 어깨와 허리가 욱신거렸지만 견딜 만했다.

나가사키에서 보낸 시간들이 믿어지지 않았다. 나가사키와 쓰시마는 완전히 다른 세상이었다. 쓰시마에는 쇼군의 법 같은 건 존재하지 않았다. 쓰시마만의 법으로 섬이 성장하고 확장되어온 듯했다. 쇼군이 배를 타고 쓰시마까지는 오지 않으리라 생각했을 터였다. 이런 저런 사념이 두서없이 떠올랐다. 문밖에서 두런거리는 일본말이 들렸다. 귀 기울이지 않아도 그들의 말이 들렸다.

"⋯⋯쇼군께서 다케시마가 우리 섬이 아니라고 했다는데?"

"이 사람이 미쳤나? 조용히 해. 누가 들으면 우리 그날로 끝장이야."

"막부의 쇼군이 그러셨는데 끝장은 무슨 끝장. 여기 번주랑

스케자에몬 그놈이 당하겠지."

내가 기이한 건 나와 어둔의 등장을 일본 전역이 알고 있는
듯한 기분이 든다는 점이었다. 그건 다행일 수도 있었다. 그렇
다면 적어도 우리가 죽을 일은 없을 듯했다.

"자넨 다케시마에 가봤어?"

"지난핸가 갔었지. 그때도 스케자에몬하고 같이 갔는데 얼
마나 지랄을 떠는지. 사무라이 아닌 놈은 뭐 사람도 아냐?"

"어허 이 친구, 말조심하라니까."

"들으면 어때? 지깟 놈이 번주님 믿고 우리들한테까지 함부
로 하잖아."

누군가 입맛을 다셨다. 창고에 들어왔던 우두머리의 험담을
듣고 있자니 괜히 웃음이 났다.

"그나저나 번주님도 다케시마에 관심이 높은데, 뭐하러 분
란을 일으키려고 하는 거야?"

"이놈아, 거긴 없는 게 없어. 그리고 우리가 쓰는 등잔불 기
름도 거기서 나오잖아."

"등잔불 기름?"

"그래, 강치 말이야, 강치. 그놈들이 거기에 몰려 살거든."

"그럼 그냥 우리 섬이라고 우기면 되잖아."

"아따, 이놈 정말 무식하네. 우린 80년 전부턴가 거기서 고
기를 잡았는데, 조선은 언제부턴지 모르지만 까마득한 옛날부
터 거기서 살았대."

"그럼 그걸 쇼군께서 알고 있다는 말인가?"

"뭐 조선이랑 분란 안 일으키려고 하는 것도 있을 테고, 거기 아니어도 우린 먹고 사는 데 지장 없잖아."

가물가물 그들의 논쟁이 자장가가 되어 내 먹먹한 귀를 파고들었다.

"너는 한 번도 거길 안 가봐서 몰러. 거긴 진짜 마음만 먹었다 하면 어부들도 한 밑천 챙길 수 있을 정도로 노다지라니까."

"그래? 나중에 갈 때 나도 신청 한번 해야겠다."

"그래, 함 가 봐라. 우리가 자주 가야 나중에 우리 섬이 될 수도 있거든."

"기록이 있다면서? 그럼 그게 말이 되겠냐?"

"꼭 그렇지도 않아. 요동 반도가 전엔 조선 거였는데, 중국이 강하게 주장하니까 중국 도시가 되어버렸잖아."

"이놈이 별 걸 다 안다."

그들의 말 이외에도 다른 말투가 섞여 들렸다. 수고한다는 말, 늦은 시각에 야식을 뭐하러 챙겨 오냐는 말……. 말의 높낮이가 사라지더니 발자국 몇 개가 어디론가 향하는 듯했다. 게다가 마당을 쓸며 지나가는 소리도 선명하게 들렸다. 소리가 멀어지면서 나도 잠이 오려나 싶었는데, 이내 날렵하고 가벼운 발자국 하나가 창고 앞에 와서 멈추는 소리가 들렸다. 문이 열리고 다시 문이 닫혔다.

'나와 어둔을 은밀하게 제거하려는 자들인가?'

나는 까무러지는 정신을 겨우겨우 수습한 후 다시 긴장을 그러모았다. 죽을 때 죽더라도 이대로 허망하게 갈 수는 없다는 생각이었다. 나는 문 쪽으로 몸을 틀어 문을 열고 들어온 사람을 보았다. 어둠 속에서도 환히 빛나는 백발의 사내가 문가에 서 있었다. 그는 사무라이나 자객의 몰골은 아니었다.

"뉘시오?"

나는 일본말로 물었다.

"지금 쇼군은 먼 바다의 섬엔 관심이 없어. 오직 일본의 통치와 안정만 걱정할 뿐이지. 소문에 듣자니 곳곳에서 쇼군의 행보에 불만이 있는 번주들이 있는 모양일세."

조선말이었다. 더군다나 매우 익숙한 목소리였다. 그가 내 쪽으로 다가왔고 내가 그쪽으로 기어갔다.

"용복이 오랜만이네."

"천석 어르신?"

노인이 덥석 내 손을 잡았다.

"참 오랜만이네."

그는 몇 해 전 초량 왜관에서 사라진 천석 어른이었다. 도자기를 두고 농간을 부린 장돌뱅이 한 명을 살해하고 훌쩍 사라졌다는 소문도 있었고, 오다에게 팔려갔다는 말도 돌았다. 그는 조선 백자를 빚을 줄 아는 몇 안 되는 장인이었다. 그런 그가 쓰시마에 있다니. 그가 숨기에 가장 좋은 곳이라는 생각이 들었다.

"어떻게 여기까지 오신 겁니까?"

"사연 말하면 뭐하겠는가. 이미 다 지나버린 걸."

차인 어른 만큼이나 내게 각별했던 어른이었다. 어머니도 가끔 천석 어른을 입에 올리시곤 했다. 이렇게 장사나 하면 세상을 떠돌 위인이 아니라고 말했다. 하지만 누구도 천석 어른의 내력에 대해 묻지 않았다. 그가 나의 내력에 대해 묻지 않았듯이.

"쇼군은 지금 울릉도나 독도에 관심이 없어. 그런데 여기 쓰시마 도주는 그렇지 않아. 어떡하든 울릉도는 물론, 그에 속한 섬들을 뺏으려고 갖은 수를 다 쓸 걸세. 아님 독도라도."

짐작은 했던 일이었다. 그러니 서계도 빼앗아가지 않았겠는가.

"초량 분들은 잘들 지내고 있는가?"

나는 다시 그의 손을 잡았다. 그의 손바닥은 딱딱하고 손등은 까슬까슬했다. 아직 여름이 물러나려면 멀었건만 그의 손은 거칠었다. 여름인데 겨울의 손을 가지고 있었다. 묻지 않아도 그가 얼마나 고생을 하는지 알 수 있을 것 같았다. 그가 주로 초량 사람들에 대해 묻고 나는 대답했다.

"이제 가야겠네."

"무슨 말씀이십니까? 저희랑 같이 조선으로 돌아가셔야지요."

"지금은 그럴 수 없네. 자네 얼굴 한 번 보고 싶어서 온 걸세.

난 이제 여기 사람이야."

하루의 시작을 알리는 새벽 종소리가 들려왔다.

"잘 가시게. 이놈들이 발악을 해도 결국엔 자네들을 조선으로 보내줄 거야. 관리들 말하는 걸 들어보니 그래. 조심히들 돌아가게. 차인 어른 만나면 내가 무사하다는 말 전해주고."

그가 내 손을 놓았다.

"어르신……."

그가 잠깐 걸음을 멈추었다가 문을 열었다. 밖을 한 차례 살핀 후 내게 눈길을 한번 주었다. 그의 어깨 너머로 희붐한 새벽이 밀려오고 있었다.

"부디 잘 가시게."

못난 조선

1

1693년 10월 22일 묘시(卯時).

나와 어둔을 실은 중형 군선 세키부네가 이즈하라 항을 출발한 건 1693년 가을이 깊어진 후의 일이었다. 내가 울릉도에서 납치된 지 반년이 흐른 뒤였다. 반년의 시간 동안 나와 어머니, 나와 나의 가문, 나와 동료들, 나와 조선에 대해 생각했다. 그것들은 당연히 존재하는 것들이 아니었다. 그들이 있었기에 내가 존재한 것일까. 내가 있었기에 그들이 의미가 있는 것일까. 나는 어떤 식으로든 결론에 도달하지 못했다.

'다 부질없는 짓이지.'

배가 항구를 출발하기 직전 노꾼과 일꾼들의 입으로 들었던 귤진중이라는 자가 수하들을 끌고 배에 올라왔다. 그는 우리를 조선으로 돌려보내는 일을 맡은 사신이자 이번 항해의 우두머리였다. 일본인 관리들이나 어부들이 그를 '차왜'라 불렀다. '차왜 귤진중', 일본의 외교 대사라는 말이었다.

'그런 인간이 우리 송환 업무를 맡아? 그럴 리 없을 텐데.'

귤진중이 내 생각을 읽기라도 한 것인지, 배에 오르며 돛대

160

기둥에 손이 밧줄로 묶인 나와 어둔에게 눈길을 한번 주었다. 고향으로 돌려보내는 우리를 묶는 이유에 대해 묻지 않았다. 어둔이 투덜거렸지만 나는 서글펐다. 표류민을 돌려보내기로 결정을 한 상황에서도 포로 취급을 했다. 어쩌면 그건 조선의 국력을 단적으로 증명해 보이는 일이라는 생각이 들었다. 귤진 중이 가까이 다가와 섰다. 내가 서면 어깨에 닿을까 말까 할 정도의 키였지만, 눈은 보기보단 총명한 듯 반짝거렸다.

"네놈이 안용복이고, 옆이 박어둔인가?"

귤진중이 느닷없이 질문을 했다. 조선으로 돌아가는 길에서도 나와 어둔은 일본인들의 주요 관심 대상이었던 모양이다. 가까이에서 보니 그는 단단한 몸을 가진 사내였다.

"그렇소."

"네놈이 보기에 죽도는 어느 나라에 속한 곳이라 생각하느냐?"

"조선이오."

나는 일말의 망설임도 없이 답했다. 그러자 그는 미간을 찡그렸다. 그러더니 이내 뜻을 헤아릴 수 없는 미소가 번졌다.

"그래, 조선……. 우리 쓰시마에도 조선 놈들이 몇 있지. 오늘 아침에 들으니 가마터에서 누가 목을 맸다는데 손재주가 좋아서 귀하게 대접했던 노인이었지. 조선 놈들은 그래, 자기 뜻에 맞지 않는다고 손쉽게 목을 매는 족속이란 말이야. 아무런 명분도 없이 말이지."

나는 머리털이 쭈뼛 서고 소름이 돋았다.

"그 노인이 누구요?"

귤진중이 나를 힐끔 쳐다보았다.

"조선 놈들은 원래 명분 없이 잘 죽는데, 네놈도 그러려고 하느냐?"

"노인이 누구냐고!"

나는 버럭 소리를 질렀다.

"호, 이놈 봐라."

귤진중이 좌우를 쳐다보자 어부들과 관리들이 내 팔을 양쪽에서 잡아챈 후 갑판 끝으로 끌고 갔다. 어둔도 똑같이 끌려와 난간에 세워졌다. 그들은 난간 끝까지 나를 밀어붙인 후 금방이라도 떨어트릴 기세였다.

"알려주지. 천석이란 늙은이였지. 제법 자기를 다루는 솜씨가 좋아 내가 돈 주고 조선에서 사온 물건인데, 이 노인네가 돈값도 못하고 죽었어. 네놈한테라도 한풀이를 좀 해야겠다. 다시 묻지. 죽도는 어느 나라에 속한 섬이냐?"

천석 어른이 외거노비였다는 사실이 기억났다. 귤진중이 그를 물건이라 불렀다는 사실에는 치가 떨렸다. 나는 몸부림쳤다. 손이 묶인 상황이라 아무리 몸부림쳐도 여섯 명씩이나 달라붙은 일본 어부들의 완력에서 벗어날 수가 없었다.

"조선 것들은 매질이 약이다!"

견딜 수 없는 치욕이 치밀어 올랐다. 하지만 나는 마음마저 묶여버렸다. 쇼군의 명령 따위 우습게 생각하는 번주라면 우리의 죽음 따위 아무렇지도 않게 여길 게 분명했다. 오키섬의 번주도 조선 어부의 죽음을 대수롭지 않게 여겼다. 그러니 업동을 아무렇지도 않게 바다에 내던진 게 아니던가. 쓰시마 역시 섬이었고 쇼군의 권력에서 많이 벗어난 곳이었다. 나는 단념했다. 살아서 조선으로 돌아갈 가망이 없어 보였다.

"행님, 일마들이 와 이라요? 우리 조선으로 돌아가는 거 아니요?"

"어둔아, 미안하데이. 내 저승 가서라도 니는 꼭 챙기마."

"행님, 갑자기 뭔 소리고? 그러지 마라. 우리 곧 조선으로 돌아간다고 말해라."

어둔의 말을 채 듣지도 못했는데, 일본 어부들은 나와 어둔을 그대로 바다에 내던졌다. 살아온 시간들이 허망하고 우스웠다. 차라리 어머니가 두려워했던 기백 한번 세상에 제대로 펼쳐보지 못한 게 아쉬웠다. 바닷물이 입과 콧구멍으로 밀려들어왔다. 몸부림치기를 포기했다.

배 난간에 서 있는 귤진중의 모습이 아른거렸다. 곁에서 바닷속으로 추락하는 어둔의 모습도 눈에 들어왔다. 의식이 조금씩 흐려졌고 눈앞이 아득해졌다. 어머니에게 죄송하지만 제사 지내기엔 덥지도 춥지도 않아 나쁘진 않겠다는 생각이 들었다. 눈앞이 까마득해지고 세상의 빛들이 모두 사라진다고 느낄 즈음, 수면 위로 몇 개의 큰 파문이 일었다. 그리고 나는 정신을 잃었다.

2

1693년 11월 2일 신시(申時).

배가 초량 왜관 앞 포구에 닿았다. 쓰시마의 이즈하라 항에서 출발한지 열하루가 흘렀다. 나는 허공을 더듬어 귤진중을 찾았다. 그가 잠깐 눈을 돌리다 나를 발견한 후 얼른 눈길을 돌렸다. 나를 치욕스럽고 비참하게 만든 그에게도 일말의 양심이 남아 있을까. 그에게로 향한 증오가 타올라 가슴속은 용암이 끓어올랐고, 식지 않은 채 흘러 다녔다.

왜관 뒤로 우뚝 솟은 용두산이 눈에 들어오자 나도 모르게 왈칵 눈물이 흘렀다. 누가 볼 새라 서둘러 눈물을 훔치고 부두 쪽으로 눈길을 주었다. 복병장 만호와 그의 수하인 포졸들이 먼저 눈에 들어왔다. 차인 어른과 초향이 보였고, 그들 뒤로 동래상인 백지망과 멍구 패거리도 눈에 띄었다. 백지망과 멍구 패거리는 사사건건 내가 하는 일에 훼방을 놓아온 인간들임에도 그들조차 반가웠다.

부두에서 배로 다리가 놓였다. 홋줄이 부두로 날아가 배를 고정시켰다. 먼저 귤진중과 일본 관리들이 배에서 내렸다. 초량 왜관의 일본 거상인 오다 일행이 그들을 맞이했다. 동래부의 관리들도 나와 일본 관리들을 영접했다. 그렇게 모두 배에서 빠져 나간 뒤 나와 어둔이 마지막으로 배에서 내렸다.

나는 차마 배에서 발이 떨어지지 않았다. 얼른 땅을 디디고 싶으면서도 망설여졌다. 뭍에 발을 내딛는 순간 나는 사람들 사이에서 바쁘게 두리번거리는 가동을 보았다. 그의 눈이 업동을 찾고 있었다. 그의 눈은 내게 업동의 안부를 묻기도 전부터 붉게 물들고 있었다.

"행님, 우리 업동이는? 우리 업동이는 어디 있소? 업동아, 업동아!"

그가 사방을 향해 업동을 불렀다. 나는 그의 팔을 잡은 채 아무 말도 하지 못했다.

"미안하데이. 우리만 살아와서 미안하데이."

"행님, 그기 뭔 소리다요? 업동이 안즉 배에서 안 내렸어라?"

가동이 포졸들과 일본 병사들을 헤집고 세키부네에 올라타려고 했다. 우리의 포졸들이 그를 잡으려 달려갔고 일본 병사들이 그를 막았다. 달리 도망 갈 길을 찾지 못한 가동이 바다로 뛰어들었다. 나는 차마 그를 쳐다볼 수 없었다. 본래 천민의 삶은 천박하게 흘러갈 수밖에 없는 세상이었다. 운명이라 논할 가치도 없었다. 가동이 바다에 빠져 죽는다 한들 누구 하나 돌보지 않을 터였다. 가동은 물을 가르며 먼 바닷가 쪽으로 헤엄쳐나갔다.

'가동이 미안허네. 어쩔 수 없었네.'

내 마음을 충분히 알 거라 믿었다. 굳이 설명하지 않아도 우리들 목숨이라는 게 한숨에도 흩어지고 말 미풍 같다는 걸 그도 알 터였다. 모래사장에 선 가동이 눈에 들어왔다. 그는 모래밭에 머리를 처박고 어깨를 떨고 있었다. 나는 더 이상 그를 바라보지 않았다.

어둔은 부두에 발이 닿자마자 엉엉 울기 시작했다. 나 역시 살아 돌아온 일이 믿어지지 않았다. 하지만 나와 어둔은 여전히 포박된 상황이었다. 그리고 나와 어둔을 가장 먼저 맞이한 사람들은 동래부의 포졸들이었다.

"안용복, 박어둔, 너희들은 나라가 금한 도해금지령을 어겼다. 지금 이 시각부로 관아로 압송한다."

복병장 만호가 나와 어둔에게 말했다. 내겐 그 말조차 달콤하게 들렸다. 나와 어둔은 포졸들에 둘러싸여 동래부 관아 방향으로 걸음을 옮겼다. 그제야 차인 어른과 초향 가까이 지나갈 수 있었다. 나는 걸음을 멈추고 두 손이 포박된 채 차인 어른에게 절을 올렸다. 그는 갈 길 잃고 헤매던 나를 붙잡아준 아버지 같은 존재였다. 어둔도 절을 했다.

"어르신, 늦었습니더."

차인 어른 댁의 수하가 두부판을 내보였다. 차인 어른이 복병장 만호를 쳐다보면 말했다.

"이보시게. 지옥 문턱을 밟고 온 사람들 아닌가. 액막이 두부 좀 먹이세."

복병장이 고개를 끄덕거렸다. 포졸들이 내 곁에서 비켜서자 어른의 수하가 두부판을 내밀었다. 여기저기서 업동의 이름이 흘러나왔다. "업동인 안 보이네.", "그 자슥 돌아오믄 장가간다 그랬는데……." 마중을 나온 사람들도 나와 어둔의 뒤를 살폈다. 나는 그들의 말을 듣지 못한 척 차인 어른과 초향에게만 집중했다.

"욕봤다. 두부들 먹게나."

희디 흰 두부가 눈앞에 어른거렸다. 이즈하라 항에서 초량 항까지 오는 동안 굴진중은 물조차 제대로 주지 않았다.

"자 얼른 들어라. 행님들 온다고 금방 빼왔데이."

어른의 수하가 어둔의 입에, 그리고 내 입에 두부를 넣어주었다.

"내는 행님들 무조선 살아올 거라 믿었다. 근디 업동이는 어딨소?"

업동이의 안부를 묻는 말에 어둔은 두부를 입에 넣은 채 눈물을 흘리며 소리 내어 울었다. 그의 입에서 두부가 삐져나왔다. 나는 포구 멀리 모래밭에 넋 놓고 앉아 있는 가동을 보았다. 어둔은 고개를 떨군 채 포졸의 뒤를 따랐다. 힐끔 가동이 서 있는 모래밭 쪽을 한 차례 더 바라보았다. 바닷가로 향해 앉은 그의 어깨가 들썩거렸다. 소매로 눈물을 훔치는 모습이 보였다.

나의 힘으로 어쩌지 못하는 이 상황에 속이 더 새카맣게 타들어갔다. 업동의 죽음이 내 잘못인 것만 같아 바늘로 심장을 찌르는 듯한 통증이 일었다. '같이 떠났으면 같이 살아서 돌아와야제.' 가동의 목소리는 들리지 않았지만 나를 면전에 두고 그리 말하는 듯했다. 나는 바닥만 쳐다보며 걸었다. 포졸의 신 뒷굽에 눈을 매고 그의 뒤를 쫓았다.

'미안하데이, 미안하데이.'

3

1693년 11월 25일 미시(未時).

연항대청 지붕 뒤로 파란 하늘을 덮고 있는 용두산이 눈에 들
어왔다. 곧 저 하늘에 냉기가 차고 서늘한 바람으로 가득할 터
였다. 쨍한 햇볕이 겨울이 멀지 않았다고 말해주는 듯했다. 햇
빛은 대청의 지붕까지 직선으로 떨어졌다가 기와를 타고 흘러
내렸다. 처마 끝에선 마지막 남은 빗방울처럼 방울져 낙하했
다. 어렸을 때도 보았고 지난해에도 보았을 풍경인데 낯설었
다. 겨우 서른아홉 해의 여름이 한 차례 지나갔을 뿐인데, 나는
생애에서 가장 긴 여름을 보낸 듯한 기분이 들었다. 어둔은 벽
에 등을 기댄 채 몸을 말고 있었다.

"살아 돌아온 것만도 용한디 우리를 가둬? 이기 나라여? 이
기 나라냐고?"

어둔은 혼잣말을 중얼거렸다. 나는 어둔에게서 눈길을 거둬
감옥 밖을 내다보았다. 대청 좌측의 단풍나무는 붉게 물들어가
고 있었고, 배롱나무는 하얗게 겨울로 들어갈 준비를 하고 있
었다. 중관 쪽의 키 큰 은행나무 아래엔 노랗게 쌓인 은행잎들

이 가을이 깊어지고 있다는 걸 말해주었다.

대청마루에 앉아 있는 몇 사람의 모습도 훤히 눈에 들어왔다. 대청마루에서 한바탕 고성이 오갔다. 하지만 내게까지 그들의 말은 들리지 않았다. 감옥을 드나들던 포졸이 밖으로 향하는 문을 닫자 그들의 모습도 시야에서 사라졌다.

바닥에서 차가운 냉기가 스멀스멀 기어올랐다. 이제 내게 남은 건 아무 것도 없었다. 국법을 어겼으니 벌을 받고 다시 평범한 인간으로 돌아가 살아가면 그만이었다. 울릉도와 독도의 일은 나라의 일이니, 나랏일 보는 이들이 정당하게 처리할 거라 생각했다. 나는 조선으로 돌아왔고, 국력은 미약하나 조선은 사리분별이 분명한 나라이니, 불분명한 경계를 분명하게 매듭지을 거라 믿었다. 하지만 그건 나만의 생각이었다.

4

1693년 12월 10일 사시(巳時).

나와 어둔은 초량 왜관에서 동래 관아로 압송되었다. 나는 물
론 어둔 역시 죄인 아닌 죄인이 되어 일본에게서 조선에게로
넘겨졌다. 내가 저지른 일을 두고 세상이 불법이라 말하니 불
법이라 받아들일 수밖에 없었다. 이젠 억울하거나 분하지도 않
았다. 어느 곳이고 어느 나라든 평범한 백성에게는 자신의 목
소리가 있을 수 없었다. 하물며 나는 과거 외거노비였다. 더 깊
이 파고 들어가면 나는 나라의 역적을 도모한 집안의 자손이
었다. 역적의 죄는 삼족을 멸한다 했으니, 어머니나 나 역시 그
법대로라면 이미 멸해졌어야 할 사람이었다.

겨울이 시작되고 있었다. 연향대청 마당에 은행나무 잎 몇
장과 단풍나무 잎 몇 장이 나뒹구는 걸 보았을 뿐인데, 가을마
저 훌쩍 지나가고 말았다. 지금 나나 어둔은 독도로 떠날 때 입
었던 적삼 홑겹 차림이었다. 일본에서 입었던 옷들마저도 쓰시
마에서 모두 빼앗기고 말았다. 그쯤이야 이해할 수 있었다. 어
차피 조선으로 돌아와야 하니 일본의 옷을 입을 순 없었다. 내

가 애석하고 안타까운 건 너무도 간단하게 서계를 빼앗긴 일이었다.

찬바람이 휑해도 너무 휑한 소나무 기둥 창살을 지나 감방 안으로 밀려들었다. 몸을 말고 어깨를 움츠려도 냉기를 물리칠 수 없었다.

"내 다시는 일본 놈들하고 엮이나 봐라. 여서 나가믄 일본 쪽은 쳐다보지도 않을 기다."

말이라도 몇 마디 해야 입 주변에 훈기가 돌았다. 나는 몸보다 마음이 더 추워서인지 크게 한기를 느끼진 못했다.

"행님, 우리 어찌 되는교?"

"우짜든 국법을 어겼으니 재판 받고 형벌 받겠지."

"그럼 우리는 매도 맞고 집으로 가지도 못하는 기가?"

"내도 모린다."

"뭐 이런 나라가 다 있노? 그기 아니믄 나라가 우리 같은 나부랭이들이 먹고 살 수 있그로 해주든가. 먹고 살 수 있게 해주지도 몬하고, 우리 섬에 나가 괴기도 못 잡게 하고, 납치되어 갔다 왔는데 월경했다고 죄인 취급하고, 염병!"

어둔의 말이 끝나기도 전에 포졸들이 감옥 출입문을 열고 들어왔다.

"안용복, 박어둔 나와라!"

포졸들도 낯이 익은 얼굴들이었다. 하지만 그들이 곤란할까 봐 나는 말을 붙이지 않았다.

"이보게, 우리 재판 받는가?"

어둔이 은근한 말투로 물었다. 어둔의 질문을 받은 포졸이 어둔에게 포승줄을 묶으며 힐끔 사방을 쳐다보았다.

"난리도 이런 난리가 읎지. 한양에서 접위관 나리도 오셨어."

"접위관이 와?"

나도 그의 말에 귀가 솔깃했다.

"그 일본에서 온 양반이 난리를 치지 않았겠는가. 우리 조선 어부들이 자신들의 섬에서 고기잡이를 한다고 말이여."

"뭐? 이것들이!"

우리는 동헌의 취조실 마당으로 끌려갔다. 그곳엔 나와 어둔을 바다에 내던졌던 귤진중과 동래부사, 그리고 접위관이 우리를 기다리고 있었다. 창백하다 싶을 정도로 하얀 귤진중이 눈을 가늘게 뜨고 나를 내려다보았다.

"……저 무지렁이들 뿐만이 아니오."

귤진중이 나와 어둔을 손가락으로 가리키며 말했다.

"귀국의 어민들이 일전에 본국의 해역인 죽도에 배를 타고 들어왔기에, 지방관이 국가의 금법을 자세히 설명해준 바 있습니다. 그런데도 계속해서 귀국의 어민 40여 명이 죽도에 들어와 조업을 했습니다. 저희가 저 조선 어부 둘을 구금한 건 증거로 삼으려 했던 것입니다. 허나 우리 쇼군께서 저 둘을 우리에게 보내면서 본국으로 송환하도록 지시하셨지요. 일찍이 우리 쇼군께서 백성을 사랑함에 원근을 따지지 않으십니다. 허물을

173

따지지 않고 혜택을 베풀어 저 둘을 조선으로 보낸 것이지만, 향후에도 이런 일이 일어나지 않으리라는 보장이 어디 있겠습니까? 이번 사건을 계기로 귀국의 어부들이 본국 해역을 침입하지 못하도록 해야 할 것입니다. 우리 쇼군께서도 심히 염려하시고 계십니다. 우리 해역에 조선 어부들이 함부로……."

"거짓말이오!"

나는 무릎을 펴고 일어나며 동헌 마루를 향해 고함을 질렀다.

"저 인간이 하는 말은 모두 거짓말이란 말이오!"

나는 한 차례 더 우리의 말로 귤진중의 입에서 흘러나오는 말이 거짓임을 말했다.

"무엄하다! 이 자리가 어떤 자리인 줄 알고 천민이 나선단 말이냐! 세상은 위와 아래가 있고 그 위와 아래에 맞춤한 법도가 있거늘, 여기가 어느 안전이라고 감히 더러운 입을 놀리느냐! 저놈들 매우 쳐라!"

동래부사가 말했다. 나와 어둔의 뒤에 서 있던 포졸들이 머뭇거렸다. 모두 안면이 있는 포졸들이었다.

"뭣들 하느냐, 매우 치지 않고 뭐하느냐?"

포졸들이 망설이자 이방이 마당까지 내려와 포졸들을 다그쳤다. 몽둥이가 어깨로 허리로 허벅지로 날아들었다.

"나는 일본의 쇼군에게서 진짜 서계를 받아왔소. 그 서계를 저들이 가로챘단 말이오."

동래부사와 한양에서 내려온 접위관을 향해 말했다. 접위관이라면 지방의 관리와 달리 진실과 거짓을 가릴 줄 알 거라 생각했다. 하지만 그건 나의 오산이었다. 접위관이 앞으로 나섰다. 그가 서계를 펼쳐 보였다.

"이걸 말하는 거냐? 네놈이 국법을 어기고 어부들을 선동해서 도해금지령을 어기고, 그것도 모자라 일본까지 내려가 분란을 일으켜 양국에 심각한 외교 사태를 일으켰는데. 일본 국왕이 울릉도와 독도에서 어업을 금지해 달라는 서계를 보냈거늘. 이 서계를 두고 하는 말이냐?"

"나리, 그것은 가짜입니더. 저는 쇼군을 직접 만나 서계를 받았습니더. 저 작자가 더 잘 알 것입니더."

"뭐라? 한낱 노비 따위가 뭘 안다고 지껄이느냐? 저놈이 국법의 지엄함을 모르는 모양이구나. 쳐라!"

동래부사까지 자리에서 일어나 나를 비난했다.

"노비 따위가 뭘 알겠습니까?"

접위관은 진실 따위는 알려고 들지 않았다. 계급이 진실이 되는 세상이었다.

나는 입을 다물었다. 몽둥이가 날아들어 살을 찢어놓아도 비명조차 지르지 않았다. 새삼 어머니의 당부가 떠올랐다. 나의 진실은 내가 노비의 신분이기에 오염된 진실이며, 나의 항변은 모사꾼의 변명에 지나지 않았다.

"우리나라는 해상의 금령이 매우 엄격하다. 국법으로 해변에 사는 백성들을 먼 바다에 나가지 못하도록 단속하고 있다

는 걸 모르지 않을 터. 국법이 얼마나 우스우면 이런 분란을 일
으킨단 말인가. 특히 울릉도와 독도의 자유 왕래를 금하는 건
무지몽매한 백성들이 행여 피해를 당하지 않을까 염려했기 때
문이다."

나는 무릎을 꿇었고, 고꾸라진 후에야 몽둥이질은 멈춰졌다.

"다시 한번 말씀드리지만, 우리 어부들이 귀국의 영해에 침
입하여 송환의 번거로움을 끼쳤다니 미안하고 고맙습니다. 고
기잡이를 업으로 삼은 백성들이 간혹 풍랑을 만나서 표류하는
일이 없지 않지만, 바다를 건너 타국의 해역으로 들어간 것은
엄연한 잘못이지요. 우리가 국법에 따라 범인들의 죄를 엄히
다스리겠습니다."

우리가 일본의 섬을 침범했다? 동래부사의 말이 날카로운
바늘이 되어 내 귀를 후벼 파는 듯했다.

"그게 문제가 아니라 우리 죽도에 들어와 집까지 짓고 살았
다는 게 문제입니다."

한양에서는 어떤 뜻을 가지고 있는 것일까. 동래부사와 접
위관은 귤진중에게 질질 끌려 다녔다.

"나리, 울릉도와 독도는 저들의 섬이 아니라 우리의 섬이라
고 쇼군도 인정을 했습니다. 울릉도의 앞바다는, 그리고 독도
는 우리의 바다이며 우리의 섬이란 말입니다."

나는 겨우겨우 피를 토하듯 내뱉었다.

"국법을 어기고도 모자라 거짓말까지 늘어놓다니. 내 반드

시 네놈의 죄를 묻고 최고의 벌을 내릴 것이다. 치워라!"

동래부사의 말이 끝나기 무섭게 나와 어둔은 부사의 지시를 받은 포졸에 의해 다시 감옥으로 끌려갔다. 그들에게서 멀어질수록 그들의 이야기가 더 선명하게 귀에 박혔다.

"……죽도라니요? 울릉도를 말씀하시는 것이오?"

접위관의 말이 희미하게 귀에 들어왔다.

"무슨 소리요. 당신네들이 독도를 죽도라 부르는지, 울릉도와 독도를 모두 죽도라 부르는지 모르겠으나, 두 섬 모두 우리 고유의 영토요. 아전인수 격으로 해석하지 마시오. 한때 난을 빌미로 우리 영토를 점령했다 하여 100년도 더 지난 일로 지금도 당신네들의 영토라 함은 어불성설이오."●

"참으로 갑갑하오. 제 말은 세계에서 울릉도든 독도든 죽도라 바꾸어 달라는 거요. 이러다 쇼군께서 노하시어 다시 이 조선 반도가 불바다라도 되었으면 좋겠소?"

"이보시오. 죽도는 대나무가 자란다는, 울릉도 곁에 있는 작은 섬이라오. 울릉도가 있고 그 곁에 죽도, 그리고 다음에 독도가 있소. 제대로 알지도 못하면서 어거지 부리지 마시오."

나와 어둔을 반쯤 죽이기까지 했던 귤진중은 목소리 한번 떨지 않고 거짓말과 협박을 능청스럽게 내뱉고 있었다. 귤진중의 거짓을 깨닫지 못하더라도 한 가지 다행스러운 일은 울릉

● 이수관의 《지봉유설》을 바탕으로 각색했다.

도든 독도든 통째로 일본에 넘기지는 않겠다는 생각이 들었다
는 사실이다. 이대로 계속해서 귤진중 같은 작자들이 조선으로
건너와 항의를 하면 언젠가는 물러터진, 제 잇속 챙기기에만
급급한 위정자들에 의해 결국 사라지고 말 영토일지는 모르겠
지만, 지금 당장은 아니라는 생각이 들었다.

　창살의 문이 잠기고 포졸은 몇 번 혀를 찬 후 옥사 밖으로
나갔다. 열린 문틈으로 북풍이 벼린 칼처럼 감옥으로 밀고 들
어왔다.

5

1693년 12월 3일 해시(亥時).

동헌의 소란스러움이 잦아들고 기다린 적이 없는 찬 밤이 왔다. 나는 몸을 한껏 만 후 손바닥만한 창으로 밀려드는 달을 바라보았다. 오랜만에 보는 만삭의 달이었다. 달무리도 끌고 오지 않은 깨끗한 달이었다. 어두운 하늘에 도드라지게 박혀 있는데도 내게 달은 허전하고 쓸쓸해 보였다. 세상이 이대로, 깨끗하고 쓸쓸한 채로 종말을 맞이해 버렸으면 좋겠다는 생각이 들었다. 누구도 진실 따위는 들여다보려 하지 않는 세상이었다.

어둔도 몸을 이리저리 뒤척이며 잠들지 못하고 있었다.

"행님, 업동인 다음 세상에서 우리처럼 천한 것으로는 태어나지 말아야 하는데."

"갑자기 뭔 소리냐?"

"잠깐 눈을 붙였는데, 업동이가……."

어둔의 말이 끝나기도 전에 갑자기 감옥 출입문이 열리고 횃불을 든 포졸 하나와 사내 한 명, 그리고 일꾼 한 명이 보자기를 들고 나타났다. 그들은 내가 갇힌 감방 앞에서 멈춰 섰다. 나와 어둔이 놀라 벌떡 자리에서 일어났다. 포졸과 짐꾼은 누군지 짐작이 갔지만 갓을 쓴 선비는 누구인지 알 수가 없었다.

"뉘신지?"

어둔이 물었다. 사내는 포졸을 물리고 짐꾼만 곁에 두었다. 사내가 사방을 둘러보자 짐꾼 역시 차가운 눈으로 곳곳을 살폈다.

"댁이 안용복이오?"

사내가 낮게 깔리는 목소리로 물었다.

"그렇습니다만."

사내가 고갯짓을 하자 보자기 두 개가 창살 안으로 불쑥 들어왔다. 솜 적삼이었다.

"아니 이걸 왜……."

이어 짐꾼은 다른 보자기를 풀었다. 술과 떡과 전이 펼쳐졌다.

"너는 나가 밖을 살펴라."

갓을 쓴 사내가 짐꾼에게 지시를 하자 그는 가볍게 목례를 한 후 빠른 걸음으로 옥사를 빠져나갔다. 날랜 걸음을 가진 남자였다. 옥사의 문이 닫히자 사내는 바닥에 앉아 나와 어둔에게 술잔을 내밀었다.

"뉘신지도 모르는 분의 잔을 받을 수는 없습니다."

그가 술병을 들고 내 얼굴을 빤히 바라보았다.

"안용복, 금성대군과 훗날을 도모한 순흥 안씨의 자손이 아니던가요?"

순간 심장이 심연으로 속절없이 떨어지는 기분이었다. 전신의 힘이 빠져 잔을 든 손을 떨어트렸다. 잔은 깨지지 않은 채 내 발 아래에서 굴렀다.

"당신, 뭐하는 사람이오?"

"사헌부에서 내려온 유집일이오."

나는 그에게서 한 팔쯤 거리를 두고 떨어져 앉았다.

"당신이 누군지는 모르지만 나는 그 일에 대해선 전혀 모릅니다. 100년도 더 지난 일이고."

"그 일의 잘잘못을 따지자고 온 건 아니오. 또한 누구의 잘잘못을 따질 수도 없는 일이오."

"이제 잘잘못을 따지지 않는다고는 하나, 나는 이 생에서 충분히 그 벌을 받았다고 생각합니다. 그러니 나를 그냥 내버려두시오."

나는 그를 외면하고 돌아앉았다. 어둔은 술잔을 든 채 이러지도 저러지도 못한 채 머뭇거렸다.

"당신의 말 그대로 100년의 세월이 지났소. 이젠 역사책 속에서도 지워질 판이오. 이리 앉아 내 술 받으시오."

한참 만에 내가 그에게 다가간 것은 그의 목소리가 낮고 굵어서 믿음이 간 때문만은 아니었다. 어른으로서의 격과 기품이 느껴졌다. 장수는 장수로서의 격과 기품이 있고, 학자는 학자로서의 기품이 있는 법. 그에게는 옳고 그름을 분간해낼 수 있는 격과 기품이 있었다. 한편으론 더 이상 밀려날 곳이 없다는 사실도 나를 그의 앞에 앉게 만들었다.

내가 잔을 다시 찾아들자 그가 술을 따랐다. 어둔의 잔에도 술이 채워졌다.

"나는 쇼군이 직접 써주었다는 서계를 믿소."

목을 타고 넘어가던 술에 불이라도 붙은 듯 기도와 가슴이 뜨겁게 달아올랐다.

"저한테 그런 이야기를 왜 하시는 겁니꺼? 보아하니 양반이신데, 나 같은 노비를 상대해서 뭘 얻으시겠다고."

"댁을 노비로 만든 건 역사지 당신의 뜻은 아니지 않소? 나는 진실을 가진 자라면 양반이건 노비건 중요하지 않다고 생각하오."

나는 그와 어둔을 번갈아보았다. 그의 말만으로도 놀라운 일이었다. 양반의 진실은 진실이지만, 노비의 진실은 간단하게 거짓으로 뒤바뀌는 세상이었다.

"내가 다른 곳도 둘러봐야 하고 해서 이 밤에나 시간이 날 것 같아 들렀소."

나는 그제야 어렴풋이 그의 존재를 인식할 수 있을 것 같았다.

"그럼 암행……."

유집일이 손가락을 들어 그의 입에 가져다 댔다.

"암행은 아니오, 조정에서 하도 분란이 일어나니 임금께서 은밀히 알아보라 나를 내려 보내셨을 뿐, 공식적 일정보단 사나흘 먼저 온 것이오. 곧 일본 본토에서 전령이 올 것이오. 내가 여기에 내려올 때 전령도 같이 일본으로 떠났소. 폐하의 전언을 가지고 갔으니 수일 내로 들어오겠지. 전령은 쇼군을 만날 거요."

나도 모르게 침 한 덩어리가 목구멍으로 넘어갔다.

"제가 괜한 분란을 일으킨 건 아닌지……."

"일으켰지요."

심장이 멎고 눈이 커졌다. 나는 조용히 잔을 내려놓았다.

"그리 놀랄 거 없소. 오래 전부터 일본이 누누이 문제 삼아 왔던 일들이고, 이참에 확실히 해둬야 할 게 있는 것뿐이오. 다만, 댁이 결정적 빌미를 만들어주긴 했소. 임금께서도 심히 염려하고 계신 일이오."

나는 고개를 들 수 없었다.

"우리 쪽에도 일본에서 생활하는 첩자들이 있소. 그 첩자들의 제보에 따르면, 쇼군이 울릉도와 독도가 조선의 영토임을 증명하는 서계를 직접 써주었으리라 보고 있소. 우리 전령이 여러 훼방꾼들 때문에 쇼군을 만나지 못할 수도 있지만, 직접 만나봐야 알지 않겠소."

"나리, 쇼군이 울릉도가 조선의 땅이라 적어준 그 서계는 사실입니더. 그리고 울릉도에는 당연히 독도가 포함되는 것이오.

그러니 독도 역시 우리의 영토라는 말이고요."

"곧 진실이 밝혀지겠지. 자, 드시오."

그가 잔을 들고 천천히 술을 비웠다. 한 잔, 두 잔, 세 잔…….
술 몇 잔이 들어간 후에야 몸속을 느리게 돌던 피들이 제법 활
기를 찾았다. 얕은 의심도 사라졌고 과거로부터 시작된 미래에
대한 염려도 사라졌다.

"내가 지금 물을 말은 아니지만, 일본을 둘러보니 어떻던가
요? 사절단으로 가면 정해진 풍경만 보고 오니 정작 일본의 숨
겨진 모습을 보지 못하겠더군요."

다만 그게 궁금해서 나를 찾아온 것인가. 다른 연유가 있다
고 하더라도 지금의 나는 그를 경계할 마음의 여유가 없었다.
그가 짖으라 하면 짖어야만 할 것 같았으나 그의 눈은 횃불 빛
을 받아 검고 붉게 출렁거렸다. 믿음이 가는 눈빛이었다.

"일본은 아직 어수선한 거 같습니다. 쇼군이 일본 전역을 단
속하느라 밤을 틈 타 돌아댕기는 거 같았습죠."

유집일은 잔을 들고 술을 음미하며 고개를 끄덕거렸다.

"지가 놀란 건, 나가사키와 돗토리에 드나드는 외국인들을
본 일이었습니다."

"외국인이야 여기 초량 왜관에도 많이 드나들지 않던가요?"

그의 존댓말이 부담스러우면서도 왜 그런지 뿌듯했다.

"나가사키만 해도……."

나는 오키섬을 거쳐 돗토리와 오카야마, 후쿠오카, 나가사키

를 지나 쓰시마에 이르기까지 보았던 풍경들에 대해 말해주었
다. 반듯한 거리와 100척이 넘는 높이의 성, 사무라이들. 유집
일은 말없이 들었다.

몸속까지 제법 온기가 돌자 말을 하고 싶었다. 몸도 풀리고
입도 풀린 어둔이 유집일에게 우리의 사정을 하소연하듯 말
했다.

"억울하긴 하겠지요. 하지만 나라의 법을 어긴 일은 중한 범
죄요. 게다가 두 사람들이 일본으로 납치되어 갔건 표류되어
갔건, 그 일로 지금 차왜 귤진중이 서계를 들고 와서 서명해줄
것을 강요하고 있다는 거요. 그런 빌미조차 만들지 말아야 한
다는 게 조정의 생각인 것이오. 일면 비겁한 생각이긴 하지만."

"그리 짐작은 하고 있었습죠. 그럼 그 사람은 우리를 송환
해주러 같이 온 게 아니라 울릉도나 독도 때문에 온 거란 말
인교?"

"지난해에도 똑같은 문서를 들고 조선을 찾아왔지요."

"무신?"

"조선의 어부들이 울릉도 인근 해역에서 조업하지 못하게
해달라는 것과 울릉이라는 이름을 죽도로 바꿔달라는 게 가장
큰 요구안이었소."

"그놈이 도대체 여 와서 뭔 소리를 했는교?"

어둔이 물었다. 나도, 어둔도 술 몇 잔에 정신도 맑아졌다.

"올해 봄에는 독도 인근에서 고기를 잡던 우리 어민 40여 명

이 일본인들에게 끌려갔다가 돌아왔는데, 그게 문제가 된 일이
있었소."

"그게 와 문제가 되나요?"

"자기네들 섬에 들어와 고기잡이를 했다는 게지요."

"문디 자슥들, 우리 섬을 왜 지네 섬이라 우깁니꺼?"

"80년 전부터 자기네가 조업을 했던 섬이라는 게지요."

"말도 안 되는 시비를 거는 놈들이네."

어둔이 씩씩거렸다. 이제 그의 입에서 단내 대신 향긋한 술
냄새가 풍겼다.

나는 조선으로 돌아온 후 처음으로 돗토리 성 만찬장에서
일본 관리들이 듣는 자리에서 직접 읽어 내려갔던 서계에 대
해 자세하게 말했다. 조선의 관리들은 나의 자세한 설명 따위
는 들으려 하지 않았다. 나 같은 천민의 말은 대부분 믿을 수
없는 말이라 단정했다. 나라의 모든 일과 평가와 판단은 자신
들이 머리 굴려 생각하고 계산해서, 우리의 어떤 의지들과는
무관하게 결정하고 시행했다. 지금까지 그래왔고, 앞으로도 그
럴 것이다.

내가 뭔가를 말한다고 해서 바뀔 나라가 아니었다. 그래서
나는 서계에 관한 한 더 이상 입을 열지 않았다. 하지만 유집
일 정도의 사내가 말한다면 조금이나마 귀를 기울이려. 그
서계를 쓰시마에서 빼앗긴 사실에 대해서도 다시 자세하게 설
명했다.

"그런데 왜 그 서계에 대해 동래부사나 접위관에게 진즉 말하지 않았소?"

"수십 번도 더 말했지요. 동래부사는 물론이고 접위관 나리도 지가 노비 신분이라 믿지 않으셨을 뿐."

나는 '노비 따위가 어찌 일국을 상대로 서계 같은 걸 받을 수 있느냐 비아냥거렸습죠'라는 말을 하려다 말았다. 그가 낮고 짧은 신음 소리를 냈다.

"이보시오, 나랏일 하는 사람들이 그렇게 모두가 예의가 없거나 안하무인이지는 않소."

"그런다고 일본의 요구가 달라질 수 있을까요? 도무지 왜 조용히 처리하려고만 하는지 알다가도 모르겠습니다."

"아무튼 그 서계만 있다면 만사 해결될 문제라는 말이군…….일본은 지금 조선의 어부들이 울릉도와 독도에 들어오지 못하게 해달라고 생떼를 쓰고 있소. 귤진중이라는 작자는 쇼군의 서계 내용을 뻔히 알면서도 거짓말을 하고 있고."

유집일이 잔을 비우고 내 잔과 어둔의 잔에 술을 채워주었다.

"그놈이 말하는 내용은 무엇인교?"

귤진중이라는 작자가 막무가내로 우긴다는 말은 얼핏 들었지만 자세한 내막은 알지 못했다. 나는 망설이다 물었다. 귤진중이 조선까지 건너오도록 만든 빌미를 제공했지만 언제든 터질 문제였다.

"섬 하나를 두 개로 꾸며서 하나는 죽도로, 하나는 울릉도로 하면, 이런 일이 재발했을 때 사안이 매우 중대해지지 않겠느냐, 조선의 어부들이 울릉도에 건너가지 않도록 이전부터 법으로 금지했다고 했으니, 일본의 죽도에 다시는 가지 않도록 엄하게 지시할 것이라고 회답해 달라, 만일 회답서에 울릉이란 말이 들어가면 의문을 초래하여 후일 조선도 성가시게 될 것이며, 에도 막부의 쇼군 또한 분노하여 군사를 모아 바다를 건너오게 될지도 모른다. 그런 내용이지요."

나도 모르게 순식간에 웃음이 터져 나왔다. 유집일과 어둔이 술잔을 들다 멈추고 나를 바라보았다.

"어차피 이렇게 된 마당이니 모두 말씀드리겠습니더."

"뭘 말이오?"

어둔도 나를 빤히 쳐다보았다.

"후쿠오카에서 나가사키로 가던 길 대나무 숲에서 쇼군을 만났습죠."

"뭐요?"

유집일이 적잖이 놀라는 눈치였다.

"행님, 그럼 그때 숲에서 본 그 무시무시한 양반 말하는 거요?"

나는 고개를 끄덕거렸다.

"쇼군을 호위하는 사무라이들이 자신들을 본 적이 없었다고 하라더군요. 암행을 나온 거 같았습죠. 우리도 그러니까."

"그래서?"

"서계의 내용을 확인했고 말로도 확실히 언급을 했습죠. 만약 귤진중이라는 인간이 쇼군을 거들먹거리면서 울릉도에 대한 소유 때문에 관계가 불편해지면 마치 임진왜란 때처럼 쳐들어오겠다고 했다면, 그건 거짓 협박이오."

유집일이 고개를 끄덕거렸다.

"어느 정도 짐작은 했던 일이오. 어쨌든 귤진중이라는 인간이 우리 울릉도에 대한 도해금지령을 알고 있다는 것이지요. 게다가 안 동지한테 서계가 없으니, 노비 신분의 말을 진실로 받아들이진 않을 거라 짐작하고 있을지도 모르오."

"그게 무슨 말인교?"

"다 알고 있으면서도 막무가내로 밀어붙이고 있다는 말 아니겠소. 모르긴 몰라도 동래부사나 먼저 내려왔던 접위관에게도 노비 따위의 말을 어찌 믿겠느냐고 다그쳤을 거요. 안 동지가 쇼군을 만날 일은 없을 거라는 가정 하에 야료를 부리는 것이지요."

귤진중이 나와 어둔을 조선으로 데려오면서 이미 많은 걸 준비해 두었다는 걸 알았다. 그는 울릉도를 죽도라 말하고 마치 자신들의 섬인 양 떠벌이고 있었다. 그리고 그 뜻 안에는 교묘하게 독도가 포함되어 있었다. 그건 쓰시마 도주의 뜻일 터였다. 그는 지금의 쇼군을 무서워하지 않을지도 몰랐다. 그래도 쇼군을 무시할 수는 없을 터인데. 그렇다면 울릉도와 독도를 먼저 취하면 쇼군 역시 후에는 넌지시 인정할 수밖에 없을 거라 계산하고 있다는 말이었다.

　"귤진중 그 인간에게 여러 차례 독도와 울릉도가 우리의 섬이라고 말해봤지만 별 소용이 없었소. 그러니까 그 서계가 중요하다는 거지요. 서계를 지금은 볼 수 없다는 게 아쉬울 뿐이오. 그 서계가 있어야 두 사람도 처벌을 면할 텐데."

　일꾼이 술병과 잔을 치웠다.

　"모든 진실을 알았지만, 그래도 도해금지령을 어긴 일은 용서받지 못할 것이오. 악법도 법이고 법이 흐트러지면 근간을 해치게 되어 있소. 그래서 더더욱 눈에 띄는 사건들은 강력하게 처리하고 있소, 그 점은 나로서도 어찌할 수 없는 일이오. 훗날 또 볼 수 있을 거요."

　유집일은 감옥에 들어올 때처럼 홀연 사라졌다. 입안에 맴도는 술기운이 아니라면, 그의 출현이 한바탕 꿈이라 여겼을지도 몰랐다.

6

1693년 12월 18일 사시(巳時).

마당의 흙에 핀 흰 서리가 보였다. 이곳의 겨울은 땅에서부터 왔다. 바람 속엔 그래도 간간히 훈기가 담겨 있었지만 땅은 차가웠다. 하지만 겨울의 냉기를 느낄 마음의 여백이 없었다. 몸은 물론 머릿속까지 뜨거웠다. 이미 70대의 곤장이 나와 어둔이 볼기를 으깨고 있었던 것이다. 어둔의 입에서는 비명조차 흘러나오지 않았다. 곤장대가 물을 잔뜩 먹은 버드나무라 그런지 나무는 더 찰지게 볼기에 달라붙었다.

동래부사의 모습이 흐릿하게 눈에 들어왔다.

"아직도 네 죄가 무엇인지 모르겠느냐?"

곤장질이 멈췄다. 나의 볼기는 불 속에 들어 있는 듯 뜨거웠다.

"처음에도 말씀드렸지만 저흰 강제로 끌려갔다 왔을 뿐입니더."

"어허, 이놈이 그래도. 도해금지령을 위반하고 독도에서 조업을 한 죄가 얼마나 큰 파장을 불러일으킨 줄 모른단 말

191

이냐?"

"저는 우리나라 섬에서 조업을 했을 뿐입니다. 우리나라 어부가 우리나라 섬 앞바다조차 마음대로 드나들 수 없다는 건 말도 안 되는 이야기입니다."

"나라의 근간은 법도를 지키는 데에 있다. 설령 그릇된 법도라 해도 지키지 못하면 결국엔 바른 법도까지 흔들리기 마련이다. 그리고 법은 어느 상황, 어느 누구에게든 공평해야만 법으로서의 권위와 신뢰를 얻을 수 있는 것이다."

다시 매질이 이어졌다. 열 대를 더 맞은 것 같은데 지옥에 서 있는 기분이 들었다. 매질이 90대에 이르자 곤장질을 하던 포졸이 멈췄다.

"아직도 모르겠느냐?"

"모릅니다. 우선시해야 할 게 있고 내버려 두어도 좋은 일들이 있다고 생각합니다. 울릉도나 독도의 일은 내버려 두어서도 안 되고, 늑장 부려 대응할 일도 아니라 생각합니다."

동래부사는 입을 다문 채 동헌 마루 위 의자에 앉아 나를 내려다보았다.

"그러니 쌍것이라는 소릴 듣는 게다. 네놈이 독도에만 가지 않았어도 균진중이라는 작자가 승기를 쥔 듯한 모양새로 여기까지 오지는 않았을 거란 말이다. 왜 우리가 그런 작자한테 수모를 당해야 한단 말이냐. 울릉도와 독도는 나라의 일이다. 나라 차원에서도 일본이 끈질긴 항변에 대응하고 있는 게 현실이다. 다만, 문제는 저들이 말도 안 되는 논리를 들어 집요하게 울릉도와 독도를 자신들의 섬이라고 주장한다는 거다. 아주 교묘한 방법으로. 네놈은 거기에 불을 끼얹은 꼴이다. 그래도 모르겠느냐?"

동래부사 주변에 서 있는 사람들도 하나둘 시야에서 흐려졌다. 복병장 만호의 얼굴이 먼저 멀어졌다. 곁에서 곤장을 맞고 있는 어둔의 혼절한 얼굴도 시야에서 멀어졌다.

매질은 계속되었다. 마지막 매질이 내 볼기 위로 떨어질 때 나는 고개를 돌렸다. 동래부사의 곁에 서서 측은한 눈길을 보내는 그들을 바라보는 게 싫었다. 하지만 고개를 돌린 반대쪽은 동헌의 입구였다. 살짝 열린 문틈으로 밖에 서 있는 어머니가 보였다. 오늘에서야 비로소 어머니의 얼굴을 보았다. 멀리 보이는 얼굴이지만 어머니는 눈물을 보이지 않으셨다. 굳게 다문 가는 입술과 분노가 가득한 눈에 슬픔이 보였다. 내가 전신이 새카맣게 타들어가도록 억울한데 어머니 심정은 어떠할까 싶었다.

"도해를 주도한 죄인 박어둔에게 2년의 유배를 명한다."

매질이 끝났다. 이해할 수 없는 벌이 끝났다. 한 가지 다행이라면 어둔은 유배 형벌을 받지 않게 되었다는 점이다. 여러모로 일본이 울릉도와 독도를 두고 시비를 걸어온 잘못이 내게 있는 것만 같았다. 나라는 울릉도와 독도가 어찌되어도 상관없다는 뜻일까. 나라 차원에서 일본에게 꾸준히 항변을 해왔다는

건 무슨 말인가. 일본이 그런 시비를 걸어서는 안 되는 일임에
도 일본이 시비를 걸어온 건, 조선이라는 나라가 만만해 보였
기 때문이거나 조선을 얕잡아 보았다는 말이었다. 쓰시마의 외
교사절 한 명에게 이리저리 휘둘릴 정도로 힘이 없다는 말이
기도 했다.

내가 곤장을 맞는 건 내가 맞는 게 아니라 조선이 맞는 것과
다르지 않다는 걸 동헌에 모인 이들은 모르는 듯했다. 8개월이
지나 조선으로 돌아온 나의 행보를 조선의 힘 있는 자들은 모
두 알고 있는 듯했다. 그들은 내가 어느 거리를 지나왔고 어느
강물을 건넜는지도, 나가사키에서는 귀빈 대접을 받았다가 쓰
시마에서는 천인 대접을 받았다는 것도 이미 알고 있을 터였
다. 그러면서도 차왜 귤진중이 다시 울릉도와 독도 문제를 들
고 조선을 찾아오게 만들었다는 이유로 나는 곤장을 맞았다.

조선은 몇몇의 나라가 아니라 다수 백성의 나라여야 했다.
나라는 내게 목숨까지 버리라 말하면서도 사방이 막힌 이 순간
에는 나를 더욱 깊은 나락으로 밀어 넣었다. 눈물마저 새카맣게
타버려 흐를 줄 몰랐다. 나는 버려졌다. 그 점은 억울하지 않았
다. 나라가 내게 기대한 일이 없으며, 나 역시 나라에게 기대할
일이 없으니 억울할 것도 없었다. 내가 마음이 아픈 건 살아남
아도 우리가 의지할 곳이 없다는 걸 확인했다는 사실이었다.

나는 두 사내에게 질질 끌리다시피 끌려가 다시 감방으로
보내졌다. 다리에 힘이 들어가지 않았다. 내 의지로 설 수 없었

다. 감방의 기둥 밖에 서 있는 복병장 만호의 얼굴이 보였다.

"이보게, 곧 유배지로 떠날 기다. 목숨 꽉 붙잡고 있으래이! 살아남아야 한데이!"

밖으로 나가는 만호의 발자국 소리가 들렸다. 나는 숨을 몰아쉬는 것도 힘겨웠다. 허리 아래의 몸은 내 몸이 아니었다. 사람의 몸이 허약하다는 걸 새삼 깨달았다. 저릿한 전율이 척추를 타고 올라왔다. 정신에 희미하게 남아 있던 불이 막 꺼지려는데, 또 하나의 발자국 소리가 들렸다. 두껍고 무거운 발자국이었다.

"이보게, 살아 있소?"

지난 밤 술을 들고 찾아왔던 유집일의 목소리가 분명했다.

"교활한 일본인에게 다시는 조선의 강토를 넘보지 못하도록 해야 하는 이 나라가 우리 백성에게 죄를 물어야 하다니. 이를 두고 일본이 우리를 얼마나 얕잡아보겠소. 미안하오. 내가 구해줘야 마땅하나, 지금은 아직 때가 아니오."

발자국이 멀어졌다. 어찌된 일인지 기이하게도 가슴에 희미하게 남아 있던 불이, 힘은 없지만 살살 타올랐다. 이미 오래전에 꺼져버린 불일 터인데, 불은 꺼질 듯 팔랑거렸지만 꺼지지 않았다. 스스로 꺼져서는 안 된다고 말하는 듯했다. 감방의 차가운 바닥에 전신이 스며들었지만 몸은 뜨거워지고 있었다.

7

1693년 12월 19일 해시(亥時).

달큰하고 환한 향기가 코 안으로 밀려들었다. 봄이면 늘 나를
취하게 하는 복사꽃 향기였다. 한 겨울에 복사꽃 향기라니. 나
는 지금 꿈을 꾸고 있는 모양이었다. 그나마 향기는 천근의 무
게가 되어버린 내 몸을 가볍게 만들어주었다. 차갑게 식어버린
가슴을 덥혀주었고 심장의 피를 돌게 만들었다. 잔뜩 눈곱 낀
눈을 뜨게 만들어주기도 했다.

"이게 무슨 짓이란 말입니까?"

오랫동안 들어보기를 꿈꾸었지만 들을 수 없었던 목소리와
절벽 앞에 선 나의 차가운 마음을 따뜻하게 덥혀주는 향기가
났다.

"곤장 100대라니. 중죄인이 아니고서야 사람들이 어찌 사람
을 이리 대한단 말이오."

낮고 깊은 한숨 소리도 들렸다.

"장독을 제때 빼지 못하면, 목숨까지도 위험할 수 있습니
다."

나는 그제야 목소리의 정체를 알 수 있었다. 초향이었다. 상단을 따라 초량까지 흘러들어온 여자였다. 상단을 따라다니는 이유를 알 순 없지만 여염집 여자는 아니었다. 그녀에게서 묻어나는 기품은 여염집 여자들이 흉내 내려 해도 흉내 낼 수 없는 것이었다. 시장 골목에서 왜인들에게 봉변당할 뻔한 걸 구해준 뒤로 그녀는 나와 가까이 지내려 했다. 하지만 나는 그럴 수 없는 처지였으며, 그런 처지인 나에 대해서도 말해줄 수 없었다.

"아씨께서 여길 어떻게……."

몸을 움직일 수가 없어 고개만 겨우 옆으로 튼 채 그녀를 쳐다보았다. 감방 밖에는 백산이 팔짱을 끼고 서서 초향과 나를 들여다보고 있었다. 그는 나와 눈이 마주치자 허리를 깊이 숙여 인사를 했다.

"나라가 아무리 어지러워도 옳고 그른 일은 구분해야 하거늘, 세상은 어찌 이리도 험악하기만 하단 말이오."

허름하고 초라하고 시취까지 풍기는 감방으로 그녀가 찾아왔다는 생각이 들자 미안했다.

"죄송합니더."

"죄송할 일이 아닙니다."

그녀는 보자기에 싼 물건을 풀었다. 작은 단지 하나와 종지가 드러났다. 단지에는 마실 약이 들어 있었고 종지에는 바를 약이 담겨 있었다.

"장독에는 장사 없습니다. 치료하지 않으면 이 한 겨울에 어찌 살아남으시겠습니까."

그녀는 소매를 걷고 곤장으로 으깨진 나의 볼기에 붙어버린 옷감을 조심스레 떼어냈다. 그녀의 손을 말릴 힘조차 없었다.

"아씨, 제가 하겠습니다."

문 밖의 백산이 말했지만 그녀는 들은 체 하지 않았다. 그녀의 손이 닿았는지 멀어졌는지 느껴지지 않았다. 약을 바르는 손길도 느껴지지 않았다. 소매가 움직일 때마다 그녀 주변에 고여 있던 향기가 이리저리 쏠려 약을 바르는 줄은 알았다.

"드세요. 오늘은 제가 먹여드리지만 당분간은 혼자 드셔야 합니다."

그녀는 숟가락으로 단지 안의 약을 떠서 내 입에 흘려 넣어주었다.

"왜 세상은 당신이 흔한 사람이 아니라는 걸 모르는 건가요? 조선을 쥐락펴락하는 대감들보다 더 푸른 기백이 있다는 걸 왜 모르는 건가요? 조선을 구한 장수들보다 우리 같은 서민들을 향한 마음이 더 깊다는 걸 왜 모르는 건가요?"

그녀의 넋두리가 내 귀를 지나 가슴을 파고들었다. 그녀의 입에서 나온 단어 하나하나가, 심장에서 뻗어나가는 핏줄 한 가닥 한 가닥에 박혔다. 나의 입을 쳐다보는 그녀의 눈에 고인 눈물이 내 목을 죄어와 약을 삼킬 수가 없었다. 어느 누가 이해해주지 않아도, 어느 누구 알아봐주지 않아도 상관없는 인생이었다. 나를 누군가 알아봐 주기를 바라는 건 사치였다. 세상 살며 기백 같은 건 아무짝에도 소용없는 것인데, 그 기백을 알아준다한들 그게 무슨 소용에 닿겠는가.

입안으로 들어가는 약의 맛이 짰다. 바닷물이 말라 허옇게 피어오른 염전의 소금보다 짰다. 영원히 부패하지 않도록 생선의 살을 비집고 들어간 그 소금보다 더 짰다. 나는 슬그머니 고개를 돌렸다.

"어둔은요?"

"어둔은 혼절한 뒤 집으로 실려 갔습니다. 정신 돌아온 걸 보고 이리 온 겁니다."

다행이다. 참말로 다행이다. 나로 인해 생목숨이 또 하나 사라질 뻔했는데 살아서 다행이었다. 내 눈가로 마른 눈물이 흘렀다.

나라

1

1694년 8월 23일 사시(巳時).

세월이 속절없이 흘렀고 여름은 어김없이 왔다. 겨울이 물러나
면서 몸 안을 가득 채웠던 장독과 한기도 서서히 빠져나갔다.
봄이 지나면서 제법 살이 올랐다. 이젠 반듯하게 앉아 싸리 울
타리 너머 해변으로 몰려오며 까부는 흰 포말을 하염없이 구
경할 수도 있었다. 남은 평생을 이렇게 바다 구경이나 하며 살
아가도 나쁘지 않겠다는 생각이 들었다.

　게다가 이곳은 바람이 좋았다. 중복과 말복에도 이곳은 큰
더위 없이 지나갔다. 지금도 남쪽에서 바람이 불어왔다. 바람
의 냄새를 맡았는지 부엌 쪽에서 쌉싸름한 향기가 흘러나왔다.
향기의 뒤를 따라 초향이 나왔다. 그녀가 든 쟁반에 탕약 그릇
이 올려져 있었다. 살면서 이토록 지극정성으로 누군가의 돌봄
을 받은 일이 없었다. 그래서 불편하고 어색하면서도 싫지 않
았다. 그녀는 초량에서 포항까지 달포에 세 차례 정도 찾아와
하루나 이틀을 묵고 돌아갔다. 지난밤에도 백산을 앞세워 포항
까지 올라왔다. 나의 유배지가 초량에서 그리 멀지 않은 건 유

집일이 힘을 써주어 그리 되었다는 말을 들었다.

초향이 내게 탕 그릇을 내밀었다.

"백산이 들고 온 소식을 들어보니, 한양의 영의정이신 남구만 대감이 당신의 처벌을 특히 안타까워한다고 하네요."

그녀가 지긋한 눈으로 나를 쳐다보았다. 그녀가 직접적으로 말하진 않았지만, 자신도 있고 나를 안타까워하는 사람들이 많으니 외로워하지 말라는 것 같았다.

"얼마 전에 귤진중이라는 작자가 다시 초량을 찾아왔답니다. 지난겨울에 돌아갈 때는 목적한 바를 못 이루었다고 생각했는지 이번에 또 왔다고 하네요."

나는 그녀의 뒷말이 궁금했다. 그녀는 한 팔쯤 떨어진 거리의 마루에 앉아 매괴에 눈길을 주었다.

"동래부사를 찾아와서 말하길, 조선 조정은 울릉도에 도해 금지령을 내려서 조선 사람들이 기거를 하지 않으니, 일본 어부들이 정착해서 살게 해달라며 서계를 써주라 한답니다. 그리고 울릉이라는 이름을 지우고 죽도로 해달라기도 한다네요."

지난해와 똑같은 주문이었다. 가슴 저 밑바닥에 잠들어 있던 분노 한 가닥이 피어올랐다. 하지만 나는 흥분하지 않기로 했다. 조정의 일에 내가 할 수 있는 일 같은 건 없었다.

"신라 때 울릉도와 독도를 그린 그림이 있고, 고려 태조 때에는 거기 사시는 분들이 방물을 바치고 했답니다. 조선의 선대 왕인 태종 임금 때 왜구가 자주 침입해서 살육이 일어나자 더는 농사를 지을 수 없는 땅으로 여기고 비운 거라 들었습니다."

"일본 전체가 울릉도나 독도를 탐내는 건 아닙니다. 구체적으로 쓰시마 쪽 관리들이나 오키 쪽 관리들과 어부들이죠. 거기엔 특히 강치가 있으니까요."

나는 오키로 잡혀가던 그 순간부터 조선으로 돌아온 지금 이 순간까지도 강치를 잊은 적이 없었다. 그 반들거리는 등과 순진함이 박힌 까만 눈, 하늘을 올려다볼 때의 곧은 허리와 그 자태도 잊은 적이 없었다. 세상 어느 곳도 아닌 조선의 독도에서만 사는 동물이었다.

초향은 쉬지 않고 말했다.

"내일 새로운 명이 내려온다지요."

나는 일본에서 초량으로 돌아온 후 아직도 어머니와 말 한마디 나누지 못했다. 어머니는 잘못된 법이라 해도 그 법을 따르라 가르치셨다. 매사 살얼음판 위를 걷는 듯한 마음가짐으로 살라 가르치신 어머니라 죄인을 만나기 위해 유배지까지 찾아오실 위인이 아니었다. 더군다나 물어야 할 죄와 물어볼 필요도 없는 죄까지 꺼내 큰 문제가 되는 걸 바라지 않으셨다.

"내일 동래부에서 사람이 오면 아마 좋은 말씀을 들으실 수 있을 겁니다. 나라님들 중에는 나리의 일을 높이 사야 한다는 분들도 있으니까요, 임금께서도 그리 생각하고 계신 듯하고요."

초향이 방을 나갔다. 나는 그 사이 저고리를 갈아입었다. 초향이 지어다준 베적삼이었다. 지난해 겨울 초량으로 들어온 뒤

여름이 오는 동안 몸도 많이 추슬렀고 금이 간 마음에 상처도 많이 아물었다. 그건 누구보다 초향의 도움이 컸다. 특히 나락으로 떨어지는 쓸쓸함을 초향이 위로해주었다. 비록 말 몇 마디, 웃음 진 얼굴 한번 보여주는 것이었지만 그것만으로도 나는 위로를 받았다.

"나라님들의 결정이야 그분들 중 누가 힘을 가지고 있느냐에 따라 정의가 달라지는 거 아니겠습니꺼?"

"그래서 드리는 말씀입니다. 지금은 소론파 어르신들이 힘이 있으시니 좋은 말씀을 들을 수 있을 거라는 겁니다."

"유배의 삶이 나쁘지 않습니더. 견딜만하고요."

"나리는 돌아오신 후에 아직 어머니 얼굴도 뵙지 못했지요?"

초향이 느닷없이 물었다. 나는 토를 달려다 말았다. 누군가 나서서 나의 유배 생활을 마무리 지어주든 말든 이제 저들의 정치에 관심을 갖고 싶지 않았다. 유배가 풀리면 나와 어머니, 그리고 나를 염려한 사람들을 위해 살아야겠다는 생각은 했다. 나는 조선이라는 나라를 위해, 그리고 나의 억울함을 위해서는 어떤 행동도 하고 싶지 않았다. 딱히 뭔가 해야 할 일도 알 수 없었다.

내가 초향의 눈길을 피해 마당으로 나왔을 때 초량에서 온 듯한 관리 한 명과 포졸 둘이 마당으로 들어서고 있었다. 초향과 백산은 어디로 갔는지 보이지 않았다. 본래 유배지에 지인이 찾아오는 것도 불법이니 어디론가 숨었을 공산이 컸다.

"댁이 안용복이오?"

"그렇소만."

"당장 채비를 하시오. 조정에서 접위관이 내려오셨소."

나는 지난번의 접위관을 떠올렸다.

2

1694년 8월 25일 신시(辛時).

동헌에서 내 눈에 가장 먼저 들어온 사람은 유집일이었다. 그는 나를 힐금 쳐다본 후 엷게 미소를 지었다. 그의 곁에 동래부사와 포졸들이 자리를 잡고 있었고, 반대편에 차인 어른과 그의 종복들이 초조한 얼굴로 나를 쳐다보았다.

늦여름의 태양이 동헌 마당에 꽂히고 있었다. 여름이 물러가고 있다지만 태양도 더위도 물러날 기미가 보이지 않았다. 동헌 밖에는 어머니가 기다리고 있을 터였다. 동헌으로 들어오는 길에 어머니의 얼굴을 볼 순 없었지만 어딘가에서 조용히 나를 훔쳐보고 있었을 것이다. 나를 멀리서 지켜보던 어둔의 눈길에서도 어머니가 어딘가에서 나를 기다리고 있다는 뜻이 담겨 있었다.

나는 고개를 들고 유집일과 동래부사를 쳐다보았다. 손목에서 시작된 포승줄이 허리 뒤를 돌아 나를 포박하고 있었다. 어둔은 이미 사면을 받았다고 들었다. 나라에서 내게 어떤 결정을 내린 것인지 어렴풋이 짐작은 갔다.

유집일이 앞으로 나섰다. 그는 서계를 펼친 후 동래부사를 바라보았다.

나는 생각했다. 조선은 절차가 중요한 나라였다. 나라를 지키는 명분에 있어서도 절차가 필요한 나라였다. 거짓과 진실을 나누는 데에도 절차가 필요한 나라. 내가 반년의 세월 동안 포항에 유배되어 있을 때 어떤 절차들이 오갔을지 짐작이 가지 않았다. 귤진중이라는 작자는 어찌 되었고, 쇼군을 만나러 일본으로 건너간 전령은 또 어찌 되었는지, 일본은 어떤 결정을 내렸는지, 그래서 그 결정들을 통해 어떤 절차가 이루어졌는지 궁금했다. 진실은 두 번째로 생각한다 해도, 나의 잘잘못을 따지는 데만도 근 반년의 시간이 흘렀다. 지금은 잘잘못을 따지는 일이 무의미했다.

"동래부사는 명을 받으라!"

유집일의 앞에 동래부사가 무릎을 꿇고 엎드려 머리를 조아렸다.

"안용복과 박어둔을 무죄 사면복권하고, 안용복을 즉시 방면하라!"

유집일의 명을 받는 동래부사의 얼굴은 무덤덤했다. 일개 노비 주제에 어떻게 일본 막부의 쇼군에게서 서계를 받아올 수 있느냐고 비아냥거렸던 인물이었다. 세상이 옳지 않은 방향으로 흘러가면 그렇게 흘러가도록 내버려둘 위인이었다.

동래부사가 일어나 유집일에게 서계를 받고 동헌 마당을 둘러보다 나와 눈이 마주쳤다.

"폐하의 뜻을 받들겠습니다. 안용복은 무죄, 지금 이 시간부로 사면복권 될 것이며, 즉시 방면할 것입니다. 방면하라!"

곁에 서 있던 포졸들이 나를 포박했던 줄을 풀었다. 그 사이 유집일이 내게 다가왔다.

"나리, 고맙습니다."

"무슨 소리요. 우리가 고마워해야 할 일이오. 그동안 고생 많았소. 그 어떤 장군보다 큰일을 하셨소. 그런 공을 우리가 미련 맞아 이렇게 어렵게 일을 만들었던 점 미안하게 생각하오. 정말 고생 많았소."

동헌의 문턱을 넘어서는데 나도 모르게 눈물이 흘렀다. 눈물 밖에 어머니가 계셨다. 초향도 보였고 어둔도 보였다. 1년 내내 원망만 쌓았을 가동도 눈에 들어왔다. 그들에게 모두 미안하고 고마웠다.

동편에서 짠내 가득 실은 바람이 불어와 내 목을 스치고 지나갔다. 나도 모르게 바람이 불어온 방향으로 고개를 돌렸다. 나를 기다리던 사람들이 내 눈길을 쫓아 동쪽으로 눈길을 주었고, 뒤에 서 있던 동헌 사람들도 동편의 하늘 쪽으로 고개를 돌렸다. 바람이 달려가다 쉬는 곳 어디쯤에 처음으로 내 인생을, 내 가족과 나라를 생각하게 만든 섬이 있을 터였다. 바람을 타고 몰려온 한 무더기의 먹구름이 바짝 마른 동헌 앞의 너른 마당과 하늘을 흠뻑 적시며 소나기를 뿌려주고는 서편으로 달아났다.

3

1694년 8월 27일 유시(酉時).

어머니에게 절을 올렸다. 어머니는 오른쪽 무릎을 세우고 오른
팔을 올린 자세로 나의 절을 받았다. 어머니의 눈이 나의 몸짓
하나, 손짓 하나를 놓치지 않고 있었다.

"살아 돌아오느라 고생했데이."

어머니의 목소리는 담담했지만 눈가는 촉촉했다.

"어머니를 걱정하게 만든 불효를 용서하이소."

"아니다. 살아 돌아왔으니 모든 불효는 그것으로 씻은 기다."

말을 끝낸 어머니의 눈에서 기어이 눈물 한 줄기가 흘러내
렸다. 어머니를 얼른 옷고름으로 눈물을 닦아냈다.

"마을 사람들이 모두 니 오기를 기원했으니, 모든 분들에게
인사드려야 할 기다."

어머니는 나를 앞세우고 집 앞마당으로 나갔다. 죽음에서
부활한 나를 축하하는 잔치가 준비되고 있었다. 돼지를 잡았고
가마솥에선 국밥이 끓었다. 아낙들은 떡과 술을 날랐다. 나는
마을 사람들을 일일이 대면하고 고마움을 전했다.

"일본 놈들한테 잡혀서 이렇게 오래 있다가 살아 돌아온 건 자네가 처음이네."

"하모, 그놈들이 온전하게 돌려보낼 거라곤 아무도 짐작 몬 했다."

"용복이 니 명이 긴 기라."

내 손을 잡은 사람들이 덕담 한마디씩을 늘어놓았다.

"행님, 돌아오니 좋지요?"

사람들을 일별하고 나와 어둔이 구석 자리에 앉았다. 간간 히 어머니의 눈길이 내게 머물렀다가 떠났다. 세상천지 단 둘 이 살고 있으니 혼자 견뎌냈어야 할 삶이 얼마나 쓸쓸했을지 짐작이 갔다. 어둔의 처도 간혹 나와 어둔을 살피며 눈물짓곤 했다. 대문 가 평상에 앉아 있던 가동이 나를 쳐다본 후 희미하 게 미소를 지었다.

"업동이 바닷귀신 된 날짜를 알려줬지라. 어찌 다쳤는지도. 죽는 게 흔한 일이니 너무 괘념치 말라고 하더라고요."

죽음이 흔한 세상, 나는 살아서 잔치를 하고 있었다. 죽음은, 특히 천민의 죽음은 어느 나라든 흔하디흔한 일일 터였다. 그 흔한 죽음에 발을 내딛지 않고 살아 돌아왔으니, 잔치를 받을 만도 하다는 생각이 들었다.

해가 슬몃슬몃 서쪽 하늘로 넘어가며 노을을 남기는데 초향 은 보이지 않았다. 지금 내가 온전하게 살아 있는 건 초향의 공 이 컸다. 어머니는 알고 있으려나.

내게 안부를 묻던 사람들이 하나둘 떠났다. 마당은 조금씩 넓어졌고, 사람들이 빈자리를 밤이 섞인 노을이 차지해 나갔다. 마지막으로 어둔도 돌아가고 어머니와 나만 남았다.

"밤늦게 어딜 가려고?"

"잠깐 초량에 좀 다녀올랍니더. 금방 돌아올 깁니더."

나는 어머니에게 기다리지 말고 잠들라 일러놓고 집을 나섰다.

사위는 밤이 되어서야 선선했다. 늦은 저녁임에도 미루나무에 달라붙은 매미들이 줄기차게 울어댔고, 나는 초량까지 밤길을 걸었다. 길은 어두웠지만 달빛이 쫓아와 걸을 만했다. 발을 옮기며 생각을 정리했다. 지난 과거를 바닥에 재워두고 미래를 궁리했다. 색다른 삶의 모색 같은 건 없었다. 사람의 삶이 지독한 반복이니 나 역시 그리 살면 그만일 터. 다들 숨죽이고 사니 나 역시 그리 살면 될 터였다.

멀리 초량의 불빛이 보였다. 사방이 잠들고 별들이 쏟아지는 밤에도 초량은 환했다. 저곳엔 불같은 욕망이 있고 돈이 있고 환락이 있었다. 나와는 어울리지 않는 것들이었다. 신기한 물건들 찾아 세상을 떠돌고, 막막한 바다에서 물고기를 잡고, 술잔 부딪칠 수 있는 벗이 있다면 나는 그것으로 족했다. 다시 그런 삶으로 돌아갈 수 있을까? 불혹이 넘은 나이이니 달리 할 일도 없었다.

나는 쉼 없이 밤길을 걸었다. 달이 쫓아오고 별도 따라왔다.

어느 집에서 개 짖는 소리가 들리기도 했고, 어느 집에선 아이 울음소리도 들렸다. 세상을 이토록 유유자적하며 시간이 흘러가는 걸 즐기듯 걸어본 적이 있었던가 싶을 정도로 나의 걸음은 느렸다. 그렇게 어느새 나도 모르게 초향의 집 앞에 이르렀다. 그러다 문득 나 자신에 대해 놀랐다. 일본으로 잡혀가던 그 순간부터 초향을 어머니만큼 그리워했다는 사실을 깨달은 때문이었다.

나는 초향의 방에 초롱불 노는 걸 보고 몸을 돌렸다. 여인을 그리워하는 일은 내겐 주제넘은 짓이었다. 나의 후대에는 가능한 일인지 모르겠지만, 나의 후사가 이어질지 장담할 수 없었다.

"그냥 가시게요."

어둠을 헤치고 들려온 소리에 놀라 뒤돌아보니 초향이 달빛 아래 서 있었다.

"아씨……."

"몸은 어때요?"

초향이 달을 바라보며 곁에 섰다. 어딘가 보이지 않는 곳에 백산이 몸을 숨기고 있을 터였다. 그림자처럼 초향을 보살피는 녀석이니. 나는 허리춤에 감춰두었던 편지를 꺼냈다.

"제가 원래 말 주변이 없습니다. 말 몇 마디로 고맙다고 했지만, 그걸로는 부족해서……."

나는 편지를 초향에게 내밀었다. 그녀는 내 손과 얼굴을 번갈아보다가 편지를 받았다.

"저는 그럼 이만 가보겠습니다."

"이것만 주고 가시는 건가요?"

초향이 내 팔을 잡았다.

"제가 달리 아씨께 고마움을 전할 방법이 없습니다."

나도 다시 초향을 바라보았다. 초향의 눈 속에 의미를 헤아릴 수 없는 빛이 담겨 있었다. 내 팔을 잡은 그녀의 손에 힘이 들어갔다. 물러터진 나의 엉덩이를 처음 치료해준 여자였다. 다른 여자들과 달리 내 곁으로 스스럼없이 다가온 여자였다. 저잣거리에서 구해준 일이 있다지만, 뭔가를 바라고 왈패들에게서 구해준 건 아니었다. 그녀의 손에서 나온 끈끈한 온기가 내 팔을 타고 머릿속까지 전달되었다. 서로에게 님이 되었으면 하고 바라는 것일 터였다. 하지만 나나 초향도 아직은 그런 관계로 발전할 수 없는 시절이라는 걸 잘 알고 있었다.

"이 편지라도 읽어주고 가세요."

지난밤을 새며 적은 편지였다. 내가 망설이자 그녀가 편지를 펼쳤다. 그리곤 내 눈앞에 들이밀었다. 나는 마지못해 편지를 받았다.

"……여름이 깊어지고 있습니다. 하지만 저는 이제 겨울만 기억해야 할 거 같습니다. 진실과 이유가 어찌되었든 제가 엄동설한에 곤장을 맞아 살이 터지고 짓물렀을 때 제 살을 치료해준 분은 아씨가 유일했습니다."

초량의 거리를 밝혔던 불빛들이 하나둘 어둠 속으로 잦아들었다. 초량 거리의 집들 창을 확인시켜주었던 불빛들도 소리 없이 꺼져갔다. 빛이 사라진 그 자리를 달과 별이 채워나갔다. 초향은 거리에 눈길을 둔 채 귀만 내게 열어주었다.

"겨울이 지나고 얼어붙었던 마음까지 녹아버렸고, 몸에도 새살이 돋아 과거의 고통이 잊혀지고 있지만, 지금까지 저는 아씨의 손길을 생생하게 기억하고 있습니다. 그 치료가 아니었다면, 저는 동상에 걸려 지난해 겨울 명을 달리했을지도 모릅니다. 제가 지금 숨을 쉬고 공기를 마시며 사람들의 얼굴을 볼 수 있는 건 아씨의 덕분입니다. 제가 본래 천성이 거칠고 우악스러워도 아씨의 하해같은 은혜를 어찌 잊겠습니까. 평생을 곁에 머물며 다 갚아도 모자라지만, 제 신분이 천해서 곁에 머물 수 없다는 걸 이해해주셨으면 합니다. 박한 운명을 가진 놈이라 고운 분께 악업을 끼칠 수는 없지요. 아씨에 대한 고마움은 죽어서도 잊지 못할 것이니, 곁에 다가갈 수 없는 제 사정을 헤아려 주시기 바랍니다."

나는 편지를 접어 그녀에게 내밀었다.

"고맙네요. 그런 마음이 있는 줄 몰랐네요. 하지만 왜 제 곁에 머물 수 없다 말하십니까?"

나는 입 밖에 내지 못했던 이야기를 풀어놓았다. 순흥에 살던 시절 관리들이 아버지를 끌고 갔고 그 길로 소식을 듣지 못했던 이야기에 대해, 삼족을 멸한다는 그 해괴한 벌이 억울하고 비통해도 야반도주를 할 수밖에 없었던 이유에 대해 말했다. 초향은 내 팔에 매달리다시피 몸을 기대더니 금방 머리를 나의 어깨에 기댔다.

"저희 집안도 다르지 않다는 걸 알고 있으시죠?"

뱃사람들 사이에 떠도는 이야기를 들은 적이 있었다. 나라에서 극악한 범죄로 규정한 일로 인해 잘잘못을 떠나 가문 전체가 풍비박산 난 집안의 사람이라는 정도는 알고 있었다. 이 나라에서 그런 사람들끼리 어떤 미래를 꿈꿀 수 있을까.

나는 팔에 달라붙어 있는 초향의 손을 조심스럽게 떼어냈다.

"우리야 그렇겠지만, 우리 자식과 손주들은 오늘의 희생이 훗날 좋은 기억을 만들어줄 수 있을 거라 여겨집니다. 어찌되었든 순리대로 살아야겠죠."

"사지에 끌려갔다 온 사람이 참 용기도 없으십니다."

나는 머뭇거렸지만 그녀의 손을 잡지는 못했다. 이 생에서 그녀와의 연은 여기까지라는 생각이 들었다. 나는 그녀를 바라보며 허리 굽혀 인사를 했다.

"밤이 늦었으니 편히 주무시요."

그녀가 눈을 크게 뜨고 나를 쳐다보았다. 그녀가 내 쪽으로 손을 뻗었다가 접었다. 나는 그 손을 못 본 척 길을 재촉했다. 어머니가 기다리는 집으로 방향을 잡아 걸어 나갔다.

4

1694년 8월 29일 사시(巳時).

마당은 곧 팔려나갈 물건들로 그득했다. 지게꾼들이 하나둘 짐을 지고 떠났고, 또 누군가는 짐을 지고 마당 안으로 들어왔다. 나는 차인 어른과 사랑방에서 마당과 장식장에 놓인 도자기들을 번갈아 보았다. 천석 어른이 빚은 도자기였다.

"……자네가 본 것도 아니지 않은가? 다른 노인일 수도 있고."

천석은 차인 어른도 아끼던 인물이었다. 그가 자살했다는 말을 믿으려 들지 않았다. 나 역시 지금도 그의 자살을 믿을 수가 없었다. 그런데 기이하게도 천석 어른을 떠올리면 자연스럽게 초향의 얼굴도 생각났다. 닮은 구석이라곤 없어 보이는데. 오갈 데 없이 홀로 인생을 견뎌내야 하는 처지 하나만은 닮은 사람들이었다.

"저도 그렇게 생각하기로 했습니다. 천석 어른은 이렇게 생생하게 제 앞에 있지 않습니까."

나는 도자기에 눈길을 준 채 말했다.

"노비 신분에서 벗어났다면 일본까지 팔려가진 않았겠지."

차인 어른은 길게 한숨을 내쉬었다.

"만약 돌아가신 게 맞다면 유골이라도 모셔 와야 허지 않을 까요?"

"그러면 좋겠지. 하지만 이런 저런 연유로 끌려간 사람들이 너무 많아. 자네가 살아온 건 정말 천운이야. 뭔가 특별한 이유가 있을 테고."

나는 마당에 눈길을 둔 채 그의 이야기를 들었다. 특별한 이유 같은 게 있을 리 없었다. 안타까움만 그득했다.

"어르신, 제가 빼앗겼던 서계를 다시 받아올 수만 있다면 쓰시마 놈들이 울릉도와 독도를 넘보지 못하지 않겠습니까?"

"안 부장, 쓸데없는 생각하지 마시게. 그건 이제 나랏일이 되어버렸어. 그러니 나라님들에게 맡기세. 제대로 될런지 모르겠지만 말이야. 지금쯤 양강도 약정배들은 백두산하고 개마고원을 다 돌았을 게야. 엄한 생각하지 말고 자네도 곧 떠나야 하니까 준비나 잘하도록 하게."

그의 말이 맞았다. 나는 그저 내 앞가림이나 잘하면 될 일이었다.

"사람부터 정해 보시게."

초량을 떠나려면 사람을 구해야만 했다. 마루에서 일어나 마당으로 향하려는데 대문 밖이 수런거렸다. 짐꾼들이 양옆으로 갈라서고 마당에 서 있던 일꾼들도 누군가를 향해 목례를 하는 모습이 보였다.

마당 안으로 누군가 들어서는데 자세히 살펴보니 접위관 유집일과 복병장 만호였다. 나와 차인 어른이 한 걸음에 마당까지 달려가 두 사람을 맞이했다.

"아니, 복병장께서 장사치 집까지 어인 일이시오?"

차인 어른은 만호와 유집일에게 예의를 갖추어 인사를 했다.

"유집일 나리께서 안 부장에게 볼일이 있어 한양에서 이렇게 달려내려 오셨소."

유집일이 나를 쳐다보았다. 나도 그를 바라보았다. 그가 차인 어른과 내 손을 한 번씩 잡았다가 놓았다.

"너무 갑작스럽게 찾아와 미안하긴 하지만, 내 안 부장에게 청이 있어 왔소."

유집일이 내 쪽으로 가깝게 다가왔다.

"저 같은 천한 것에게 무슨 부탁이 있으신지요?"

"천하다니요. 내 눈엔 어느 분보다 훌륭하기만 한데."

유집일의 제안은 의외의 내용이었다. 나라에서 울릉도 탐사를 하게 되었는데 길잡이가 되어달라는 것이었다. 유집일의 제안을 받아들여야 하나? 울릉도 때문에 여러 사람이 고통을 받았다. 울릉도 때문에 죽은 사람도 생겼다.

나는 용두산 쪽으로 고개를 돌렸다. 차인 어른의 옆얼굴이 비껴보였다. 그가 나의 눈을 쳐다보았다. '나보다 저 사람이 한 발 빨랐네 그려. 어쩌면 이걸 받아들이는 게 자네 운명일지도 모르겠네.' 차인 어른은 그렇게 눈으로 말하고 있었다.

운명이라, 나는 산다는 게 우연의 연속이라고 생각해왔다. 내가 어머니의 자식이고, 나의 곁에 초향이 맴도는 것도. 능로군이 되어 보았고, 전국을 장돌뱅이로 떠돌았고, 울릉도와 독도에서 고기도 잡았고, 일본에도 끌려갔다 왔으며, 100대의 곤장을 맞은 내 삶을 운명이라 생각할 수 없었다. 이 모든 일은 우연히 일어난 일이었다. 그렇게 생각하지 않으면 견딜 수가 없을 것만 같았다. 이런 거지같은 운명의 끝은 뻔하지 않겠는가.

그런데 이 순간, 차인 어른의 말이어서가 아니라 유집일의 제안은 정말 운명의 말처럼 들렸다.

"안 부장, 어떠신가? 별 일이 없다면 울릉도를 수토하는 일에 힘을 보태주게나."

나는 고심 끝에 천천히 고개를 끄덕거렸다. 우연이라 하더라도 어쩐지 해볼 만한 우연이라는 생각이 들었다.

5

1694년 9월 15일 인시(寅時).

배는 울산에서 출발했다. 기선이 두 척이었으며 수송선 네 척
이었다. 울릉도로 은밀하게 고기잡이를 떠나던 때와 사뭇 기분
이 달랐다. 배에는 뱃사람들과 무사, 관리들까지 포함해서 150
여 명이나 나누어 타고 있었다. 말도 네 마리나 되었다.

　나는 여섯 척 중 선두 배에서 올라 나머지 다섯 척의 배를
이끌었다. 이 선두 배에는 나와 주로 나의 사람들이 탔다. 접
위관 유집일, 박어둔, 여수 흥국사의 주지인 뇌헌 스님, 뇌헌의
제자인 단책 스님, 서화립, 담사리 등이 갑판에 나와 막막한 바
다를 둘러보았다.

　"내가 초량에 내려오기 두어 달 전에 일본에 서계를 보냈지
요. 강원도 울진현 앞의 동해바다에 울릉도란 섬이 있다는 말
로 운을 떼었습니다.《여지승람》에 보면 울릉도에 관해 대대
로 전해 내려오는 이야기가 있어, 우리의 섬이 틀림 없다는 말
도 적었습니다. 오랫동안 우리나라 어민들이 울릉도와 독도에
갔다가 경계를 침범해온 일본 어부들과 부딪치게 되었는데, 오

히려 우리 백성 중 세 사람을 잡아서 끌고 갔다는 말도 명시해 놨습니다."

수평선조차 보이지 않을 정도로 까마득한 바다의 끝에 시선을 주고 있을 때 유집일이 먼저 입을 열었다.

"차왜 귤진중이라는 일본인에게 전달한 내용입니꺼?"

"물론 그 편을 통해 전달을 한 겁니다."

"귤진중은 막무가내인 작자입니더. 그 서계가 막부의 쇼군한테까지 갈지 의문이네요."

"조선 임금의 서계이니 함부로 하진 않을 겁니다."

유집일 나를 힐끔 쳐다본 후 미소를 지었다.

"서계에는 그 내용 뿐입니꺼?"

내 물음에 그가 희미하게 미소를 지었다.

"바라건대, 일본국의 어부들이 울릉도와 독도에 드나들지 못하도록 강력하게 조치해 달라는 말도 들어 있습니다."

"귤진중이라는 작자가 가만히 있던가요?"

"노발대발 했지만, 진실을 진실이 아니라고 말하지는 못하는 거죠. 일단 받아가긴 했습니다."

"모르긴 몰라도 폐하의 서계가 쓰시마에서 처리가 되어버릴 겁니더. 그쪽 사람들은 울릉도와 독도에 영원히 미련을 버리지 않을 겁니더."

"그렇겠지요. 사람은 쉽게 변하지 않으니까요."

"그리고 더더욱 울릉도나 독도에는 포기할 수 없는 게 있어서 그럴 겁니더."

"그게 뭡니까?"

"강치입니더."

"강치라……"

"나리께서는 일본 어부들이 강치를 잡는 걸 보지 못해서 잘 모르실 수도 있겠지만, 일본 어부들은 죽기 살기로 강치를 잡습니다. 저들이 수단 방법을 가리지 않고 어떡하든 삼 종자를 가져가거나 삼을 재배할 수 있는 사람을 납치해 가려고 기를 쓰는 것처럼, 강치잡이에도 혈안이 되어 있습죠. 모르긴 몰라도 일본 영토 내에서 밤의 불을 밝히는 기름의 대부분이 강치 기름일 겁니더. 고기, 가죽, 기름이 좋다는 이유로 씨가 마를 정도로 어린 강치들까지 포획하더군요. 한 마리도 도망가지 못하게 대나무 죽창하고 쇠갈고리로 찍어대는데, 사방에 피들이 튀어서 어부들이 흡사 악귀들 같았습니다. 금세 검붉은 핏물이 먼 바다까지 물들일 정도였지요."

"그걸 막아야지요. 그래서 내가 안 부장과 함께 울릉도에 가고 있는 거 아니겠습니까. 조정에서도 울릉도 수토를 강구하고 있어요. 군사를 주둔시키고 백성들이 거주할 수 있는지 확인하는 게 이번 나의 임무이기도 합니다."

배는 가을바람을 타고 동쪽 수평선의 끝을 향해 달려갔다. 기록을 위해 선두 배에 함께 탄 삼척첨사 장한상이 내 곁에 와서 섰다.

"이토록 먼 바다에 우리의 영토가 있다는 게 믿어지지 않습니다."

"내륙에서만 사셨는가?"

유집일이 물었다.

"바다를 보고 살았지만 내륙에서 산 셈이지요. 저야 배를 탈 일도 없고 해서 바다에 나와 본 적도 없습니다. 이렇게 먼 바다로 나오는 게 태어나서 처음입니다."

그의 희멀건 얼굴이 낯설면서도 보기에 좋았다.

"괜히 가슴이 뿌듯하기도 하고요. 거의 300년 동안 우리 백성들한테서 멀어졌던 섬이었잖습니까. 어른들의 말을 빌자면 수백 척의 배를 만들 수 있는 나무들이 울창하고, 강치 수만 마리가 살고 있고, 관리들로부터 관심도 덜 받을 수……."

장한상은 더 이상 뒷말을 잇지 않았다.

"이보게, 조선의 관리들이 모두 백성들을 등 처먹고 산 건 아니네. 안 그런가?"

유집일이 담담하게 말했다. 하지만 나는 장한상의 말을 이해할 수 있었다. 아직은 물을 확보하는 일이 쉽지 않은 섬이지만, 사람들이 정착하면 물 모을 지혜를 발현할 수 있을 터였다. 오갈 데 없는, 나처럼 삼족을 멸한다는 형벌의 사슬에서 벗어날 수 없는, 또는 더 이상 내륙에서 희망을 찾을 수 없는 백성들에겐 신세계이자 희망의 땅일 수도 있었다.

'어머니 모시고 울릉도에 와서 살까?'

그런 마음도 없지 않았다. 은밀하게 울릉도로 향할 때와는 분명 마음 자세가 달랐다. 그렇다 하더라도 그저 마음을 졸이지 않을 뿐 별다른 감흥이 일지는 않았다. 우연히 내게 주어진 일이 울릉도 안내라는 생각이 들었다. 다만 나라에서 더 늦지 않게 울릉도에 대해 깊은 관심을 갖기 시작한 건 다행이었다. 그저 수산물이 풍부한 바다의 섬으로서가 아니라 천혜자원의 보고로서도 부족하지 않은 섬이기 때문이었다.

붉은 노을이 바다 위에 깔렸고 밤이 찾아오면서 노을이 밀려난 뒤 갑판 위에서 맴돌던 선원들과 유집일 역시 선실로 들어갔다. 나도 선실로 들어가 눈을 좀 붙인 후 다시 갑판으로 나왔다.

밤이 흐르며 더 깊어졌다. 나는 사방에 빛이라곤 별빛이 전부인 시각에 갑판에 나왔다. 금방이라도 갑판 위로 별들이 우수수 떨어질 것만 같았다. 파도 위로 별빛이 쏟아져 출렁거렸다. 그 불빛 사이로 헤엄치는 강치 떼가 나타났다. 강치들은 수평선 방향으로 무리 지어 헤엄쳐 나갔다.

6

1694년 9월 20일 미시(未時).

우리는 드디어 울릉도의 땅에 삽을 꽂을 수 있었다. 우리가 배를 댄 곳은 현포 쪽이었다. 처음 울릉도에 발을 디딘 사람들은 현포에서 서쪽으로 펼쳐진 바다를 보고 적잖이 놀라워했다. 한낮임에도 바다가 검어서 감히 접근할 수 없는 성지처럼 보였기 때문이었다.

"이토록 검은 바다를 본 적이 없습니다."

장한상이 붓을 들고 서책에 기록을 남기며 물었다.

"그래서 옛날부터 여기를 현포라 부른 겁니다. '검을 현(玄)'자의 '현'을 이름에 붙인 거죠."

"검은 바다라……. 벼루의 검은색과는 비교할 수 없이 아름답군요."

유집일도 검은 바다를 보고 놀라워했다.

현포는 배가 드나들기 수월하고, 물을 구하기도 수월한 편이었으며, 다른 곳에 비해 완만한 경사를 지닌 곳이기도 했다. 안쪽으로는 농사를 지을 수 있는 알봉분지와 나리분지까지 오갈 수 있었다. 그저 강치와 고기 잡는 일로 어부들이 간간이 드나들었지만, 정착을 위한 계산을 하고 개간을 시작하는 건 300년 만이었다.

우리는 현포에 배를 대놓고 울릉도의 중심인 분지 쪽으로 이동해 나갔다. 분지는 울릉도의 심장처럼 섬의 한 가운데에 자리 잡고 있어서 그 광경 또한 우리를 놀라게 했다.

"조선 팔도 가보지 않은 곳이 없지만, 이처럼 기이한 신세계는 처음이오."

유집일의 얼굴은 발갛게 상기되어 있었다. 아름드리 굵기의 나무들이 울타리처럼 알봉분지를 둘러싸고 있는 모습이 천혜의 성곽 같은 분위기를 풍겼다. 나도 분지까지 들어와 본 건 처음이라 세속적인 세상과는 다른 천계의 풍경으로 보일 정도였다. 본토에서 먼 섬이라는 사실과 성인봉을 중심으로 펼쳐진 원시 그대로의 숲과 나무들, 지친 사람들을 품어주겠다는 듯이 펼쳐진 분지의 모습은 본토에서 건너온 이방인들을 흥분시키기에 충분했다.

"어찌 이런 섬을 방치해왔단 말인가. 일본 놈들이 함부로 드나들며 멋대로 유린했을 생각을 하니 마음이 다 아프오."

유집일은 사랑하는 여인을 대하듯 울릉도에 매료된 듯했다.

분지 땅의 질은 염려와 달리 부드럽고 찰기도 잃지 않았으며 잡석 또한 그리 많지 않았다. 삽을 넣어 뒤집어보니 짙고 붉은 색을 띠고 있었다. 영양분이 많은 토양이었고, 곡식을 잘 받아주는 흙이었다. 씨를 뿌리고 다음 해 봄에 와봐야 알겠지만 이 곳 땅은 식물과 사람도 살기에 적합한 곳이었다. 일꾼들은 땅을 개간하기 위해 흙을 뒤집기 시작했다. 오랫동안 곡식을 키워내지 않은 땅이라 흙은 기름졌고 고소한 향기를 풍겼다. 오랜만에 만난 힘 있는 흙이었다.

수십 명이 달라붙어 흙을 개간해 나가니 삽시간에 농토가 만들어졌다. 목수들이 나무를 베어 숙소를 만들었고, 어부들은 손쉽게 물고기를 구해와 인부들의 배를 채워주었다. 그동안 관리들은 나와 함께 섬을 둘러보았다.

울릉도를 둘러보면서 나는 놀랐다. 울릉도는 그저 단순한 영토가 아니었다. 신들이 내려와 살아도 손색이 없을 정도의 절경을 숨겨놓은 섬이었다. 바다에서 나오는 자원이 풍부했고 농사지을 땅도 부족하지 않았다. 왜구의 노략질을 염려한 나머지 백성들을 들어오지 못하게 했다는 게 안타까웠다. 잠시 물고기나 잡으러 들르는 섬이 아니라 군사를 주둔시키면 사람들이 충분히 살아갈 수 있을 거라는 판단이 들었다.

배를 타고 함께 들어온 측량사들은 산을 오르내리며 섬의 크기를 가늠하고 지도를 만드는 데 여념이 없었고, 다른 관리들은 식물 종자를 채집하고 개간한 밭에 다년생 작품들의 씨앗을 뿌려대느라 분주했다. 섬을 둘러보기 위해 나선 나와 뇌헌, 어둔, 그리고 유집일과 장한상은 해안가를 따라 사동 해안가가 있는 동쪽으로 방향을 정해 나가다가 먼 바다에 우뚝 솟은 섬을 보고 걸음을 멈췄다.

"저 섬이 무엇이오?"

장한상이 물었다.

"독도요."

하늘은 티 한 점 없이 맑았다. 독도는 물로 뛰어들면 금방 가 닿을 수 있을 것처럼 가까웠다. 장한상이 서책을 펼쳐 들었다. 그는 붓통에서 붓을 꺼낸 뒤 먹물 담은 먹물 통까지 꺼내들고 말을 읊조리며 기록을 했다.

"비 개이고 구름 걷힌 9월의 스물다섯 번째 날입니다. 나리 분지 쪽으로 이어진 산에 들어가 중봉에 올라보니 남쪽과 북쪽의 두 봉우리가 우뚝하게 마주하고 있었는데, 이것이 이른바 삼봉입니다. 서쪽으로는 구불구불한 대관령의 모습이 보이고, 동쪽으로는 바다가 보이는데, 동남쪽에 섬 하나가 희미하게 떠 있습니다. 크기는 울릉도의 삼분의 일이 안 되고, 거리는 300 여 리에 지나지 않습니다. 그 뒤로 남쪽과 북쪽에 망망대해가 펼쳐지는데, 흡사 물빛과 하늘빛이 같았습니다."

나와 어둔은 물론 다른 사람들도 망망한 동쪽을 바라보았다.

"날이 맑으니 독도가 훤히 보인데이."

"봉우리가 둘이네예. 지난번에 봤을 때는 꽤 크게 보이드만 여서 보니까 쪼만하네. 그런데 행님, 여서 사람들이 살 수 있 겠나?"

"흙과 물이 있고 바닷속에 양식이 잔뜩 있는데 와 못 사노!

일본 놈들만 안 오믄, 동래 사람들 다 와서 살아도 될 기다."

바람이 건조해서 적삼을 적셨던 땀이 빠르게 식어갔다.

먹고 사는 일로 울릉도에 왔을 때에는 보지 못했던 풍경들을 보았다. 봉우리와 형상을 가진 바위들, 무엇보다 내가 놀란건 울창한 숲과 나무였다. 나라에 도해금지령이 내려지면서 고기잡이를 나오거나 간간이 배를 피하기 위해 울릉도에 잠시정착하는 정도로만 사람의 왕래가 있었을 뿐이었다. 그러다 보니 섬 분지 쪽 울릉도의 숲은 자연 그대로 수백 년 동안 보존될 수 있었던 것이다.

맨 뒤에서 쫓아오던 뇌헌 스님이 가까이 다가왔다.

"욕본데이."

"스님이 욕보시는 거죠."

"내야 스님이고, 이만한 길은 늘 걸으니 일도 아니지."

"스님은 안 힘듭니꺼?"

"힘들지만 일단 딸린 처자식이 없으니 너희들보다는 낫지. 그나저나 우리가 이게 뭔 고생인지 모르겠다. 왜구들이 예까지 드나들지만 않으면 나라에서 이렇게 대대적으로 조사를 나올 일도 아니고."

"그러게요. 행님이 갖고 있던 서계만 뺏기지 않았으면 아마 다른 결과가 나왔을 겁니다. 스님 혹시……."

어둔의 말머리만 듣고도 뇌헌이 그를 빤히 쳐다보았다.

"말하지 말드라고, 갑자기 말끝도 흐려지고 목소리까지 까는 걸 보니 내한테 뭔 몹쓸 부탁을 하려는 모양인데."

뇌헌 스님은 어둔의 이야기를 끝까지 들어보지도 않고 먼저 설레발을 쳤다. 그는 내 얼굴은 아예 쳐다보지 않았다.

"스님, 우리가 가믄 그 세계를 다시 받아올 수 있지 않을까요?"

뇌헌도 놀랐겠지만 나 역시 놀랐다. 죽을지도 모를 고생을 했는데도 다시 가겠다는 마음이 어찌 생겼을까. 어둔이 겁은 많지만 누구보다 강한 생명력을 지닌 사내라는 걸 오늘 알게 되었다. 조선의 평민들이 다 그러하다는 것도.

"으미, 저짝에서 나물이나 캘 것을!"

뇌헌 스님은 부리나케 봉우리 아래쪽으로 내려갔다. 어둔이 이번에는 유집일과 나를 번갈아 보았다. 유집일은 먼 검은 바다를 하염없이 구경하느라 눈빛들이 오가는 걸 눈치 채지 못했다. 나도 어둔에게서 고개를 돌렸다. 다시는 가고 싶지 않은 곳이었다. 잠깐 조선 사람으로서 대접을 받기는 했지만, 대부분은 지나가는 개만도 못한 취급을 받아야 했다. 하지만 어둔의 말을 듣는 순간, 기이하게도 다시 한 차례 일본을 다녀올 운명 같다는 생각을 했다.

7

1694년 9월 27일 유시(酉時).

울릉도에 십여 명의 거주자를 두고 나올 수 있었다. 초겨울로
들어가는 시절이어서 한동안 울릉도에 다시 못 올지도 몰랐다.
초량으로 돌아온 나는 유집일과 장한상이 하는, 조정에 보낼
책에 기록하는 일을 도왔다. 그들이 한 가지 보지 못한 장관이
있었다. 바로 강치 무리의 이동이었는데, 간간이 떼 지어 나타
나긴 했지만 바다를 뒤덮을 정도로 거대하게 무리 지어 이동
하는 모습을 본 적은 없었다.

"머잖아 울릉도에도 사람들이 살 수 있도록 해보겠소. 그런
무릉도원이 일본인들 손에 들어가도록 내버려둘 수는 없는 일
아니겠소. 내 한양에 올라갔다가 돌아오리다."

유집일은 장한상과 함께 한양으로 출발했다. 이제 내가 해
내야 할 몫의 일은 마무리가 되었다는 생각이 들었다. 잠시였
지만 울릉도에서 다시 한 차례 일본을 찾아가게 될지도 모르
겠다는 생각이 어떻게 들었던 것인지 의아할 정도였다. 나라에
서도 울릉도와 독도에 관심을 갖기 시작한 듯 보였다. 지금까

지 크게 관심을 갖지 않았던 건, 조선의 섬을 두고 굳이 조선의 것이라 논쟁할 필요가 없었기 때문이었다. 하지만 측량도 하고 조사도 해갔으니 이제 나와 울릉도의 인연은 더 이상 깊어지지 않을 거라 생각했다. 초량으로 돌아온 나는 차인 어른과 함께 전국을 떠돌 계획만 짜면 되었다. 어머니, 선화와 함께 큰 욕심 없이 살면 살만한 세상일 터였다.

그럼에도 때때로 이런 저런 상념들이 떠올라 갈피를 잡을 수 없었다. 어둔이 마침 진포 앞의 주막으로 나를 끌고 갔다.

"행님, 이제 막걸리도 한 잔 자시고 그래도 되지 않겠소? 가동이도 이젠 지 동생 일이 잊고 전처럼 활기차게 살고 있지 않소? 업동이 맘 편하게 가도록 놔줘야 허지 않겠소?"

그랬다. 나를 믿고 망망한 바다를 건넜던 동생 하나를 제대로 보살펴주지 못했다는 죄책감에 시달려왔던 듯했다. 그래서 오랫동안 술을 멀리했는데 오늘은 술 냄새가 나를 잡아당겼다. 일본에서 살아와 유배지로 떠났다가 돌아온 뒤로는 나는 가능한 술을 외면했다. 훌쩍 죄책감을 벗어던지는 게 싫었다. 그럴 주제도 못 되었지만 무엇이든 쉽게 변해버리는 사람들이 야속했던 것도 같았다. 내가 말도 안 되는 형벌을 받으면서도 견디고 견뎠던 건, 업동에 대한 미안함 때문이었다는 걸 오늘에서야 깨달았다. 어둔의 말대로 이젠 그 죄책감에서 벗어나고 싶었다.

오랜만에 입에 댄 막걸리는 감미로웠다. 그동안 긴장 속에

산 나를 위로해주기에 충분한 맛이었다. 두 잔째 잔을 비울 때 뇌헌 스님의 제자인 연습이 주막으로 부랴부랴 뛰어 들어왔다.

"안 부장님, 일나부렀어라!"

연습은 숨을 몰아쉬느라 제대로 말을 하지도 못했다.

"아니 영취산에서 예까지 어쩐 일이여?"

어둔이 물었다.

"글씨, 선화가 납치된 거 같단 말이지."

나는 평상에서 벌떡 일어났다. 상이 엎어지고 술병이 바닥으로 떨어져 깨졌다. 내가 마음으로 의지하는 세 사람이 있다면, 어머니와 초향, 그리고 의붓 여동생이 된 선화였다. 영취산 속에 꽁꽁 숨어 살라 당부했고, 삼씨를 내려보겠다고 다부지게 청해서 그러라 허락했고, 제갈성과 눈이 맞아 혼인을 할 때엔 그를 믿을만한 매제로 받아주었다. 그동안 아프게 살았으니 남은 인생은 좋은 신랑이랑 아이 낳고 오손도손 행복하게 살라고, 빌고 또 빌어주었던 아이였다.

나는 연습보다 먼저 주막을 뛰어나와 그 길로 여수를 향해 달려갔다.

8

1694년 9월 28일 묘시(卯時).

조선은 삼의 종자가 외국으로 밀반출 되는 걸 철저하게 막았
다. 특히 삼의 대부분을 수입하는 일본으로의 반출은 용서되지
않았다. 지금까지 밀반출 된 적도 없었지만, 발각되면 바로 극
형에 처한다는 포고령이 내려져 있는 상황이었다.

누군가 길을 막으면 그 길을 가고 싶어 더 안달이 나는 작자
들이 있기 마련이었다. 일본 땅에 삼의 종자를 내려보겠다고
초량 왜관의 일본 상인들이 밀반출을 시도하기도 했다. 발각되
어 조사를 해보면 그들이 숨겨 나가려던 게 삼의 종자도 아니
었고, 관련된 조선인들도 색출해내지 못해 흐지부지 되었던 일
도 몇 차례 있었다. 하지만 선화의 정성이 하늘에 닿았는지 삼
의 싹을 틔웠고 뿌리를 내렸다. 대량으로 삼을 재배할 수 있는
길이 열렸다는 말이었다.

새벽길을 내리 달려 선화와 제갈성이 살림을 차린 영취산
오두막 앞에 도착했을 때, 시신을 덮은 거적이 먼저 눈에 들어
왔다. 뒤이어 연습과 어둔, 그리고 뇌헌이 오두막 앞마당으로

들어섰다. 나는 망설이다가 거적을 들췄다.

"칼을 맞고 쓰러져 있었는디, 한 이틀은 된 듯혀……."

나는 털썩 그 자리에 주저앉았다. 후회되고 또 후회되었다. 삼 싹을 틔워보겠다 했을 때 적극적으로 말리지 못한 게 후회되었다. 약초꾼으로 평생을 산 제갈성도, 대처에 나와 살 수 없는 선화의 처지도 안타까웠다. 비록 산속이지만 죽은 목숨이다 생각하고 산속에서라도 아이와 함께 행복하게 살기를 바랐거늘, 삼에 미친 인간들 때문에 많은 사람들이 안타깝게 고초를 겪어야만 했다.

그러다 문득 내가 근본적으로 독도로 고기잡이를 떠났던 것도 결국엔 초량의 거상 오다가 삼을 두고 야료를 부리는 바람에 그리 되었다는 데에 생각이 미쳤다. 그 작자가 유독 삼에 욕심을 부렸다는 사실도 떠올랐다.

"이보게, 그렇다면 그 오다 밑에서 똥 닦으며 사는 그 백지망이 놈 패거리가 이런 짓을 허지 않았겠는가?"

제갈성을 볕이 잘 드는 땅에 묻어주었다. 선화와 아이의 시신이 없는 걸 보면, 둘은 아직 살아 있을 것이다. 삼의 뿌리를 내릴 줄 아는 여자라 살려서 일본으로 데려갈 터였다. 도자기에 대한 욕망 때문에 천석 어른을 데려간 것처럼 말이다.

"스님, 내는 그냥 조용히 살라 했는데, 이잔 안 되겠소."

오다에 대한 미움이 거의 삭았다고 생각했는데, 이 순간 가슴 깊이 가라앉아 있었을 뿐 그 증오의 무게가 결코 가볍지 않았다는 걸 깨달았다.

"어쩌게?"

나는 영취산을 찾아올 때보다 더 빨리 달려 초량으로 돌아왔다. 그리고 다시는 만나지 않으리라 다짐했던 초향을 찾아갔다. 그녀를 만나지 않는 게 그녀나 나를 위한 길이라 믿어 찾지 않았고, 그녀가 불러도 이런 저런 핑계를 대며 피해왔었는데, 오늘은 먼저 그녀를 만나러 갔다.

동래옥 입구에 백지망의 패거리들이 서성거리고 있어서 나는 뒷문을 택했다.

"우리 인연은 진즉 끊어진 줄 알았는데, 오늘은 어인 일이십니까?"

그녀가 소반에 작은 술상을 마련해 나와 마주 앉았다. 두어 잔 그녀가 따라주는 술을 받아 마시고 그녀를 물끄러미 쳐다보았다.

"무슨 일이 있었나요? 어찌 나를 그렇게 뚫어지게 보시오? 내게 꼭 할 말이 있는 것처럼, 사람 민망하게……."

그녀의 얼굴이 벌겋게 달아올랐다. 그녀는 내 눈길을 피하느라 제 잔에 술을 따라 마셨다. 방문 밖에 백산의 그림자가 눈에 들어왔다. 초향이 고개를 돌려 백산의 그림자에게 눈길을 주었다.

"나리도 참, 백산의 입은 용두산의 용두보다 무겁다는 거 아시잖습니까? 평생 안 볼 것처럼 굴던 분이 이리 찾아오셨다면 중요한 일이 있어서일 텐데. 누구보다도 나리가 백산에게 한 시도 떨어지지 마라 가르치지 않았나요?"

그녀의 말이 맞았다. 언젠가 백산의 어깨를 잡고 초향을 부탁한 일이 있었다. 나는 잔을 털어 넣고 입을 열었다.

"여덟 해 전 가을, 깊은 밤이었습니다. 밤길에 열 살쯤 된 계집아가 울고 있어가……. '니 누꼬? 와 여서 우노?' 뭘 물어봐도 대꾸도 없고, 한없이 울기만 하대예."

"밤길이라 무서웠던 모양이지요."

나는 술 한 잔을 더 털어 넣었다. 내가 순흥 사람임을 평생 감추고 살아왔듯이 선화 역시 평생 감추고 산 진실이 있었다.

"역모에 휘말려 졸지에 멸문지화를 당한 아이였습니다."

술잔을 들던 초향이 잔을 소반 위에 조용히 내려놓았다.

"그 아이가 어찌 되었습니까?"

"심마니 밑으로 보내 어언마니로 살며 목숨을 부지했지요. 그런데 그 아가 여인이 되어 삼밭을 일궈가, 끝내 싹을 틔우고 뿌리를 내렸죠."

초향의 눈가가 미세하게 떨렸다. 초향이 알기에도 삼은 가는 한 뿌리조차 나라에서 관리를 했다. 삼과 관련된 어떤 정보는 물론, 삼의 종자가 조선을 빠져나간다는 건 상상할 수도 없는 일이었다. 그런데 삼의 싹을 틔우고 뿌리를 내릴 줄 안다는 건, 천금의 재주를 갖게 되었다는 말과 다르지 않았다. 한편으로는 위험한 재주이기도 했다.

"어쩌자고 그런 걸 가르쳤나요?"

"진즉 죽을 목숨을 구해줬는데 지한테 보답할 게 없다고, 이의붓 오라버니를 기쁘게 해주겠다고 그랬는데…….. 그리고 그 산속이 아니면 살 데도 없었고요."

초향은 잔을 비우고 길게 한숨을 내쉬었다.

"몇 해 전에는 배필을 만나 아까지 놓았습니다. 그런데 영취산 움막에 가보니 아 아부지 되는 녀석은 이미 칼에 맞아 죽었고, 아이와 함께 선화가 쥐도 새도 모르게 사라졌지 뭡니까?"

"사라지다니요?"

초향은 더 이상 나를 채근하지 않았고, 나 역시 입을 열지 않았다. 술병이 모두 비워질 때까지 그녀와 나는 가만히 술잔만 비웠다. 벽산의 그림자는 그 자리에 그대로 붙박여 있었고, 잠깐 소란스러웠던 밖의 어수선함이 잦아들었다.

"나리, 찾아야지요. 필경 내게 무슨 답이 있을 듯한데요."

그제서야 나는 말했다. 백지망을 그 패거리들이 모르게 은밀하게 잡아야 한다고. 내겐 삼을 내리고 싹을 틔우는 것보다 선화가 더 중요하다고 말했다. 평생 굴레를 쓴 채 나처럼 마음을 졸이며 살아야 하는데, 그나마 이제 겨우 행복하게 살아가고 있는 선화에게서 행복을 빼앗을 수는 없다고.

9

1694년 9월 29일 술시(戌時).

초향은 위험을 무릅쓰고 나를 도왔다. 백지망과 일본인 왈패한 놈을 기방에서 쓰러지게 만들어줬고, 나와 뇌헌, 연습, 그리고 어둔이 이 둘을 보쌈해 초량에서 5리쯤 떨어진 소금창고로 옮겼다. 깨어나기 전에 능지처참의 모양새로 사지를 묶고 줄 끝을 소와 연결시켜 두었다.

선화가 일본으로 넘겨지기 전에 찾아야만 했다. 선화가 일본인들에게 납치되었다는 증거를 명백하게 밝혀내도 그녀를 구하기 위해 나라에서 나서줄 리 만무했다. 나와 집안의 내력이 비슷한 아이였다. 선화는 집안 어른들의 죄로 죽었어야 할 목숨이지만 살아 있는 아이였다.

"이 새끼들, 니들이 이라고도 무사할 줄 아나?"

백지망은 진즉 깨어나 금방 상황을 파악한 듯했다.

"안 부장, 내 누군지 모리나? 내가 안 보이믄 오다 상이 가만히 있을 거 같나?"

"이 자슥이 터진 입이라고. 우리가 와 니를 모르노? 일본 놈들 앞잡이 아이가?"

어둔이 그를 노려보며 말했다. 백지망과 일본 왈패가 몸부림을 쳤다.

"니놈들, 그래도 초량에서 같이 장사한다고 봐주고 그랬구만. 내 반드시 사지를 찢어 죽일게여. 오다상이 우릴 찾고 난리가 났을 게다. 니들은 뭘 몰라도 한참 모르는 거여. 초량은 오다상 나와바리라는 거 모르제? 동래부사고 뭐고, 다 오다상한테 발발거리는 거 니들은 모르제?"

백지망이 악을 쓰며 말했다. 어둔이 히죽 웃었다.

"이놈이 지금 앞뒤 구분이 안가는 모양이제. 초량에서 그거 모르는 인간도 있드나? 어이 소야, 고마 밭 매러 가자!"

어둔이 신호를 보내자 백지망과 일본인 왈패의 사지를 묶었던 밧줄이 서서히 팽팽해졌다. 백지망의 얼굴이 금세 사색이 되었다. 내가 멈추라 말하자 놈은 공중에 뜬 채 금방이라도 울어버릴 듯 떨기 시작했다.

"쪼매 더 움직이믄, 팔다리가 다 떨어져 나간데이! 아 어디로 빼돌렸노?"

"빙신 새끼, 지랄한다. 우리 행수님께서 너희들 가만 안둘 기다!"

백지망은 떨면서도 건달의 기질을 버릴 수 없는 모양이었다. 나는 그를 빤히 바라보았다. 일본인 왈패는 이미 기절한 상태였다. 나는 천천히 백지망의 희멀건 얼굴을 살폈다.

"여서 10년 넘게 장사했으니 내 성격 알제? 아를 어디로 빼돌렸는지 불면 바로 풀어주고, 아니면 갈기갈기 찢어가 고기밥으로 바다에 던질 줄 알아라. 아 어딨냐?"

소는 조금 더 제 갈 길로 뻗어나갔다. 줄은 더 팽팽해졌고 백지망의 사지는 활짝 펴졌다.

"다시 묻겠다. 아 어디 있노?"

백지망은 이를 물고 부들부들 떨기만 했다. 어둔이 다시 신호를 보내자 소가 움직였고, 천장의 도르래가 돌아가자 백지망의 비명이 소금창고를 채웠다.

"너그 행수가 빼돌렸나?"

소는 앞으로 더 나아갔고, 백지망의 사지가 파르르 떨리기 시작했다. 그는 더 이상 견디지 못하고 고개를 끄덕거렸다.

"말로 해라!"

"그래, 잘은 모리지만 행수님께서."

"행수 누구?"

"이상룡……."

어둔이 소를 멈추게 하자 창고 문이 열리며 복병장 만호와 포졸들이 뛰어 들어왔다. 소들이 뒷걸음질치자 백지망의 몸이 바닥으로 떨어졌다.

"보, 복병장님, 용복이 새끼가, 우릴 죽일라 그랬심더."

만호의 눈이 싸늘하게 빛났다.

"죄인들을 포박하라."

포졸들이 달려들어 밧줄을 풀고 백지망과 일본인 왈패를 포박했다.

"와 이라십니꺼! 지가 아니라, 용복이 이놈이 낼 죽이러 했다 안하요."

"너희들을 살인 및 노부세 거래를 체포한다!"

만호가 판결을 내리듯 말했다. 살인과 노부세 거래는 능지처참형에 처해지는 죄였다. 백지망의 얼굴은 더 창백해졌다.

10

1694년 9월 29일 늦은 술시(戌時).

백지망과 일본인 왈패는 동래 동헌의 감옥에 갇혔다. 동헌 취
조실 마당엔 동래상단의 행수인 이상룡과 그의 수하들이 포졸
들 사이에 양팔을 포박당한 채 앉아 있었다.

"제갈성을 왜 죽인 것이냐? 그리고 선화는 어디 있느냐?"

복병장이 이상룡에게 물었다. 그는 느긋했다. 여유 있는 얼
굴로 미소까지 지어 보였다.

"모릅니더, 애들이 한 일을 지가 어찌 알겠습니까? 그라고
우리 애들이 했다는 증거라도 있습니까?"

행단의 행수답게 배짱이 두둑해 보였다. 그는 떨거나 당황
하지 않고 복병장을 빤히 올려다보았다.

"지금 여기 자네 수하들이 잡혀와 있는데, 그놈들이 자넬 위
해 순순히 모가지를 내놓을 거 같나?"

이상룡이 천천히 사방을 둘러본 뒤 복병장과 눈을 마주쳤다.

"복병장 나리, 드릴 말씀이 쪼매 있다 아입니꺼! 상것들은
내보내고 조용히 얘기하시지예!"

복병장의 이마에 주름이 잡혔고 얼굴이 일그러졌다.

"한양에 계신 분이 제가 이런 대접 받는 걸 아시면 노발대발 하실 겁니다."

복병장은 이상룡의 곁에 서 있는 포졸에게 고갯짓을 했다. 그러자 어려 보이는 포졸이 느닷없이 이상룡의 싸대기를 갈겼다.

"이 새끼가 뭐라카노? 여기가 어디라고, 묻는 말에 대답 안 하나?"

이상룡의 눈이 화등잔만해졌다. 그는 헛웃음을 날리며 포졸을 빤히 쳐다보았다.

"이 자슥 봐라. 뭘 꼬나보노? 나라 팔아먹은 새끼가 뭐 할 말이 있다고!"

포졸이 재차 이상룡의 뺨을 후려쳤다. 이상룡은 그 순간부터 힘의 우위가 어떻게 나누어져 있는지 깨달았다. 나는 초조하게 기다렸다.

"말 안하나?"

이상룡이 어이없다는 듯 웃었다. 포졸이 다시 한 차례 그의 뺨을 갈겼다.

"이런 미친 새끼가 다 있노? 아이가 어디 있냐고 물으시잖아."

"그게 그러니까……."

이상룡이 주저하자 포졸이 한 차례 더 그의 뺨을 갈겼다. 느굿하던 그의 수하들도 허리를 곧추 세우며 바로 앉았다.

"스미마셍(すみません), 그건 그러니까 똘마니들이……."

"말귀를 못 알아듣네."

곁에 서 있던 포졸이 이번에는 양 뺨을 갈겼다.

"미안키는 뭐가 미안하노, 일본 놈하고 붙어먹더니 우리말
도 다 잊아뿐나?"

포졸은 이상룡의 뺨을 네 차례나 갈겼다. 그제야 이상룡이
눈을 크게 뜨고 허둥댔다.

"그기 그러니까 오다상이……."

"네놈은 상단의 얼굴에 먹칠하는 거야."

이상룡의 자백을 듣고 우리는 오다의 저택으로 달려갔지만
그는 물론 간발의 차로 선화도 볼 수 없었다. 일꾼들도 그가 어
디로 갔는지 알지 못했다. 방안으로 뛰어 들어가 보니 방안에
흐트러진 옷가지며 잡동사니들이 어지럽게 널브러져 있었다.
나와 포졸들은 그녀가 아직은 조선을 떠나지 못했을 거라 믿
고 포구 쪽으로 달려갔다.

11

1694년 9월 29일 해시(亥時).

달빛이 낫개포구를 점령해 들어왔다. 소형 어선이나 드나드는 작은 포구였다. 나는 달빛이 만든 바다의 길을 살폈다. 바다 위에 떠 있는 배는 한 척도 없었다. 어둔과 뇌헌 스님도 사방을 살펴보았다. 몇 척의 배가 부두에 묶여 있을 뿐, 바다로 나간 흔적은 보이지 않았다. 배가 나가며 만든 물결도 없었고, 바다에 떠 있는 달빛도 흔들림이 없었다. 너무 늦었단 말인가.

"행님, 저기!"

어둔이 포구의 끄트머리 쪽을 가리켰다. 작은 어선 하나가 바다 쪽으로 머리를 내밀고 있었다. 노를 젓는 소리도 들렸다. 나와 일행이 어선 쪽으로 달려갔다. 배를 모는 노의 움직임이 빨라졌다. 배가 포구를 벗어날 무렵, 어둔이 갈고리를 배의 갑판을 향해 던졌다. 다행히 갈고리가 배에 걸렸고, 여럿이 달라붙어 배를 잡아당기자 배는 서서히 끌려왔다.

어둠 속에서 어렴풋이 여러 개의 검은 형체가 드러났다. 배가 다시 포구에 닿자 배에 있는 사람들의 형체가 확연히 드러났다. 두 명의 사무라이. 단책과 연습이 검을 들고 앞으로 나서자, 배에 있던 사무라이들도 허리춤에서 검을 빼들고 두 사람과 마주했다. 어둔이 갈고리 줄을 홋줄 고리에 여러 차례 칭칭 감자 배는 옴짝달싹 못했다.

일본인 사무라이들이 뭍으로 뛰어내리며 칼을 휘둘렀고, 연습과 단책도 조선검을 꺼내 그들을 맞이했다. 그 사이 나는 배 위로 뛰어 들었다. 하지만 선화와 아이는 보이지 않았다. 그 순간 고향을 떠나고 싶지 않았던 것인지 내륙의 어둠 쪽에서 아이의 울음소리가 들려왔다. 사무라이들은 단책과 연습에게 맡기고 나와 어둔, 뇌헌이 소리가 나는 쪽으로 달려갔다. 오다가 눈에 들어왔고, 아이를 안고 그에게 질질 끌려가는 선화가 보였다. 나는 세 사람을 향해 전력을 다해 달려갔다. 뇌헌과 어둔, 그리고 달빛이 뒤를 바쁘게 쫓아왔다.

끌려가던 선화가 넘어지자 오다는 선화를 질질 끌다시피 했다. 그 덕에 우리는 그에게 바짝 다가갈 수 있었다.

"가까이 오지 마라!"

오다가 품에서 차갑게 번득이든 칼을 꺼내들었다.

"오라버니……."

선화를 아이를 품에 꼭 안은 채 떨고 있었다. 오다는 어느새 선화를 뒤에서 끌어안은 채 칼로 그녀의 목을 겨누고 있었다.

"그 칼을 치우고 여자와 아이를 돌려주면 난 그냥 가겠다."

"허튼소리 집어 치워라. 이년은 내가 큰돈으로 사들였다. 이

년은 내 소유이니, 쓸데없는 소리 말고 꺼져라."

"네놈이 명을 재촉하는구나."

내가 오다와 대적하는 사이 포구 쪽의 소란스러움이 잦아들고 있었다. 단책과 연습은 초량 일대에서 칼 다루는 솜씨가 뛰어난 이들이었다. 쇼군의 친위대 정도 되어야 대적할 수 있을 실력이니, 무명의 사무라이들은 간단하게 제압이 되었을 터였다. 단책과 연습이 내 쪽으로 달려오는 소리가 들렸다. 나는 오다 쪽으로 한 발짝 더 다가갔다.

"가까이 오지 마, 이년도 죽고 다 같이 죽는다."

눈물범벅인 선화의 얼굴이 눈에 들어왔다. 나는 누구보다도 선화의 고통을 잘 알았다. 조선이라는 나라에서 역적의 자손이 된다는 게 어떤 형벌인지 누구보다 잘 알았다. 세상의 이치를 깨달을 정도로 뛰어난 박식함과 선녀를 능가하는 미모를 가졌다 해도, 하늘에서 내린 무사의 실력을 갖춘 무인이라 해도 역적의 자손은 역적의 자손일 뿐이었다. 그들은 조선에서 그저 천민이며 짐승에 지나지 않았다. 그나마 내겐 어머니라도 남아 있었다. 하지만 선화는 혈혈단신 혼자였다. 열 살의 어린 나이였을 때의 그 막막한 공포를 지금 똑같이 겪고 있었다.

"선화야, 저놈은 절대로 너를 해치지 못할 기다. 걱정하지 마라."

"뭐라고 지껄인 거냐?"

오다는 나의 말을 알아듣지 못했다.

"곧 구해줄게."

내 말이 신호였다는 듯 짙은 어둠 속에서 퉁소 소리가 들려 왔다. 단조의 구슬픈 가락의 소리였다. 오다가 사방을 둘러보 는데 형체는 없고 소리만 점점 더 커졌다.

"무슨 짓들이냐?"

"마지막 기회다, 칼 치워!"

"가까이 오지 마!"

오다는 선화의 목에 더욱 가까이 칼을 들이댔다. 그 순간 퉁 소 소리가 멎었고 대신 무언가 어둠을 가르는 소리가 들렸다. 어둠 속에서 튀어나온 물체는 오다의 뒷목에 박혔고, 한 차례 몸을 떤 오다는 칼을 떨어트린 후 그대로 앞으로 고꾸라졌다. 선화가 서둘러 내게 달려와 안겼다. 내 주변으로 단책과 연습, 그리고 뇌헌과 어둔이 다가왔다. 삶과 죽음의 경계를 오간 이 순간에도 아이는 잠깐 칭얼댔을 뿐 깊이 잠들어 있었다.

잠든 아이의 얼굴이 곧 부처의 얼굴이라고 했던가. 달빛이 아이의 얼굴 위로 내려앉았다. 사방에 죽음이 널려 있었지만 아이의 얼굴은 평온했다. 그 얼굴 위로 천석 어른의 얼굴이 보 였다. 조선에 살 때 천석 어른의 얼굴 또한 아이처럼 맑고 선했 다. 선화의 턱 밑에 고여 있던 눈물 한 방울이 아이의 얼굴 위 로 떨어졌다. 선화의 눈물은 아이의 이마에 박힌 채 보석처럼 빛났다. 나는 그 순간 다시는 이런 슬픔이 나나 선화, 그리고 조선의 어느 누구에게도 생겨서는 안 된다는 생각을 했다.

"오라버니, 죄송해요. 제가 죄 많은 여자라서 그런가 봐요."

선화는 내 품에 안겨 흐느꼈다.

"아니다, 넌 죄가 없데이, 네 잘못이 아니데이. 이제 가자."

나는 선화를 안고 어둠 속으로 발을 내디뎠다. 멀리 아직도 꺼지지 않은 초량의 불빛이 보였다. 숲 어디에선가 이 시각까지 잠들지 못한 동박새가 울어댔다. 뇌헌과 단책, 연습, 어둔도 말없이 내 뒤를 따랐다. 발자국 소리와 깊은 한숨 소리만 침묵을 대신했다.

조선 사람을 사고파는 이 시대를 나라가 지켜주지 못한다면 스스로 지켜야 하지 않는가. 조선의 땅을 함부로 넘보게 하고, 조선의 백성을 살육하고도 죄의식을 갖지 않는 일본인들을 어찌 이대로 보고만 있는가. 가슴 속에 잠들어 있던 물결이 거세게 소용돌이쳤다. 말한 적은 없지만 초향도 나라로부터 버림받은 여자였고, 선화도, 나도 조선의 법으로는 지렁이 같은 목숨일 뿐이라는 사실에 생각이 미치자 뼈가 아파왔다. 나는 눈물이 날 것 같아 고개를 들고 용두산 너머로 눈길을 주었다. 그곳의 어두운 하늘 한복판으로 별똥별 하나가 빠르게 떨어지는 게 보였다.

도해(渡海)

1

1695년 12월 1일 술시(戌時).

보낸 적이 없는데 어느새 2년이 훌쩍 지나버렸다. 일본으로 끌려갈 때와 지금의 내 삶은 달라진 게 없었다. 나는 차인 어른 밑에서 전국을 떠돌며 삼과 쌀을 수거해 동래왜관으로 가져왔다. 2년 전이나 지금이나 외양의 삶은 달라지지 않았다. 일본에 납치되어 끌려갔다 왔고, 조선으로 돌아와 독도에서 고기를 잡았다는 이유로 벌을 받았으며, 오다의 일로 일본인 수사관들에게 조사를 받기도 한 그 모든 일이 한바탕 짧은 꿈이었다는 생각마저 들었다.

간간이 초향을 만나 안부를 묻고 차를 마시기도 했고, 업동의 형 가동을 만나 아무 일 없었다는 듯 막걸리 잔을 기울이기도 했다. 어둔은 여전히 소금 지게를 졌고, 선화만 복병장 만호의 집으로 거처를 옮겼다. 선화는 군관들의 보호를 받았다. 삼을 재배하는 기술은 우리 조선에서도 필요한 기술이었다. 선화는 복병장의 보호 아래 삼을 다시 재배하기 시작했다. 다만 약효가 나타나려면 적어도 4년의 세월이 흘러야 하니 그 세월 동안만이라도 군관의 보호가 필요했다.

"안 부장, 아는 안 보러 올 건가?"

나는 해질녘이면 가끔 왜관에서 먼 바닷가 쪽 주막에 앉아 복병장 만호와 막걸리 잔을 기울였다. 전하고 달라진 게 있다면 초향도 가끔 만나고, 동래의 군관 책임자인 복병장 만호와 어울려 술을 마신다는 정도였다.

"잘 지내고 있지요?"

"선화야 잘 지내지. 아도 얼마나 잘 크는지, 곧 걷게 생겼네. 가끔 들르게."

"제가 자주 드나들면 사람들이 선화가 거기 있는 줄 눈치 챌 거 아니겠습니꺼?"

복병장은 가만히 나를 쳐다보았다.

"설마 우리 집에 누가 침입하겠는가? 게다가 칼 잘 쓰는 군관들이 지켜주고 있는데."

"그러게요. 나이를 먹으니 자꾸 노파심만 늡니더."

그렇게 실없는 이야기를 하는 것도 나의 일상에서 달라진 점이었다.

"그런데 안 부장, 이상룡이 그놈이 방면됐다는 소식 들었는가?"

나는 술잔을 들다가 멈추었다. 이상룡은 동래 지역 밀무역의 주범이었다. 제갈성의 살인교사 혐의도 있고 선화를 납치해 오다에게 넘겨준 놈이기도 했다. 탈세범이며 살인범이었다. 그런 자가 1년 만에 죄를 벗고 자유로워지다니.

"아니, 그놈이 어떻게?"

복병장 만호의 얼굴이 어두워졌다.

"조정 양반들 중에 그놈이 필요한 사람이 있다는 말이겠지."

"그래도 어떻게 그런 놈을 내보낼 수 있는 거죠?"

복병장 만호는 젓가락으로 김치를 집어 들었다.

"그게 윗 인간들의 정치 아니겠는가?"

그는 제 앞의 잔을 단숨에 비웠다.

"그래서 특별히 선화 거처 주변에 군관들을 많이 배치해두었네. 선화도 선화지만 삼 내리는 방법이 일본으로 넘어가면 우리 무역에도 큰 타격이지 않겠는가. 실은 내 걱정은……"

"또 뭔 걱정이 있습니꺼?"

"바로 자네야. 놈이 안 부장을 노리고 있는 거 같으네. 여기 초량에 칼잽이들 몇이 나타났다고 하더군. 그러니까 매사 조심하시게."

나를 해치는 일처럼 부질없는 일이 또 있을까. 나는 잠깐 긴장했지만 그를 안심시켰다. 칼잽이들 몇쯤은 한 손으로 처리할 수 있다고 호기를 부렸다.

"그려, 그래서 걱정은 덜하긴 하지만……"

하지만 만호의 염려는 곧장 현실로 드러났다.

그날은 초량 왜관에 들렀다가 어둔과 어울려 주막에서 걸게 막걸리를 마신 날이었다. 모처럼 소금이 모두 팔렸다고 어둔이

한 턱 내겠다는 말을 무시할 수 없어 따라간 자리였다. 그날따라 술이 달았고, 적당히 취기를 느낄 정도의 양을 마셨다. 의자에서 일어서려는데 몸이 비틀거렸다.

밤거리는 좋았다. 밤하늘에 겨울의 찬 달에 달무리가 든 날이었다. 다행히 만삭의 달이라 길은 밝았다. 나는 그즈음 내 몸이 허깨비 같다는 기분에 사로잡히곤 했다. 자고 먹고 걷고 있는데 내 정신은 초량에 있지 않고 먼 바다에 나가 있었다. 몸속이 텅 빈 듯한데 도무지 그 연유를 알 수가 없었다. 그 기분 때문인지 내 걸음걸이도 허정거렸다.

그렇게 주막에서 나와 어둔과 헤어진 후 어머니 집으로 가는 길목의 어둠 속에서 칼잡이들을 만났다. 놀라거나 당황하진 않았다. 오히려 그들을 만나자 홀가분했다. 만호에게서 이야기를 들은 뒤로 그들을 기다렸던 것도 같은 기분이었다. 모두 넷이었다. 내가 걸음을 멈추자 그들도 멈추었다. 그들 뒤에서 한 사내가 그림자처럼 나타났다.

"사내 자슥들이 뭔 뜸을 들이느라 이제사 나타난 겨?"

나는 사내들의 행색을 살폈다. 그들은 하나같이 칼을 차고 있었다.

"안 부장이 나를 기다렸다고?"

어둠 속에 드러난 사내의 목소리는 이상룡의 것이었는데, 모습은 무사의 차림이었다.

"썩을 놈, 세상이 썩었으니 너 같은 놈이 날뛰기도 한다만."

"이상룡, 저놈이 안용복인가?"

"그래. 저놈이 소 요시자네 쓰시마 도주님을 엿 먹이고 오다 상을 살해한 놈들 중 한 놈이네."

네 명의 사내들은 일본인인 모양이었다. 이상룡의 말이 끝나자마자 네 명의 사내들이 망설임 없이 일제히 칼을 빼들고 내게 달려들었다. 나는 여러 걸음 뒤로 물러났다. 택견의 발 자세를 취했다. 택견은 본래 상대를 크게 다치지 않게 하는 무술이지만, 상황에 따라 인명 살상의 무술이기도 했다.

"오살할 놈, 꼴값을 떠네. 오늘 네놈 제삿날인 건 알고 있냐."

이상룡이 한양으로 압송된 게 고작해야 1년 전이었다. 짐작은 했지만 이렇게 빨리 나올 거라곤 생각하지 못했다. 일본 칼잡이들이 나를 중심에 두고 천천히 돌기 시작했다.

"이제 실감이 나지? 너 같은 천민 새끼는 다가갈 수 없는 세상이 있지."

그는 실실 웃으며 칼잡이들 뒤로 물러났다. 그게 신호였다. 칼잡이들은 내게 달려들었다. 이런 부질없는 싸움에서 벗어나고 싶었지만 그건 불가능했다. 한쪽이 사라져야만 끝날 전쟁이었다. 사내들이 현란하게 칼을 놀리며 내게 다가왔다. 나는 발을 옮겨가며 뒤로 물러났다. 사내들의 칼 휘두르는 폼을 보니 영락없이 일본인이었다. 한동안 느슨해져 있던 몸의 긴장이 팽팽하게 당겨졌다.

나는 오른쪽과 왼쪽으로, 또는 길게 뒤로, 짧게 앞으로 발을 옮기며 사내들의 틈을 살폈다. 발놀림 하나, 어깨의 움직임 하나 칼을 바꿔 잡는 자세에서 눈빛까지 놓치지 않고 보았다. 저 잣거리에 흔한 싸구려 칼잡이들이라는 생각이 들었다. 돈 몇 푼 쥐어주면 칼 들고 설칠, 어찌 보면 그들도 불쌍한 인간들이었다. 술기운은 모두 달아나버렸다. 먼저 빈틈을 보여야 누군가 들어올 태세였다. 어깨를 왼편으로 살짝 기울이자 내가 균형을 잃었다고 판단한 사내 하나가 내 앞으로 들어왔다.

내가 기다렸던 순간이었다. 나머지 세 사내의 칼부림을 어찌 막아낼지 계산 같은 건 하지 않았다. 다만 내 앞으로 뛰어든 사내가 어두운 하늘을 향해 칼을 높이 쳐들었을 때 뒤로 도망가지 않고 빠르게 그의 앞으로 뛰어 들어가 배를 걷어찼다. 복장지르기였다. 놀이나 시합으로 즐길 때는 큰 타격이 없지만, 몸무게의 힘을 실으면 상대의 배가 터질 정도로 강한 충격을 가할 수 있는 공격이었다. 사내가 단숨에 어둠 저편으로 나가 떨어졌다. 그러자 나머지 세 사내가 칼을 고쳐 잡았다.

"이상룡상, 이놈 그냥 상인이 아니잖아!"

사내 중 한 명이 어둠 속에 숨어 있는 이상룡을 향해 소리를 질렀다. 이상룡은 야비한 장사꾼이었다. 동전 몇 닢 주고 장사치 하나 처리하자 꼬드겼을 광경이 떠올랐다.

나는 사내들의 공격을 피하기 위해 왼쪽으로 돌았다. 정면을 차는 제겨차기와 옆으로 지르는 곁차기 등 발질만으로는 칼 든 일본 칼잡이들의 공격에서 벗어나기 어려웠다. 한 번 가

까운 거리 공격에 당했으니, 일정 정도 나를 더 희생해야 거리
가 가까워진다는 걸 알았다. 어깨나 팔을 내주며 그들에게 붙
어야 효과적인 발질이 가능했다.

다른 한 사내가 나를 향해 칼을 앞세워 밀고 들어왔다. 나는
공중으로 뛰어올라 그의 뺨을 후려 찼다. 손으로 뺨을 맞는 것
과는 그 강도가 수십 배나 강해서 정확하게 한 차례 두발낭성
으로 그는 그대로 기절했다. 마흔이 넘은 나이지만 아직 내 몸
은 날랬다. 뒤로 물러난 뒤 앞으로 들어가면서 발질을 하는데,
그 순간 밤을 찢는 총성이 울려 퍼졌다.

"안 부장!"

어둠 속에서 이상룡이 화승총을 들고 들어왔다.

"네놈이 아무리 날래도 총을 피할 수 있을까?"

빌어먹을! 어머니는 그랬다. 어떠한 경우에도 살면서 척을 지
지 말라고. 하지만 그렇게 살 수 없었다. 내가 척을 지지 않으려
해도 나를 가만히 내버려두지 않았다. 그래서 이리저리 끌려 다
녔건만. 나는 앞을 방어하던 두 손을 떨어트렸다. 내가 택견의
달인도 아니지만, 설령 달인이라 하더라도 총을 피할 재간은 없
었다. 멀리 나가떨어졌던 칼잡이까지 합세해서 내게 다가왔다.

"조용히 끝내자!"

어이없는 죽음이 되겠지만 우리네 천한 것들의 삶과 죽음은
늘 어이없지 않았던가. 억울할 것도 없었다. 슬플 일도 아니었
다. 나이 마흔이면 충분히 살았다는 생각도 들었다. 앞으로 살

아갈 날들이 별 의미가 없겠다는 생각이 나를 더더욱 부정한 생각으로 이끌었다. 다만 가족들과 지인들이 염려될 뿐. 하지만 그 걱정 역시 접었다. 어머니는 아직 건강하고, 선화는 복병장의 집에서 기거하고 있으며, 초향 역시 외롭긴 하겠지만 제 몸 하나 충분히 건사할 여자이니 크게 걱정할 일은 없었다. 나는 무릎을 꿇었다.

"빨리 끝내자!"

내가 순순히 무릎을 꿇자 이상룡이 더 당황했다.

"안 부장이 이 정도 기백밖에 읊는 놈이었나."

나는 죽음 앞에서 미련 갖고 싶지 않았다. 나는 이미 2년 전에 물고기밥이 되었을지도 몰랐다. 나보다 먼저 바다로 떠난 업동을 만나 위로의 말이라도 건네주고 싶었다.

이상룡이 들고 있는 화승총의 총구가 나의 관자놀이에 닿았다.

"내가 살면서 당한 수모에 비하면 이렇게 죽는 건 호사다."

나는 눈을 감았다. 그런데 그때 어디선가 차고 매운바람이 불어왔다. 눈을 떠보니 어디서 나타난 건지 모를 사내가 오른발로 이상룡의 화승총을 내려쳤다. 화승총이 두 동강이 나면서 한 발이 발사되었다. 이상룡을 공격한 몸체가 눈에 익었다. 그는 초향을 보필하는 백산이었다. 그와 내가 둘이 힘을 합치자 다섯쯤은 너끈하게 물리칠 수 있었다.

"언젠가 반드시 네놈을 응징하겠다!"

이상룡이 발악하듯 소리를 질렀다.

"제발 나쁘게 살지 말고 착하게 살 거라!"

어둠 속으로 숨어드는 이상룡을 향해 소리쳤다. 네 명의 일본 칼잡이들이 서로를 부축하며 그 뒤를 따랐다. 나는 그제야 몸에서 긴장이 빠져나가 스르르 주저앉았다. 그런 나를 백산이 쳐다보며 다가왔다.

"늦어서 죄송합니다."

그가 내게 미안해할 이유가 있는가?

"아씨께서 꿈이 심란하다며 가보라 해서 온 것이니 제게 감사하다는 말은 안하셔도 됩니다."

"그렇다 해도 고맙네. 내가 지금 이 순간 살아났다면 다 이유가 있겠지. 세상이 나를 어디에 쓰려고 살렸을까?"

백산이 손을 내밀었다. 나는 그의 손을 잡았다. 바닥에서 일어나며 나머지 손으로 그의 어깨를 두드렸다.

"진심으로 고맙네."

"아닙니다. 제가 고마울 따름입니다."

"뭐가?"

"이렇게 살아계신 것이 고맙습니다."

그의 속뜻을 알 수는 없었다. 다만 나의 내력은 중요하지 않았다. 지금 천민인 내가 당당하게 살아가고 있는 이 모습이 다른 사람들에게 좋아 보였을 거란 생각이 들었다. 어쨌든 그녀 덕에 나는 또 한 차례 목숨을 신세졌다.

2

1695년 12월 13일 해시(亥時).

겨울이 깊어지고 있었다. 나는 이상룡과 있었던 일에 대해 아무에게도 말하지 않았다. 초향과 백산도 이야기하지 않았다. 내가 딱히 부탁한 일은 아니었지만 두 사람도 침묵을 지켜주었다. 짐작이지만 이상룡은 일본으로 건너갔을 공산이 컸다. 내 신세도 안타깝지만 그의 신세도 안타까웠다. 그리고 한편으론 그의 심사도 이해되었다. 열흘쯤 지나자 그에 대한 미움도 가셨다. 언젠가 다시 내 앞에 나타난다면 그땐 한쪽이 쓰러진 후에야 마무리가 될 거란 생각이 들었다.

"접위관 나리께서 보자십니다."

유집일 접위관의 집 일꾼이 다녀갔다. 나는 망설이다 늦은 밤 그의 집으로 향했다. 내가 해야 할 일에 대해 말을 넣어두었지만 이렇게 빨리 답을 주리라 생각하지 못했다. 겨울이 깊어지며 밤거리는 더 어두워졌고, 바다에서 불어오는 바람도 차가워졌다.

그는 차인 어른과 함께 사랑방에서 나를 기다리고 있었다.

두 사람은 어느 때보다 나를 반갑게 맞아주었다. 소주가 몇 잔 도는 동안 나는 세상 돌아가는 이야기를 그저 듣기만 했다. 그러다 어느 순간 유집일이 내 얼굴을 빤히 쳐다보았다. 정작 꺼내야 할 말은 입에 담아둔 채 꺼내지 못하고 있었다. 그는 들고 있던 술잔을 슬그머니 내려놓았다. 나와 그가 입을 다물자 차인 어른도 눈만 끔뻑거렸다. 깊은 밤의 추위는 방 안까지 밀려 들어왔다. 화로에서 타오르던 숯만이 간간이 탁탁 터지며 침묵을 깼다.

"왜 말하지 않으셨소?"

침묵을 깬 사람은 유집일이었다.

"무신 말씀이신지요?"

"상룡이 그놈이 일본 칼잽이들이랑 안 부장을 찾아갔다는 거."

"그러게요. 그놈이 와 나를 찾아왔었는지……. 지금은 무사하니 됐습니더."

"그놈 쉽게 물러날 놈이 아닌데."

차인 어른이 말을 보탰다.

"다음에 만나믄 요절을 내버리겠습니더."

나의 각오가 그랬다. 어차피 정리되어야 할 관계이기도 했다. 그는 끝없이 선화를 탐내고 나의 목숨을 위협할 사람이었다. 그를 정리하거나 일을 매듭짓기 전에 해결해야 할 일이 남아 있었다. 유집일과 차인 어른은 계속해서 말을 빙빙 돌리고 있었다.

내가 해야 할 일은 이상룡을 만난 뒤 분명하게 깨달았다. 어찌 보면 이상룡은 내게 은인인 셈이었다. 평생 깨닫지 못하고 죽을 수도 있는 일이었는데, 내게 내가 가야할 길을 알려주었으니 말이다. 내가 2년이란 세월 동안 허깨비처럼 살았던 게, 내가 해야 할 일을 알지 못했던 때문이라는 걸 알았다. 그건 나라는 존재를 증명하는 일이기도 했다.

"이보시게, 안 부장."

화로를 뒤적이던 유집일이 불쏘시개를 내려놓고 나를 다시 빤히 바라보았다.

"정말 쓰시마를 상대로 소송을 걸겠단 말이오?"

유집일이 드디어 물었다. 며칠 전 내 뜻을 유집일과 차인 어른에게 전했다. 그 논의가 이제야 이루어지고 있었다. 사랑방을 채웠던 침묵이 흩어졌다.

"두 분도 아시겠지만 그건 조선을 위해서도 필요한 일이구만요. 그 전에 나 자신을 위한 일이기도 하고요."

차인 어른이 헛기침을 뱉었다. 유집일은 지긋이 눈을 감았다가 떴다.

"구체적으로 어찌 하시겠다는 건가?"

"나리도 아시겠지만 그간 쓰시마에서 장부를 위조해가 왜관과의 거래를 부풀린 것도 있고, 지난번 막부에서 준 서계를 강탈한 일들을 소상히 기록해가 소송을 하게 되믄, 서계를 다시 받아올 수 있을 겁니더."

유집일이 화로에서 물러나 앉았다.

"안 부장, 일본과 관련 있는 우리 조선의 모든 일은 쓰시마를 거쳐야 한다는 거 알고 있지 않소?"

"알고 있습니다. 하지만 이 소송은 쓰시마를 통하는 정식절차로는 불가능하지요. 서계를 주었던 돗토리로 직접 갈 것입니더."

"돗토리?"

유집일이 다시 화로 가까이 다가들며 손을 쬐었다. 화로 속의 숯이 유독 붉은빛을 내며 타올랐다.

"더 들어봅시다."

"다가오는 봄에 일본 어선은 다시 울릉도나 독도에 출몰할 겁니더. 제가 일본 어선을 나포한 뒤에 돗토리에 소송을 제기하면, 일본은 정식절차로 삼을 수밖에 없습니다. 지난번 제가 당했던 사건과 똑같은 방법을 쓰는 것입니다. 서계를 받게 되면 쓰시마는 더 이상 울릉도와 독도를 두고 분쟁을 삼지 못할 것입니다. 그리고 쓰시마를 통하지 않고 본토와 직접 통교할 수 있는 길을 열 수 있을 것이고요. 만약 일본 어선들을 나포하지 못하더라도 돗토리로 가 소송을 제기할 겁니더. 어차피 벌일 소송이니, 일본 어선이 있든 없든 그건 크게 중요하지 않습니더. 다만, 일본 어선이 우리한테 나포되면 좀 수월하겠지요."

유집일은 서안(書案) 위에 올려놓았던 담뱃대를 들었다. 그가 연초를 다져 넣고 불을 붙이는 동안 나는 말없이 그를 지켜 보았다. 담배 연기가 화로를 중심으로 퍼져나갔다. 구수한 냄새가 났다. 유집일은 담배를 다 태울 때까지 입을 열지 않았다. 담배를 다 태우고 재를 화로에 털어낸 후에야 내게 눈길을 주었다.

"안 부장의 뜻은 충분히 알겠소. 하지만 그건 조선의 공식 입장이 아닌 터라 일본 본토에서 바로 기각될 수도 있소. 자칫 안 부장의 목숨까지도 잃을 수 있는 일이오."

"그래서 나리들께 미리 말을 넣은 겁니더. 지야 목숨 잃는 일이 대수겠냐만은 같이 가게 될 사람들의 목숨은 보존해야 하지 않겠습니꺼?"

"그야 그렇지만…… 그럼 내가 뭘 해주면 되겠소?"

"제가 독도와 울릉도의 책임자가 되면 됩니더."

내 목소리를 굵고 단단했다. 일말의 떨림도 없었다. 이 일을 염두에 두고 나는 1년이 넘는 세월 동안 고민하고 방황했다. 밥을 먹어도 배가 채워지지 않았고, 술을 마셔도 취기가 오르지 않았다.

"그럼 조정을 속이고……."

유집일은 더 이상 말을 잇지 않았다. 차인 어른이 대신 고개를 끄덕거렸다. 유집일은 담배를 태우고 애꿎게 화로만 뒤적였다. 차인 어른도 딱히 어떤 말을 꺼내지 못했다. 조정을 속인다는 건, 역적의 일과 다르지 않을 만큼 무거운 일이었다. 우리는 말없이 서로의 눈만 살폈다. 화로의 숯불이 잦아들고 방문 밖에 여명이 밀려드는 동안에도 우린 침묵했다.

"안 부장, 그 뜻을 따르겠소. 크게 쓸 재목을 작게 쓰는 법이 아니지. 자네의 일이 장차 조선을 위한 일이라는 걸 천하가 다 알게 되지 않겠소."

그가 손을 내밀었다. 나는 그의 따뜻한 손을 잡았다. 그 위에 차인 어른이 손을 얹었다. 멀지 않은 곳에서 새벽 첫닭의 울음소리가 들려왔다.

3

1695년 12월 27일 사시(巳時).

유집일의 저택에 다녀온 뒤 보름이 지났다. 이 해도 막바지를 향해 달려가고 있었다. 이른 새벽부터 초량 일대에는 눈이 내렸다. 보기 드문 광경이었다. 10년만이라는 말을 들었다. 초량에서 눈 구경하기는 힘들었다. 그래서 그런지 이른 새벽부터 어른, 아이, 노인 할 것 없이 집에서 나와 눈을 구경했다. 나는 이 눈이 서설이기를 바랐다. 눈이 그치고 길이 질척해지기 시작할 무렵, 차인 어른이 나를 객주로 불렀다.

"함 보거라. 아주 잘 나왔다."

차인 어른이 호패를 내 눈앞에 내밀었다. 맨들한 호패의 앞면에 진하게 글자가 박혀 있었다.

'通政大夫 安龍福, 甲午生, 住東來'
통정대부 안용복, 1654년생, 동래 거주.

"통정대부라니요?"

"정3품 당상의 고위관직이네. 나리보다 높은 지위야."

"그런 높은 벼슬까지 필요하겠습니꺼?"

차인 어른의 얼굴이 반들거렸다.

"필요하제. 이건 유집일 나리의 생각이기도 하네. 일본 놈들 기를 죽이려면 충분히 벼슬이 높아야 한다고 말씀하시더라."

차인 어른이 호패의 뒤를 보여주었다.

"조울양도감세장 신안동지기(朝鬱兩島監稅將 臣安同知騎), 어떠 신가?"

"조울양도감세장이라면?"

차인 어른의 얼굴에 활짝 미소가 피었다.

"울릉도와 독도를 관리하는 직분일세. 세금을 걷어야 실권 이 있는 관리가 아니겠나? 매관매직은 큰 벌로 다스리니, 접위 관 나리께서 탄로가 나지 않도록 각별히 유념하라 하셨네."

나는 그제야 이 모든 게 유집일이 고심 끝에 내린 결정이라 는 걸 알았다.

"지가 무슨 벼슬에 관심이 있겠습니꺼?"

"알지. 벼슬에 욕심이 있어서가 아니라 궁극적으로 그 바다 에서 살아가야 할 우리를 위해서라는 거 왜 내가 모르겠나."

그가 와락 방문을 젖혔다. 마당에 서 있는 사내들이 한눈에 들어왔다.

"나리의 하명으로 함께 할 사맹들일세. 문무가 뛰어날 뿐 아 니라 필서와 통역도 가능하다네."

나는 유집일의 배려에 몸 둘 바를 몰랐다. 그의 얼굴이 떠올라 코끝이 찡했다. 나는 맨발로 마당으로 내려가 그들의 손을 잡았다. 그들의 어깨에서 허연 김이 무럭무럭 피어올랐다.

"안 동지, 이인성이라 하오."

누구는 나를 안 부장이라 불렀고, 이들은 안 동지라 불렀다. 안 부장은 상인의 이름이요, 안 동지는 야인의 이름이었다. 나는 무엇으로 불러도 좋다며 너스레를 떨었다.

"안 동지, 반갑소. 나 김성길이오."

"유봉석입니다."

"유일부요."

모두가 나의 각오를 어이없다, 무모한 짓이다 비난하지만은 않는다는 걸 깨달았다. 오래 생각해온 일이었고, 해야만 하는 일이라 여겼다. 하지만 나의 마음은 여전히 흔들렸다. 쓰시마를 소송 걸겠다는 게 결코 객기만은 아니었지만, 이 일을 내가 맡아 하는 게 옳은지 알 수 없었다. 또한 몇몇만 은밀하게 알고 있는 우리 가문의 역사가 세상에 알려져, 나는 둘째치고라도 평생을 숨어 산 어머니가 괜한 피해를 입지나 않을지 걱정도 되었다. 게다가 유집일은 물론, 차인 어른도 피해를 입을 수 있는 상황이었다. 나는 흔들리는 마음을 다잡았다. 이 일은 철저하게 나 혼자 저지른 일이 되어야 했다. 심란한 내 마음에 겨울 볕이 스며들었다. 볕은 눈밭 위에 화려하게 내려앉았다. 마당을 가득 채운 볕이 그나마 자꾸만 움츠러드는 어깨를 펴게 만들었다.

4

1696년 3월 10일 늦은 술시(戌時).

울릉도를 거쳐 일본으로 갈 배를 점검하고, 뱃길을 확인하고, 만일을 위한 사태들에 대해 논의 하는 나날들이 이어졌다. 동지들과 막걸리 잔을 기울이고 일찍 잠자리에 들었는데, 늦은 밤 백산이 찾아왔다. 알 만한 사람들은 곧 내가 울릉도를 거쳐 일본으로 가게 된다는 걸 알았다.

"초향 아씨는 보고 가셔야 할 거 같습니다. 말씀은 안 하셨지만 내내 기다리시는 눈치십니다. 그래서 제가 주제넘게 안부장님을 찾아온 것입니다."

차인 어른의 염려대로 혹여 일본에서 돌아오지 못할 수도 있는 일이었다. 일본을 다녀온 나를 두고 극형으로 다스려야 한다는 대감들이 있듯이, 일본으로 소송을 하러 간 나를 내치자는 사람들도 있을 터였다.

백산에게 말했다. 수영만 강 하구의 감자바위 포구로 유시(酉時) 경에 나와 있으라고.

나는 배를 빌려놓고 초향이 나오기만을 기다렸다. 그녀는 노을의 붉은빛이 바다에 깔리기 시작할 무렵 나타났다. 멀리 백산이 보였다.

"타시오."

나는 초향이 배에 안전하게 오를 수 있도록 손을 잡아주었다. 그녀가 삿대를 잡고 내가 노를 저어 바다 쪽으로 나아갔다. 노을이 흩어지며 바다의 길을 만들어주었다. 아직은 꽃샘추위가 가시지 않은 초봄의 한복판이었음에도 바람이 불지 않아 그다지 춥지 않았다. 초향과 한 배 안에 같이 앉아 있다는 기분 때문인지도 몰랐다.

"나리, 나리를 알고 지낸지 벌써 강산이 변할 만큼 흘렀네요."

"벌써 그리 되었습니꺼?"

"그래요. 10년의 세월이 흘렀는데 제 이야긴 해드린 적이 없네요."

초향이 나를 물끄러미 바라보았다.

"제 나이 방년 18세 꽃 같은 계집이었을 때지요. 숙부가 좌상대감이었는데, 한 순간에 집안이 쑥대밭이 되더이다."

짐작은 하고 있던 일이었다. 상처는 상처를 알아보는 법이었다. 내가 선화를 알아보았고 선화가 내게 의지했듯이, 내가 초향을 잊지 못하고 초향이 나를 그리워하듯, 우린 서로가 감춘 상처를 말하지 않아도 서로 느끼고 있었다.

나는 가만 그녀의 손을 잡아주었다.

"인두로 살지지는 냄새가 진동을 하고, 주리 트는 비명소리가 밤을 적시는데……."

그녀의 눈가에 눈물이 비쳤다.

"영감 둘이 싸웁디다. 서로 나를 가져가겠다고."

나는 손에 힘을 주었다. 그래도 잘 견디고 살아내주어 고맙
다고 말했다.

"나리, 궁금해서 그러는데, 위험하고 어쩌면 살아서……."

초향은 말을 멈추었다.

"그러니까 제 말은, 왜 다시 그곳에 가시려고 하냐는 거예
요?"

나도 내 마음을 알 수가 없었다. 그게 나의 솔직한 심정이었
지만 그렇게 말할 수는 없었다. 하지만 분명한 건, 가지 않으면
안 된다는 생각이 들었다는 것이다. 생각이 골똘해지면 그 끝
에 선화의 아이인 나모가 떠올랐다. 어쩌면 나는 미래를 위해
돌아오지 못할지도 모를 바다를 건너가려고 하는 것인지도 몰
랐다.

"말 안 해주어도 되어요. 하지만 무사히 돌아오세요. 제가
살린 몸입니다."

그녀가 내게 서서히 안겨왔다.

"곧 따뜻한 봄이 올 텐데, 그때 떠나시는 거죠? 가시거든 꼭
오셔야 해요. 안 오시면 약값 받으러 제가 갈 겁니다."

그녀의 향기와 온기가 팔과 가슴으로 전해졌다. 귀를 스치
는 꽃샘추위의 바람이 차갑지 않았고, 40년 세월동안 늘 허전

했던 등이 따스해졌다. 겨울 뒤끝의 매서움도 누그러들어 말랑말랑하게 느껴졌다. 손가락이 잘리는 듯한 추위 속에서도 그녀를 이렇게 안고 있다면 그만한 추위쯤은 견딜만할 터였다. 그녀의 품은 벌판의 냉기를 물리고 언 땅을 뚫고 올라오는 싹을 맞이하게 해주었으며, 세상의 이기심을 평평하게 만들어주고 전쟁과 다툼으로 깊이 남은 흉터도 지워줄 것만 같았다.

그녀가 더욱 바짝 내 품을 파고들었다. 나 역시 팔을 더 활짝 벌려 그녀를 안아주었다.

"이런 따스함과 평온이 내게 있었던가 싶습니다."

설렘을 담은 한숨이 목덜미를 스치고 올라와 나의 귀까지 전달되었다. 노을이 먼 바다로 조금씩 더 뒤로 물러났다. 노을이 떠난 자리는 어스름한 이내로 채워졌다.

"아씨를 저잣거리에서 처음 뵀을 때부터 실은 한 시도 잊어본 적이 없습니다. 나 같은 게 감히 좋아해서는 안 될 분이라 생각했을 뿐."

"오늘 처음으로 고백하시는 건가요? 제가 뭐가 잘났다고."

초향이 품에서 벗어나 얼굴을 들어 나의 눈을 바라보았다. 그녀는 어스름한 이내 속에서 빛났다. 그녀의 눈 속에 불빛이 보였다. 그녀와 내가 출발한 포구의 갈대 부근에서 올린 횃불이었다. 백산이 밝혔을까?

"행님아, 니 거 있나? 백산이 여 있는 거 보믄, 거 있는 거 맞는 거 같은디?"

느닷없이 어둔의 목소리가 건너왔다.

"니 진짜 이럴 기가? 내 빼고 어딜 간단 말이고!"

횃불이 이리저리 춤을 췄다. 이번 도해에 어둔은 제외시켰다. 업동이 떠올랐다. 그의 처와 아이도 생각났다. 한 순간 불뚝 솟는 불같은 그의 성격도 염려였다. 내가 잘못되었을 때 나의 어머니와 선화를 제 가족처럼 지켜줄 유일한 사람은 어둔뿐이었다.

"행님, 니 내 없이는 한 발짝도 못 간데이. 내 보내나 봐라. 행님이 나 저승 가서도 지켜준다 안했나!"

어디선가 바람이 불어왔다. 바다가 서서히 움직이기 시작했다. 배가 물의 흐름을 타고 조금씩 바다 쪽으로 밀려 나갔다.

"저도 나리가 가지 않기를 바라요. 하지만 가셔야 하니 꼬옥 살아서 돌아오셔야 해요. 어머니께서 저를 반기진 않으시겠지만, 그래도 자주 찾아뵐게요."

그녀가 내 삶으로 뛰어들겠다고 말하고 있었다. 내가 일본에서 돌아오던 그때 누가 먼저 쥔 것인지 모르겠지만, 어머니와 초향은 서로 손을 잡고 있었다. 그때 나는 두 여인에게서 애틋함을 느꼈다. 남자로써, 그리고 아들로써 해야 할 몫을 제대로 하지 못하는 내가 원망스러웠다. 나의 잘못이 아님에도 내 잘못처럼 여겨졌다.

그래서 더더욱 나는 일본에 가야만 하는 당위를 찾을 수가 없었다. 스스로 제안하고 선택한 일임에도 그저 또 주어진 운명대로 흘러가고 있다는 생각을 떨쳐버릴 수가 없었다. 나는 그녀에게 들키지 않을 정도로 조용히 숨을 내쉬었다. 그녀가 내 품을 더 깊이 파고들었다. 더 파고들 수 없을 정도로 깊이.

5

1696년 3월 12일 해시(亥時).

어머니가 방문을 열었다. 그러자 벽 쪽으로 바짝 붙어 있던 호롱 불빛이 흔들렸다. 어머니는 방안으로 소반을 들이밀었다. 소반에는 술병과 젓가락 두 벌, 그리고 깍두기가 담긴 사발이 놓여 있었다. 나는 들여다보고 있던 일본 책자를 덮었다. 어머니는 잠깐 내가 보던 책에 눈길을 주었다가 거두었다.

"무슨 책이더냐?"

"일본 고대사에 관한 책입니더. 일본의 뿌리에 관한 책입죠."

어머니는 가만 고개를 끄덕인 후 내 앞에 놓인 잔에 술을 따랐다. 이렇게 어머니와 단 둘이 술잔을 기울인 건 처음이었다. 나도 어머니의 잔에 술을 따랐다.

"초향이는 보았느냐?"

어머니가 느닷없이 초향에 대해 물었다.

"만났습니더."

"네가 무사히 돌아온다면, 그 처자와 같이 살아보는 건 어떻겠느냐?"

"······생각해 보겠습니더."

"용복아, 잔 비우고 내를 좀 봐라."

나는 얼결에 술잔을 비우고 어머니를 바라보았다.

"네 얼굴에 근심이 가득하구나. 이 에미 걱정은 하지 마라. 초향이도."

어머니의 눈을 똑바로 쳐다볼 수가 없었다. 어머니 얼굴을 똑바로 쳐다보고 있으면 눈물이 날 것만 같았다.

"내를 똑바로 봐라!"

나는 다시 어머니 얼굴을 쳐다보았다.

"무엇이 너를 붙잡느냐?"

"붙잡긴요······."

나는 말을 얼버무렸다.

"다시 일본에 가는 일이 두려운 게냐?"

"일본에 가는 일은 두렵지 않습니더. 다만, 어머니를 보지 못할 수도 있다는 게 두렵습니더."

어머니가 내 잔에 한 차례 더 막걸리를 따라주었다.

"그리고 제가 정작 망설여지는 건, 이게 제 몫의 일인가 하는 것입니더."

"네 일이 아닌 깃 같다는 말이냐?"

"······네."

"그래도 가겠다고 했느냐?"

"……저 다녀와도 되겠습니꺼?"

울릉도로 떠나기로 모든 게 이미 결정되었는데, 이제 와서 어머니에게 묻고 있었다.

"내가 가지 말라고 하면 가지 않겠느냐?"

어머니는 조용하게 물었다.

"다녀 오거라!"

"만일 일이 잘못되어서 제가 돌아오지 못한다면 어머니는 어찌 하시겠습니꺼?"

"괜찮다."

"제가 무사히 돌아온다고 해도 편치 않으실 겁니더."

"이미 각오했다."

"어머닌 제 안에 있는, 그러니까 이승에선 더 이상 써먹을 데가 없는 제 기백을 감추라 가르치셨습니더."

어머니가 잔을 비웠다. 그 빈 잔에 나는 술을 따랐다.

"너의 어른들은 한 사람을 쫓았다. 나라를 따른 게 아니라 한 사람만을 따랐다는 말이다. 그건 당신들의 욕망에만 충실하고자 했다는 게지."

"제가 돌아오면 만천하에 우리 집안의 내력이 알려질 겁니더."

"네가 가는 길은 조선의 왕을 위한 길이 아니라 조선을 위한 길이니, 어떤 비난이나 고통도 감수할 수 있을 게다. 설령 일본에서 네가 돌아오지 못하거나, 운 좋게도 무사히 돌아와서 나라로부터 국법을 어긴 자로 처형을 받더라도, 이 길이 왕을 위한 길이 아니라 조선을 위한 길이기에, 네가 설령 잘못되어도 이 에미는 그 불효를 용서할 수 있다는 말이다."

나는 고개를 푹 떨어트리고 말았다. 오늘에서야 비로소 나는 깨달았다. 나는 조선의 왕을 위한 사람이 아니라 조선의 사람이었다는 것을 말이다. 그동안 나의 내력과 내 삶을 피폐하게 만든 건 조선이 아니라 조선이라는 나라의 권력자들이었다는 것을.

"다녀와라. 이왕이면 무사히 다녀와라. 후일의 일은 그때 걱정하고 염려해도 되지 않겠느냐. 네가 처음 일본에 납치되어 갔을 때는 오로지 네 삶을 위한 길이었다. 하지만 지금은 너만을 위한 길이 아니라 조선을 위한 길인 것이다. 어쩌면 오늘이 있으려고 내가 너를 그리 단속했던 것인지도 모르겠다는 생각이 든다. 이젠 훨훨 다녀오너라."

내가 일본에 가서 목적한 바를 이루고 돌아온다 한들, 내게는 어떤 영광도 찾아오지 않는다는 걸 나도, 어머니도 잘 알고 있었다. 그럼에도 어머니는 내 등을 토닥여주었다.

"제가 왜 조선을 위해 그래야 합니꺼?"

"너는 조선 사람이니까. 너는 조선의 흙이고 숨이며 물이니까. 본래 나라를 지키는 사람은 미천하고 평범한 사람이니까. 참고 숨죽이고 살아온 건, 오늘을 위해서인지도 모른다."

나는 어머니의 무릎에 얼굴을 묻고 말았다. 평생을 마음 졸이며 살아온 여인이었다. 내 안에 용암처럼 끓어오르는 기백을 죽이라 가르치신 분이었다. 어머니의 손이 내 등을 쓸어내렸다.

"용복아, 어른들을 위해서도 아니고, 네 자신을 위해서도 아니다. 누군가는 언젠가는 해야 할 일이고, 그 누군가가 하필 너인 게 아니라 너만이 가능한 일이었건 게지. 세상의 많은 일이 우연처럼 일어나는데 네 일은 필연인 게지. 어른들이 형장의 이슬로 사라진 것도, 우리가 사람들 눈을 피해 흩어질 수밖에 없었던 것도 필연이었다고 생각한다. 지금 조선에서 누구보다 소중한 사람이 될 필연 말이다."

어머니의 손이 계속해서 내 등을 쓸어내렸다. 어머니의 손은 가느다랗게 떨고 있었다. 내가 나 혼자만의 나일 수 없다는 걸 오늘에서야 절감하고 있었다.

6

1696년 3월 13일 술시(戌時).

지난밤의 일이 꿈만 같았다. 초향을 만나고 어머니와 술잔을
기울인 일이 다른 세상의 일처럼 낯설었다. 나는 늘 평범한 남
자들의 꿈을 꾸었다고 생각했다. 사랑하는 여자와 살면서 아이
를 낳고, 세끼 부족하지 않게 먹고 살 수 있는 게 어쩌면 이 세
상에서 가장 행복한 꿈일지도 몰랐다. 하지만 지난밤 이 세상
에서 그게 가장 어렵다는 걸 깨달았다.

어머니가 생각났다. 우연처럼 빚어진 일들로 하루아침에 혼
자가 되어야 했고 홀로 아이를 길러야만 했던 어머니. 여자의
몸으로 아이를 홀로 키워내려면 얼마나 많은 추파에 시달려야
했을까. 근본을 밝히지도 못하고 뛰어난 재주를 드러낼 수도
없는 삶을 살아내야만 했던 어머니였다. 이쪽으로도 저쪽으로
도 쏠리지 않고 세상을 살아내려면 세상 돌아가는 일에 무심
해져야 하는데, 그렇게 되질 않았다. 사실 이 나라에서는 그렇
게 산다는 게 불가능한 일인지도 몰랐다.

내가 초향에게 아무런 약조를 하지 못한 건, 나 자신이 그렇

게 살 수 없다는 걸 알기 때문이었다. 적삼 소매 속에 넣어둔 송곳처럼 이제 더는 숨기지 못해서, 그른 일을 보아 넘기지 못하고 억울한 일을 눈감을 수 없게 되어버렸다. 남이야 어찌되든, 조선이야 어떻게 굴러가든, 잔인하게 살육하고 다른 민족을 멸시해 혐오하든, 작은 섬을 두고 나라가 들썩이든 말든 외면하고자 했다. 하지만 이젠 나의 성정이 외면하지 못한다는 걸 어머니가 가르쳐주었다. 그래서 더더욱 초향에게 아무런 약속을 할 수 없었다.

누군가 창고 벽에 호롱불을 바짝 붙이자 벽이 환히 드러났다. 그 바람에 상념에서 벗어날 수 있었다. 벽에는 일본의 고지도와 돗토리 일대를 확대한 지도가 펼쳐져 있었다. 유집일이 구해준 지도였다. 나와 어둔, 뇌헌 스님과 연습, 단책, 서화립, 담사리, 이인성, 김성길, 유일부, 유봉석, 김순립과 능로군들 몇 명, 그리고 배를 몰 뱃사람들 몇 명이 벽을 쳐다보며 눈을 반짝거렸다.

"얼마 안 있으면 울릉도까지 바닷길이 열릴 겁니더. 길이 열리는 대로 울산에서 울릉도로 출발합니더. 충돌을 대비해서 도해가 가능한 배는 최대한 모아서 갑니더. 일본 어선이 출몰하면, 나포해서 오키섬으로 들어가 입국절차를 밟을 겁니더. 그 다음 돗토리로 들어가, 요나고 어부들의 불법 침범과 쓰시마의 악행을 고소할 것이고요. 마지막으로 쇼군에게서 받았던 서계를 받으면 모든 임무는 끝이 납니더."

나는 우리가 탈 배가 지나갈 뱃길을 손가락으로 가리키며
말했다.

"만에 하나 변고가 있을 시에는, 조선에서는 그 누구도 모르
는 일이 됩니다."

접위관 유집일의 오른팔이라는 이인성이 사람들을 둘러보
며 말했다.

"모르는 건 지금도 똑같습니다. 우리 땅 지키러 가는데 그기
뭔 상관입니꺼!"

몇몇은 울릉도와 독도의 내력에 대해 막연하게만 알고 있었
다. 차인 어른은 그들에게 설명이 필요하다고 말해왔었다.

"우리가 가는 건 우리의 섬이고 우리의 땅임을 분명하게 하
기 위함입니다. 일본은 울릉도나 독도를 소유했던 번이 없었습
니다. 오래전부터 우리의 울진에 속해 있었지만, 저들은 근래
에 와서 지들의 번에 속해 있다고 억지 주장을 하고 있지요. 게
다가 독도든, 울릉도든 우리와 달리 일본 백성들이 거주했던
적은 한 번도 없습니다. 일본의 지난 쇼군 시절에 요나고 사람
들이 울릉도에 와서 고기를 잡을 수 있도록 도해 허가를 해준
일을 두고 자신들의 섬이라 우기고 있는 겁니다. 도해 허가를
내주었다는 사실도 웃긴 일이지만, 그런 사실을 파악했으면 강
하게 항의를 했어야 하는데, 우리 조정에서는 그리 못했지요."

일본어가 나만큼이나 뛰어난 김순립이 뱃사람들 위주로 설
명을 했다.

"안 동지의 말을 들어서 아시겠지만, 지금 쇼군은 울릉도와 그 일대, 그러니까 독도까지 도해금지령을 일본 전역에 내렸습니다. 정치적인 목적이 있든, 진실을 인정한 연유이든 그 역시 우스운 일이지요. 그 이면에는 과거 일본이 울릉도를 자신들의 섬인 양 굴었다는 뜻이 숨겨져 있으니까요. 지도에서 보시다시피 울릉도는 일본에서 160리이고, 여기서는 불과 40리 떨어져 있을 뿐입니다. 말이 안 되는 주장을 펼치고 있는데, 그건 쇼군의 뜻이 아니라 오키섬이나 쓰시마 번주의 사사로운 욕심 때문이라고 판단하고 있고 사실도 그럴 것입니다. 울릉도나 독도까지 올라와서 고기잡이를 하는 일본인들 대부분이 오키섬이나 쓰시마 출신이기 때문입니다."

이인성이 사람들 앞으로 나섰다. 유집일의 오른팔답게 기골이 장대하고 눈매 또한 깊어 보이는 인물이었다.

"실은 올해 초, 그러니까 정확하게 말하자면 1696년 정월 28일에도 막부가 죽도, 즉 울릉도에 도해금지령을 반포했습니다. 그런데 그 금지령이 선주들이나 어부들에게 세세하게 전달되지 않고 있지요."

이인성이 일본 내 첩자로부터 받았다는 반포령을 펼쳐보였다.

'1696년 1월 28일, 에도 막부, 죽도도해금지령 반포. 다케시마는 본국으로부터는 아주 멀지만, 조선으로부터는 도리어

가깝다. 돗토리에 속했던 적도 없고, 일본 백성이 거주했던 적도 없다. 원래 조선의 경계였음은 의심할 나위가 없으며, 우리가 취하지 않았으니 돌려줄 수도 없다. 그래서 막부에서 명을 내려 영원히 일본 사람들이 도해하는 것을 금한다.'

몇몇 사람들이 작게 탄성을 내뱉었다.

"그러니까 소위 말해서, 일본 왕이 내린 명령을 쪼맨한 섬 번주들이 숨긴 채 계속해서 울릉도로 건너온다는 것이구만. 그렇게 자꾸 찌르다 보믄 막판에 인정을 할 거라 보고."

"그렇습니다. 에도 막부의 강력한 제지가 없으면, 특히 쓰시마나 오키섬 어부들이 계속해서 드나들 겁니다."

모두 울릉도를 중심에 둔 조선과 일본의 역사를 이해한 듯 고개를 끄덕거렸다.

"아마 오키섬이나 쓰시마에서는 에도 막부에게서 받은 반포령을 어부들에게 일절 알리지 않았을 공산이 큽니다. 그래서 우리가 돗토리로 가는 것이기도 하고요."

"을매 전엔가 그놈들 홍수 났다고 해서 쌀을 잔뜩 보냈던 거 같은디……."

"그러니까 내 말이. 쌀은 쌀 대로 받아 처묵고, 울릉도와 독도를 지네들 섬이라 우기니 을매나 웃긴 처사여."

저마다 한 두 마디씩 들은 이야기나 알고 있는 이야기를 풀어놓았다.

뱃길만 무난하면 만사가 나와 이들의 염원대로 이루어질 것 같다는 기분이 들었다. 불이라고는 초롱불과 벽에 걸어둔 횃불이 전부이지만, 창고 안은 젊은 혈기가 뿜어내는 열 덕에 춥지 않고 훈훈했다.

"나라에서 해도 시원찮을 판에 우리 같은 무지랭이들이 나서야 하니, 참……."

단책이 입맛을 다시며 말했다. 유집일의 수하들은 떨떠름한 표정이었다. 나는 별걱정을 하지 않았다. 조정의 관리들이었다 하더라도 이들 역시 결국에는 국법을 어기는 일에 동참을 하고 있는 셈이었다. 어떤 면에서 보면 나라를 생각하는 건, 관리들이 아니라 어부이며 뱃사람들이었다. 특히 이들은 순수하게 울릉도의 문제를 바라보았다. 관리들에겐 그저 일일 수도 있겠지만 어부들에겐 생존이자 자존심이기도 했다.

"곧 떠나게 되니, 미처 보지 못한 볼일들 보고 오십시오."

내 말을 끝으로 한 사람씩 창고를 빠져나갔다. 하지만 나는 아직도 내가 가는 이 길이 맞는 길인지 자신할 수가 없었다. 조선은 내가 아니어도 나라 지켜줄 훌륭한 인물들이 많지 않은가. 나라 지키는 걸 업으로 생각하는 사람들이 널린 세상에서 내가 나서야 할 이유가 없었음에도 나는 여러 사람들의 뜻을 따르고 있었다.

7

1696년 3월 18일 미시(未時).

울산에서 출항한 지 사흘 만에 우리는 울릉도 북포에 도착했다. 한선에서 내려 지난해 표본조사차 탐방을 왔다가 알봉분지에 씨를 내린 터전이 무엇보다 궁금했다. 나는 한달음에 알봉분지까지 달려갔다.

분지 앞에 다다른 순간 나는 놀라 입을 다물 수가 없었다. 녹색의 보리가 바람이 부는 대로 이리저리 흔들리고 있었다. 보리들이 서로 살을 비비며 파도 소리를 냈다. 눈앞에 펼쳐진 녹색의 바다가 신령스럽게 느껴졌다. 먼 섬이며 그리 크지 않은 섬이기에, 섬의 한복판이나 다름없는 알봉분지에 펼쳐진 녹색의 융단은 감동하기에 충분했다.

"행님, 우리 여 와서 살까요?"

보리밭 가로는 옥수수대와 참깨대들이 울타리처럼 자리를 잡고 있었다. 올겨울 초 일부 사람들이 초량으로 돌아간 뒤에도 남은 사람들이 있었다. 그들이 작물을 관리해왔는데 그들도 보리를 밟아준 후 뭍으로 돌아갔다는 말을 들었다. 그러니까 보리는 아무도 보아주지 않는 터전에 멋대로 싹을 올리고 피워냈다. 보리는 언젠가 보았던 융단처럼 분지를 초록색으로 덮고 있었다. 울릉도 바위의 기이한 형태들은 위치에 따라 풍경도 달라졌다. 뇌헌을 비롯해 사람들은 절경을 감상하느라 넋을 놓고 있었다. 나도 한동안 변한 섬을 둘러보느라 정신이 없었다.

"안 부장, 지난번에 왔을 때랑 또 다르네."

뇌헌 스님도 흡족한 얼굴로 사방을 둘러보았다.

"이제 일본 어선만 기다리면 되겠군."

지난해 올린 우데기 숙소도 그대로였다. 잡초를 걷어내고 숙소 앞마당도 정비하니 제법 그럴싸한 집과 터전이 만들어졌다.

"여기에 전부터 사람이 살았으면 더 번창했을 것이네."

뇌헌은 그 점을 가장 안타까워했다.

집터를 손질하고 수확할 것들을 모두 걷어내자 나는 물론 용병들도 별달리 할 일이 없었다. 뱃사람들은 간간이 포구를 오가며 배를 손질하며 시간을 보냈다. 나머지 용병들은 북포 앞 공터에 모여 앉아 자신들의 과거와 이룬 성과에 대해 늘어놓곤 했다. 개성에서 싸움이 일어났는데 수십 대 일로 붙어 모두 때려 눕혔다는, 한양에서 만난 기생에게 그동안 번 돈을 모두 꼴아 박았다는, 이마의 상처가 일본 사무라이하고 붙어서 생긴 상처라는, 한때는 배 두 척을 가지고 있던 갑부였다는……

자랑할 것들이 바닥나면 하루의 일과에 대해 이야기했다. 채취한 해산물과 사람의 손길이 닿지 않았던 작물에 대한 수확에서부터 기록까지. 일본으로 들어갈 때의 준비에 대해서도 이야기를 나누었다. 그러다가 아무래도 다수의 신분이 스님인 게 낫겠다는 결론에 도달했다. 담사리와 서화립이 머리를 빡빡 밀어서 우리는 네 명의 스님과 함께하는 셈이 되었다.

"저것이 돌섬이고마잉!"

담사리는 밀어버린 빡빡머리가 낯선지 자꾸만 머리를 손바닥으로 쓸어내렸다.

"뭔 섬?"

담사리의 호적수는 서화립이었다. 둘은 마침 함께 머리를 밀고 담사리는 승담으로, 서화립은 영률로 호패의 이름까지 바꾼 상태였다. 우리들은 둘러 앉아 이런 두 사람의 대화를 듣는 것만으로도 흥겨워했다.

"독섬! 울 할배가 그랬당께!"

"니 할배는 고흥사람 아이가?"

"고흥서 여까지 오셨응께, 나가 태어났고, 시방 여그 있는 거 아녀! 대가리까정 밀고!"

"알았다 일마야, 그만 쫌 해라! 일본서 돌아오믄 땅바닥에 닿을 때까지 머리 길러라. 니는 그게 그리 아쉽나?"

"일마야, 수지부모라 했다."

"말을 할라믄 똑바로 하든가. 신체발부 수지부모라 하는 기다."

"아무튼! 그런 머리털을 잘랐는데 맴이 얼마나 허전하겠냐. 니는 원래 중 팔자라 아무렇지도 않은지 몰라도."

"중 팔자가 어때서?"

서화립이 뇌헌과 연습의 눈치를 봤다. 나는 호미를 숯돌에 갈며 한 귀로 듣고 한 귀로 흘려보냈다.

"중 되믄 술을 마실 수 있냐, 장가를 갈 수 있냐?"

서화립이 담사리의 옆구리를 자꾸 찌르는데도 그는 눈치 없이 계속 주절거렸다.

"아, 하다못해 누굴 팰 수도 없지 않나?"

"패긴 와 패노?"

"아, 나쁜 놈은 패줘야제."

"그만 쫌하고 주딩이 쳐 닫아라!"

"와 내가 몬 할 말 했나?"

담사리의 눈에 그제야 뇌헌과 연습이 들어왔다.

"아니 제 말은 그러니까, 스님이 되믄 여러 모로……."

뇌헌은 빙긋 웃기만 했다. 연습은 혀를 찼다.

"스님이라 해서 술 못 마시고 장가 못가고 그런 건 아녀! 그런 게 다 무상한 일이니 안하는 것 뿐이제."

연습이 바다 쪽으로 눈길을 주며 말했다. 주변 사람들이 피식피식 웃어댔다.

"저어기, 저기!"

어둔이 독도 쪽 바다를 가리켰다. 나는 청나라에서 구해온 망원경으로 동쪽 바다를 살폈다. 세키부네였다. 맑디맑은 하늘 아래 울릉도를 향해 유유히 다가오고 있었다. 나는 육지 쪽을 살폈다. 하늘 한 편이 유난히 맑으면 반대편은 어두운 법이었다. 육지 쪽은 먹구름에 뒤덮여 있었다.

"일본 배 세키부넵니더, 서두릅시더!"

나와 용병들은 서로 약조한 대로 필요한 짐을 챙겨 배를 대 놓은 북포 쪽으로 달려가기 시작했다. 좀 전까지 웃어대던 웃음기를 그들의 얼굴에서 더 이상 볼 수 없었다.

8

1696년 5월 15일 신시(申時).

나와 어둔은 마지막으로 남아 배에 오른 사람들의 수를 헤아리고 짐을 점검했다. 배 위에 있는 용병들도 분주하게 움직였다. 나는 짐들을 살피며 앞섶과 소매를 뒤졌다.

"이런!"

"뭐 빠졌나?"

어둔이 물었다.

"니 퍼뜩 가서 지남철 주머니 좀 가온다. 급히 나오느라 못 챙겼다."

"행님아, 이런 중요한 시기에 그래 정신이 없어 가꼬 우짜노!"

"얼른 퍼뜩 가온나. 일본 놈들 눈치 채고 달아나몬 안 된다."

어둔은 배 위를 한번 훑어보고 나를 한번 재빠르게 살핀 후 숙소 방향으로 달려갔다.

"잠시만 기다려라. 내 퍼뜩 가올게."

어둔이 분지로 올라가는 비탈길에 다다랐을 때 나는 뭍에서 배를 띄우라 명령했다. 어둔은 숙소를 향해 달리다 멈춰 섰다. 배는 바람을 타고 뭍에서 벗어나기 시작했다. 배가 떠나는 걸 확인한 어둔이 다시 포구 쪽으로 달려왔다. 나와 용병들이 어둔을 향해 손을 흔들었다.

"행님아, 이기 무슨 짓이고?"

"얼라 잘 챙기고 있으라. 후딱 갔다 오게!"

"뭐라카노!"

어둔은 망설이지도 않고 바다로 뛰어들었다.

"뭐꼬, 행님이란 게 의리는 눈꼽만치도 읊고."

"짠물 먹지 말고 퍼뜩 돌아가라!"

어둔은 열심히 팔을 저으며 배를 따라 붙었다.

"야! 이 나쁜 새끼야, 낼 놔두고 어딜 간단 말이냐!"

"어둔아, 나중에 내 어찌되믄 울 엄니 좀 잘 부탁한데이……."

어둔은 점점 멀어졌다. 나와 용병들이 어둔에게 열심히 손을 흔들었다. 얼마 후 지쳤는지 어둔이 육지로 헤엄쳐 돌아나갔고 뭍으로 올라갔다. 어둔이 손으로 나팔을 만든 후 소리를 질렀다.

"이 나쁜 새끼야, 내 같이 못가 억수로 미안타. 엄니는 걱정 말고, 꼭 살아돌아오래이. 다들 꼭 살아돌아오래이!"

상돌뱅이들은 이별에 익숙했다. 그래도 오늘의 이별은 가슴이 짠했다. 왜 그런지 오늘 바라보는 어둔의 모습이 더 애처로워 보였다. 그의 뒤편에서 바람이 부는 대로 흔들리는 푸른 보릿대 때문인지도 몰랐다. 배가 동쪽으로 나가며 어둔의 목소리가 멀어졌다. 그의 목소리가 더 이상 들리지 않게 된 후에 나는 관음도 쪽을 쳐다보았다. 일본 배는 우리 배를 발견하고 죽섬 쪽으로 달아나고 있었다.

"절마들은 큰 섬 놔두고, 와 꼭 작은 섬으로 가지?"

"싸움 나믄 저그가 방어하기 좋제. 쥐방울 같은 놈들."

일본 배와 거리가 좁혀졌다. 나는 갑판 이물에 올라섰다.

"너희들이 왜 울릉도에 와서 고기를 잡느냐?"

내 뒤에 서 있는 용병들은 화승총과 칼을 들고 있었다. 그들 뒤로 내륙 쪽에서 검은 먹구름이 빠른 속도로 몰려오고 있었다. 먼 먹구름 속에서는 번개도 쳤다.

"우리는 송도에 사는 사람이다. 잠깐 물을 구하러 온 것이다."

"니들이 말하는 송도는 우리의 독도다. 그곳 또한 우리의 조선 땅인데, 너희들이 거기에 산다는 건 말이 안 되는 소리다. 너희들을 포박해 독도에 가서 직접 확인을 해야겠다."

우리 배의 뱃머리를 일본 배에 붙였다. 나와 뇌헌이 건너가려고 발을 떼는 사이, 일본 배가 급하게 방향을 틀었다. 그 바람에 나와 뇌헌이 바다에 빠지고 말았고, 어수선한 틈을 타서 일본 배는 독도 쪽으로 내빼기 시작했다. 용병들이 나와 뇌헌을 배에 끌어올렸다.

"퍼뜩 따라잡자!"

용병들이 있는 힘을 다해 노를 저었다. 군선을 개조한 일본 배는 생각보다 빨랐다. 게다가 갑자기 폭우가 쏟아지기 시작했다. 맑던 하늘이 삽시간에 먹구름으로 뒤덮이며 파도가 높아졌다. 바람이 정한 방향 없이 불어대며 비와 바닷물이 사람과 배를 때렸다. 봄 태풍이었다. 동네 노인들이 뼈마디가 쑤신다더니 내륙까지 상륙할 기세의 태풍을 감지했던 모양이었다.

일본 배도 풍랑에 겁을 먹었는지 독도의 서쪽 측면에 정박을 했다. 우리 배도 그 곁에 다급하게 정박을 했다. 배에서 나와 용병들이 뛰어내리자, 뭍으로 내리려던 일본 어부들이 다시 배에 올라탄 후 남쪽으로 내빼기 시작했다. 풍랑과 비바람이 무서워도 우리에겐 잡힐 수 없다는 뜻이었다. 우리도 다시 배에 올라탔다. 그 사이 나는 배가 정박한 부근에 버려진 것들을 보았다. 가마솥과 강치 수백 마리의 뼈와 가죽들, 그리고 해안가를 뒤덮은 피범벅의 살점들. 비는 피를 씻어낼 듯 퍼부어댔다. 핏물은 빠르게 바다로 흘러내렸다.

"뭐하노? 퍼뜩 배 안 띄우고! 노들 안 잡나?"

나는 용병들을 다그쳤다. 바닥을 구르며 살아왔던 연습과 단책, 그리고 목수이자 스님으로 신분을 위장했던 서화립과 담사리가 노를 잡고 노 저을 태세를 갖추었다. 유집일의 오른팔인 이인성이 주저하자 그를 따라온 용병들도 주저했다. 위험에 닥쳤을 때 살아온 세월에 따라 나타나는 반응이 다르다는 걸 새삼 깨달았다.

"퍼뜩 노 잡아라!"

"이런 폭우는 우리 배로는 감당 못혀!"

뇌헌도 적잖이 걱정이 되는 모양이었다. 산에서 평생을 살아온 사람이니 풍랑의 바다는 무서울 터였다. 눈을 제대로 뜰 수 없을 정도로 비가 얼굴을 때렸다.

"이대로 가면 우리 모두 일본에 닿기도 전에 죽습니다."

이인성이 다리를 벌리고 서서 떠는데 입술마저 파랗게 얼어붙었다.

"행님, 뭔 소리고? 옛날 기백 다 어디 갔소? 이런 비바람은 수도 없이 맞아보지 않았소. 한 노를 잡으이소, 내는 풍을 잡습니더!"

내가 돛 줄을 잡자 단책과 연습, 서화립과 담사리가 노를 단단히 잡았다.

"뭣들 혀! 싸게 노들 잡더라고! 허구헌날 만나는 게 이런 바다여!"

담사리도 노를 잡자 이인성을 따라온 용병들도 하나둘 달라붙었다. 심장이 젖을 정도로 퍼부어대는 빗물을 맞으며 노를 저어 앞으로 나갔다. 하지만 세키부네를 개조해 만든 일본 어선을 따라잡을 수가 없었다. 배는 이물이 하늘로 치솟았다가 바닷속으로 곤두박질치기를 반복했다.

"안 부장, 돌아가자. 이건 섶 지고 불 속에 뛰어드는 꼴이다!"

"행님, 일본 놈들이 가는데 와 우리는 못갑니꺼? 그라고 이보다 더한 풍랑에도 여러 차례 살아남았지 않습니꺼? 이 정도 위험에 돌아가버리믄 나중에 더한 위험에 처하면 어쩌실랍니꺼?"

바다는 속을 뒤집어 보일 것처럼 요동쳤다. 어디가 동쪽이고 어디가 서쪽인지 구분이 되지 않을 정도로 비는 맹렬했다.

"그려, 내 늙더니만 걱정만 느는 모양이대. 가자! 부처님 가피로 일본까지 무사히 갈 수 있을 게다."

"행님, 죽기 아니믄 까무러치기 아니요!"

담사리가 한마디 남기자 용병들도 스스로를 다독이는 말을 내뱉었다.

"사내가 한 번 죽지 두 번 죽나?"

"춘금아 기다려라, 이 오라버닌 꼭 살아서 간데이."

"니가 이기나, 우리가 이기나 해보자!"

"니미럴, 와 이럴 때 오줌이 마렵고 지랄인지."

"그냥 바지에 싸라!"

"바지에 어떻게 싸노?"

배가 금방이라도 전복될 것 같은 와중에도 웃음이 나왔다. 뇌헌이 먼저 껄껄 웃었고 나머지 용병들도 웃어젖혔다. 갑판을 때리는 바다에도 우리의 웃음소리는 묻히지 않았다. 말할 수 없이 통쾌한 희열이 가슴에 차올랐다. 누군가 등 떠밀지 않았고 특별한 이유도 없는데, 우린 목숨을 담보로 잡은 후 이 바다에 나왔다. 나는 조선 사람이며 이들 역시 평범한 조선 사람들이었다.

9

1696년 5월 18일 진시(辰時).

멀리 오키섬의 나카무라 항이 보였다. 바다의 횡포에서 살아남아 오키섬까지 올 수 있었던 건 기적이었다. 밤새 비를 퍼붓고 속을 뒤집던 어제의 바다는 어머니의 품처럼 고요해졌다. 살육의 전쟁터에서 살아남은 기분이었다. 군데군데 돛이 찢어지고 배도 상처를 입었다. 사람들도 피골이 상접해 보였지만 눈빛만은 빛났다.

"배와 짐들을 뒤질 테니, 무기들 잘 숨겨라!"

"행님도 늙으니 노파심만 늘었소. 배를 뽀사불지 않고는 못 찾게 맹글었지라. 어여들 총이랑 칼들 내놔라!"

담사리는 사람들에게서 무기를 받아 갑판을 뜯어내고 만든 공간에 쟁여 넣었다. 무기를 놓은 용병들은 갑판에 서서 점점 가까이 다가오는 나카무라 포구를 바라보았다.

"안 부장님, 증인과 증거가 없는데, 소송이 가능하겠습니까?"

이인성이 내게 물었다. 나는 우리가 이미 돌이킬 수 없는 다

리를 지나왔다고 말했다. 유집일의 처소에서 보았을 때의 희멀
건 얼굴은 사라지고 검게 그을린 얼굴이었다.

"부닥쳐야제!"

배는 무사히 포구에 정박을 했다. 포구에 서 있던 깡마른 노
인이 우리를 쳐다보았다.

"조선에서 왔습니다. 물을 좀 구할 수 있겠습니까?"

노인이 옹기종기 모여 있는 목조 료칸들 중심에 있는 우물
을 가리켰다. 나는 노인에게 고맙다고 인사를 했다.

"이곳에서 잠시 쉬고 오키섬 관청으로 갈 것입니다. 각자 맡
은 대로 채비들 하이소."

우리들은 목을 축이고 바다와 싸우느라 헤진 옷을 벗고 새
옷으로 갈아입었다. 나는 우리가 건너온 바다와 우리가 다시
나가야 할 바다를 번갈아 보았다. 새로운 왕을 옹립하기 위해
수많은 날을 고민하고 고심했을 어른들의 시간들이 느껴졌다.
그들이 과연 자신들의 욕망만을 위해 목숨을 걸고 그리했던
것이었을까? 그분들의 심중을 적은 기록도 없고 전해주는 사
람도 없었다. 하지만 조금은 알 것 같았다. 자신들의 욕망만을
위해 목숨을 걸었던 게 아니었을 터였다. 그분들 역시 조선을
구하고자 했던 것이었으리라. 바다에 앉은 햇살이 찬란하게 부
서지며 내 눈에 들어왔다.

10

1696년 5월 20일 미시(未時).

오키섬 나카무라 항의 군사들과 관리들이 나와 용병들의 얼굴을 일일이 확인했다. 그들은 배를 샅샅이 뒤지기도 했다. 일본 돗토리로 가기 위한 첫 번째 관문이었다.

"일본에 왜 왔습니까?"

나는 옆구리에 끼고 있던 팔도지도를 펼쳐 들었다. 서화립과 담사리가 양 옆에 서서 지도를 잡아주었다.

"일본이 말하는 죽도는 조선의 울릉도이고, 송도는 조선의 독도입니다. 지난번 나는 우리 땅에 간 것인데, 나를 납치해 일본으로 끌고 감으로써 조선에서 월경 혐의로 형벌을 받았습니다. 또한 울릉도와 독도를 조선의 땅이라 정한 관백의 서계까지 받았는데, 일본 어부들이 또 우리 땅을 침범했습니다. 이것이 무슨 도리입니까? 그래서 돗토리에 소송을 하러온 것입니다."

그들은 나의 설명에 이내 정신을 차리고 기록을 해나갔다.

"소송장은 있습니까?"

"바로 작성해 드리겠습니다."

"작성해주시면, 제가 서둘러 돗토리에 전보를 넣겠습니다. 회신이 올 때까지 임시 거처에 계시도록 하세요."

우리는 임시 거처로 안내되었다. 료칸 주택이었다. 이젠 다다미방이 낯설지 않았다. 마음이야 어떠한지 모르겠지만 손님을 대하는 예의와 태도도 정중했다. 언제나 그렇지만 사람마다 다른 색깔을 지니고 있었다. 조선도 그러하니 일본이라 해서 다르지 않을 터였다. 창문을 열고 아기자기한 정원을 내다보니 문득 몇몇의 얼굴이 떠올랐다. 천석 어른과 돗토리에서 나가사키까지 어둔과 나를 호위했던 히로카츠쿠미도 떠올랐다. 그리고 조선 여인 게이샤 도화도.

임시 거처에 머무는 동안 이인성은 소송장을 작성했다. 머리를 맞대고 논의한 대로 울릉도 침범에 관한 내용만 기록한 소송장이었다. 쓰시마 악행이나 귤진중의 거짓말, 그리고 어부들에 대한 내용은 언급하지 않았다. 행여 작은 불씨 하나 때문에 소송까지 진행하지 못할 수도 있겠다는 계산 때문이었다.

우리가 임시 거처에 묵기 시작한 지 꼭 사흘이 지난 후 오키섬의 일본인 관리가 문을 두드렸다.

"본토에서 전갈이 왔습니다. 말씀하신 대로 보고를 했는데, 오시라는 전갈입니다."

나는 일본인 관리에게 고맙다는 말을 남겼다. 일본인으로서는 히로카츠쿠미에 이어 두 번째로 고맙다는 말을 남겼다.

"자, 떠날 준비들 하입시더! 본토로 들어 갑니더!"

끌려올 때와는 너무도 다른 기분이었다. 비록 거짓 신분이 었지만 그때처럼 증오와 회한으로만 가득 차 있지 않았다. 부디 순풍만 불어오기를…… 나는 바라고 또 바랐다.

조울양도(朝鬱兩島)

1

1696년 6월 5일 사시(巳時).

아오야의 포구가 보일 무렵, 나는 돛대에 깃발을 올렸다. 깃발
이 바람에 펄럭이며 갑판 위에 움직이는 그림자를 만들었다.

"이 깃발을 드디어 보네요."

이인성의 눈이 잠깐 동안 붉게 충혈되었다. 나를 비롯해 모
든 용병들이 깃발을 올려다보았다. 가로로 크고 긴 깃발이 깃
대 꼭대기에서 펄럭였고, 세로의 깃발은 바람에 몸을 날리며
경쾌한 소리를 만들어냈다.

맨 위의 깃발 앞면에는

朝鬱兩島監稅將臣安同知騎
조울양도감세장신안동지기

라 적혀 있었고, 깃발의 뒷면에는

朝鮮安同知乘舟

라는 글자가 박혀 있었다. 아래의 작은 깃발에는

起船尾見盛稻 又歸古鄕思農村
기선미견성도 우귀고향사농촌

이라 묵서로 적혀 있었다.

"조울양도감세장 신안동지기라."

뇌헌이 깃발에 적힌 글자를 읊었다. 순간 나는 나 혼자만의
몸이 아니라는 사실을 인식해야만 했다. 아주 오래전부터 나는
이 순간을 기다려왔던 것인지도 모르겠다는 생각이 들었다. 부
당함에 대해 혼신의 힘을 다해 항거할 수 있는 순간이 오기를.
깃발은 내게 그런 힘을 주었다.

우리 배는 아오야의 포구로 접안하기 시작했다. 부두에는
일본인 관리들이 나와 깃발을 살펴보고 있었다. 손을 앞으로
모으고 서서 우리를 맞이했다. 나는 한번 깊게 심호흡을 한 후
뭍에 발을 내디뎠다.

"나는 조선 국왕의 사신으로 온 조울양도감세장 안 동지라
합니다. 돗토리 번주님을 뵙고 상소할 것이 있어 왔습니다."

"네, 센넨지에 거처를 마련했으니 배를 아오야로 정박하십
시오."

우리는 안내를 받으며 센넨지로 향했다. 일본에 여름이 몰려오고 있었지만 센넨지의 저택은 통풍이 잘되는 집이라 전혀 더위를 느낄 수 없었다. 음식도 매 끼니마다 조선의 사신을 대하듯 다채로운 식단이 차려졌고, 매번 술이 반주처럼 나왔다. 시중을 드는 일본 여성들은 우리와 눈을 마주치지 않음으로 해서 최대의 예우를 갖추었다.

하루 반나절 호화롭게 대접을 받은 직후 돗토리번의 사신과 통역사가 우리를 찾아왔다.

"저는 돗토리번의 사신으로 히라이 콘자에몬이라 합니다. 같이 온 이 사람은 유학자이며 통역사인 쓰지반안입니다."

나와 뇌헌 스님이 두 사람을 맞이했다. 이들에게선 독도에서 강치를 때려잡던 악귀 같은 서늘함이 보이지 않았다. 어느 세상에나 있을 법한 순한 느낌의 관리였다.

"본래 조선과의 모든 통교는 쓰시마에서 처리하고 있습니다. 이곳으로 오신 이유가 있으신가요?"

사신이 내게 물었다. 통역사가 나서려던 걸 내가 만류했다.

"쓰시마 번주를 고소하기 위함인데, 어찌 쓰시마를 통할 수 있겠습니까?"

나의 거침없는 일본말과 쓰시마 번주를 고소하러 돗토리로 왔다는 말에 사신은 적잖이 놀라는 눈치였다. 통역사도 눈을 동그랗게 뜨고 나와 뇌헌 스님을 살폈다.

"그러시다면 기록을 위해 필담을 나누도록 하겠습니다."

나는 멀리 떨어져 앉아 있던 이인성을 불렀다.

"이곳은 돗토리 번령이니 소송장을 새로 작성해야 할 거여. 하나도 빠짐없이 모든 내용을 담아 적어주시게."

이인성이 화선지를 펼쳐놓고 붓을 들었다. 일본인 사신과 통역사는 우리가 하는 모양새를 꼼꼼하게 지켜보았다.

"시작하세,"

나는 자세를 바르게 잡고 그동안 머릿속에만 그려두었던 이야기를 꺼내기 시작했다.

"나는 지난 1693년 4월 18일, 우리 땅인 독도에서 요나고 어부들에게 납치되어 끌려온 뒤, 여러 고초를 끝에 조선으로 보내졌지만 조선에서 월경 혐의로 형벌을 받았습니다. 그때 당시 나는 울릉도와 독도를 조선의 땅으로 정한 관백의 서계까지 받았지만, 쓰시마 번주가 서계를 갈취하고 선물까지 빼앗았습니다. 또한 쓰시마는 왜관을 통한 조선과의 무역에서 장부를 조작해 밀거래를 일삼고, 조선인을 납치하여 물품을 약탈하는 등 불법비리를 자행하고 있습니다."

이인성은 침착하게 한 글자씩 받아 적었다. 며칠 사이에 쓰시마 관리들의 밀거래와 장부 조작까지 언급하기로 결정 되어 그 일들까지 상세하게 말했다. 사신과 통역사의 얼굴이 시간이 갈수록 조금씩 창백해져 갔다.

"……불법비리는 관백께서도 바라지 않는 바이거늘, 본토와 멀리 떨어져 있는 약점을 이용해 불법을 저지르니 그 죄상을 낱낱이 기록해 관백에게 상소합니다.”

얼굴빛이 사색이 된 사신이 자꾸만 내게 머리를 조아렸다.

이인성이 기록한 화선지를 건네자 두 사람은 뒷걸음질하며 방에서 물러났다. 나는 일단 절반은 성공을 한 것이라 생각했다. 그동안 어깨를 짓눌렀던 긴장감이 스스르 무너져 내렸다.

2

1696년 6월 21일 미시(未時).

센넨지의 임시 거처에서 우리는 가로 항 부근의 토우겐지에 있는 숙소로 거처를 옮겼다. 우리가 준비한 소송의 결과가 오래 걸릴 수도 있다는 말이었다. 소송이 칼로 무 자르듯 단숨에 해결되는 문제가 아니라는 건 알았다. 하지만 얼마나 오랜 시간을 기다려야 할지 적잖이 걱정이 되었다. 일본인들은 우리 숙소에 바둑판과 장기판까지 넣어주었다. 오래 기다려야 한다는 뜻이었다.

센넨지에서 토우겐지로 거처를 옮기고 나흘쯤 지난 날 아침, 우리를 경호하던 히라이 킨카에몬이라는 경호원이 숙소의 문을 두드렸다.

"돗토리 성으로 모시라는 전갈입니다."

채비를 하고 숙소 앞에 나와 보니 가마 두 채와 말 아홉 필이 기다리고 있었다. 나는 킨카에몬에게 우리의 깃발을 주었다. '조울양도감세장신인동지기'를 앞세웠다.

"근디 어째 이리 친절하다냐? 이노무 나라는 알다가도 모르

311

졌당께!"

담사리가 가마와 말을 둘러보면서 말했다.

"사신에 대한 예우를 갖춰주는 거지."

이인성이 가마에 오르며 대답했다. 나도 가마에 올라탔고 나머지 아홉 명은 말을 탔다. 킨카에몬을 비롯해 십여 명 가량의 경호원들이 우리를 호위했다. 깃발이 거리에서 나부끼자 일본 사람들이 우릴 구경하느라 걸음을 멈추곤 했다. 포승줄에 묶여 끌려갈 때는 나타나지 않던 일본의 백성들이었다. 지금은 돗토리 현 전체가 우리가 조선에서 건너왔다는 걸 알고 있는 듯했다. 돗토리 성까지 가는 길 양옆으로 빽빽하다 싶을 정도로 모여 있는 일본 백성들의 모양새 때문에 우리가 조선통신사절단이라도 된 기분이었다.

나는 가마에 앉아 일본의 평범한 사람들을 구경했다. 4년 전 두려움과 분노의 감정에 휩싸여 둘러보던 때에 그들은 야비하고 예민하며 매우 잔혹한 마성을 지닌 사람들이라 생각했다. 다습한 기온 때문에 옷차림이 우리와 다를 뿐, 그들도 우리의 평범함과 전혀 다르지 않다는 걸 깨달았다. 호기심 가득한 눈은 맑았으며, 이방인을 보고 미소 짓는 아이들이나 어린 소년들은 자연 그대로였다. 아낙들은 삼삼오오 모여 우리를 가리키며 수군덕거렸고, 소녀들은 우리의 모양새를 보고 신기하다는 듯 깔깔거리기도 했다.

서쪽에서 습기를 먹은 시원한 바람이 불어왔고, 료칸 사이 사이 빨랫줄에 걸린 빨래들이 우리의 깃발처럼 나부꼈다. 저들은 분쟁도 전쟁도 원하지 않을 터였다. 조선의 백성들처럼. 내가 지금 이 길을 걷고 있는 건 백성들의 평범한 삶을 몇몇의 권력자들이 휘두르지 말라는 뜻이기도 했다.

사람들을 구경하는 사이 우리는 돗토리 성에 도착했다. 곧장 연회장으로 안내되었다.

"안 부장, 아무래도 일이 길어지겠는디?"

뇌헌 스님이 말했다.

"뭔 말이래요. 이래 좋은 대접 해주는 거 보믄 곧 일이 결판날 거 같은디."

연회장을 둘러보는 서화립의 얼굴엔 미소가 가득했다.

"그라믄 좋겠지. 좋은 대접 해주는 걸 군이 마다할 이유가 읎지."

"그라믄요."

서화립과 담사리가 먼저 자리를 차지하고 앉았다. 나머지 용병들도 자리를 잡자 기생들이 어디에선가 쏟아져 나와 우리들 곁에 앉았다. 곧 게이샤들이 나와 무대를 채우더니 길고 느린 음악과 춤이 연주되었다. 가가쿠였다. 분위기도 다르고 음색은 물론 리듬도 다른데 나는 가가쿠가 익숙하게 들렸다. 4년 전에 왔을 때에도 들었을 터인데 그땐 어떤 감흥도 받지 못했었다.

"조선 이전 시대에, 그러니까 삼국시절에 우리 악기가 일본으로 많이 건너왔제. 악기만 건너온 게 아니라 악사들도 여럿 오면서 일본 음악이 되었다고 하니, 일본 음악에도 우리 가락 이 많이 남아 있는 거 같구만."

뇌헌 스님이 나의 궁금증을 해결해주었다. 그럴 듯했다.

한바탕 음악과 춤이 끝난 후 돗토리 로주인 아라오시마가 우리 쪽으로 다가왔다.

"번주님은 언제쯤 만날 수 있겠습니까?"

"휴가 중이시라 며칠 걸리실 겁니다. 그동안 즐겁게 쉬시지 요."

로주는 뭔가 물어볼 사이도 없이 자리를 떴다. 이번에는 무 대에 악사들이 악기를 들고 나타났다. 기생들이 연신 잔에 술 을 채웠다. 특별히 긴장할 이유가 없다보니 용병들은 물론 뇌 헌 스님까지도 스스럼없이 술을 받았다. 그런데 흥겨워야 할 자리가 나는 전혀 흥겹지 않았다. 술잔만 비우며 악사들의 연 주를 들었다. 들고 있던 술잔을 비웠을 때 등 뒤에서 손 하나가 불쑥 나오더니 내 잔에 술을 채웠다.

"오랜만에 뵙습니다."

나도 모르게 탄성이 나왔다. 그녀는 조선인 게이샤 도화였 다. 바로 옆에 앉아 있던 이인성이 놀란 눈으로 그녀를 빤히 쳐 다보았다.

"잘 지냈소?"

"조선 분이십니까?"

이인성이 물었고 도화가 고개를 끄덕거렸다.

"추래견월다귀사라! 가을의 달을 보니 고향 생각이 간절하다. 요즘 제 심정이 그렇습니다. 나리를 뵈니 마음이 더 싱숭생숭해지네요."

나는 하얀 분칠을 한 도화의 얼굴을 쳐다보았다. 진한 분칠 때문에 그녀의 표정을 읽을 수가 없었다. 한 가지 다행인 건, 그녀가 천석 어른처럼 스스로 목숨을 끊지는 않았다는 사실이었다. 혹시 마음의 상처가 될지도 모르겠다는 생각에 천석 어른에 대해 묻지 않았다. 조선인이 하늘의 별처럼 많이 사는 게 아니라 그의 죽음을 모를 리가 없었다.

"나리를 이렇게 다시 뵈리라고는 상상하지도 못했습니다."

도화는 무릎을 꿇고 앉아서 나나 이인성에게는 눈을 맞추지 않고 천천히 사방을 둘러보았다.

"조울양도감세장이라는 분이 오신다는 말을 듣고도 설마 나리가 오실 거라고는 생각하지 못했지요."

"혹시 말이오. 나랑 어둔이라는 친구가 쓰시마로 떠날 때 부두에 서서 우리를 지켜본 적이 없었소?"

그 질문에 도화는 히죽 미소를 지어 보였다.

"나리."

그녀가 잠시 주변을 한 차례 살피며 뜸을 들였다.

"여러 자리에 앉다보니 들은 이야기인데. 쓰시마에서 소송을 막기 위해 온갖 술수를 다 쓰고 있습니다. 그래서 돗토리 번주도 대면을 피하고 있는 듯합니다. 만나시기 어려우실 수도 있습니다."

"번주가 그럼 휴가를 간 게 아니었다는 말인가요?"

도화는 가만히 고개를 끄덕거렸다.

"나리를 지치게 만들려는 뜻 같습니다. 이렇게 좋은 대접을 해드리는 건 임무에 대해 잊으라는 뜻일 수도 있습니다."

"사신이 와 있는데, 번주가 일부러 자리를 피했다?"

나는 그녀의 말이 이해되었다.

"그리고 조선인들을 누구와도 접촉하지 못하게 막아야 한다는 말도 들었습니다."

나와 이인성이 서로를 쳐다보았다.

"쇼군께서도 이렇게 복잡한 소송을 원하지 않을 테니 막부에 철저하게 비밀로 해야 한다는 말도 하더군요."

울화통이 치밀어 올랐다.

"그럼, 나리께서 여기 계시는 동안 혹시 특이한 소식이 들리면 알려드리도록 하겠습니다."

그녀는 그 말을 남기고 뒤로 물러나더니 사라졌다. 일본인 사무라이 한 명이 내 쪽을 유심히 살폈다.

"안 동지, 이 상태로는 소송을 떠나 서계를 받는 일도 불가능할 것 같습니다."

나는 이인성을 힐끔 쳐다보았다.

"일부러 피하고 자빠졌는디, 무슨 능사로 받겠는가."

뇌헌 스님은 혀를 찼다. 나는 무대에서 음악을 연주하는 일본인 악사들을 초점 없는 눈으로 쳐다보았다. 입으로 들어가는 술이 물처럼 느껴졌다. 음식들은 모래알을 씹는 기분이었다. 이들의 처분대로 앉아 있다가는 저들이 원하는 대로 끌려다닐 뿐이라는 생각이 들었다.

"에도로 갑시다!"

뇌헌 스님과 이인성, 그리고 흥겹게 술을 마시던 용병들이 내 말이 믿어지지 않는다는 듯 내게 눈길을 주었다.

"말 한 필도 없이 어쩌시려고요? 대충 잡아도 이천 리는 넘어 보이는데."

"걸어가든 기어가든, 가야지요!"

"간다 해도 거절당할 수 있을 뿐 아니라 위험해질 수도 있습니다."

"그래도 가야 한다믄 가야제."

뇌헌 스님이 말했다. 처음엔 주저하던 용병들도 가만 고개를 주억거렸다.

"술맛이 싹 달아나네."

술병도 바닥을 보였고 연회도 끝나가고 있었다. 어두운 하늘 한 가운데에 달을 떴고 그 주변으로 별들이 흩어져 맴돌았다. 우리가 자리에서 일어설 무렵, 우리를 안내했던 일본인 관리가 나타났다.

"사신 분들은 다시 배로 돌아가십시오!"

느닷없는 처사였다.

"그게 무슨 소리요?"

"아오시마에 계류하라는 상부의 명령입니다."

"아오시마라니요? 그곳이 어딥니까?"

"가보시면 압니다."

관리는 더 이상 질문을 받지 않겠다는 듯 등을 돌리고 앞장
섰다.

3

1696년 7월 17일 묘시(卯時).

우리 배가 정박한 곳은 작은 섬이었다. 한 식경 남짓이면 섬 외
곽을 모두 둘러볼 수 있을 정도로 작은 섬이었다. 중심에는 한
달음에 올라갈 수 있는 작은 산이 보였고, 동쪽으로 나카하마
포구가 앉아 있었다. 섬은 기본적으로 유배지라는 인식이 강했
다. 이곳이 그랬다. 가옥이라곤 독도에서 보던 낡은 우데기집
세 채가 전부였다.

"우리가 왜 이곳에 있어야 하는 겁니까?"

나는 안내인에게 따지듯 물었다.

"저도 이유는 잘 모릅니다. 다만, 지시가 있을 때까지 이 섬
밖으로는 절대 나갈 수 없다는 말씀만 드릴 수 있습니다. 만일
이 곳을 벗어날 경우, 목숨을 부지하지 못할 수 있다는 걸 명심
하십시오."

"소송을 하러 온 사람들을 이렇게 가둘 수는 없습니다. 당장
번주님을 만나게 해주시오!"

하지만 안내인은 다른 관리, 사무라이들과 부리나케 정박해

놓은 자신들의 배로 돌아갔다. 서화립과 담사리가 그를 잡으러 가려 했지만 내가 두 사람의 어깨를 잡았다. 진즉 에도에 갔어야 했는데 가지 못한 걸 뼈저리게 후회했다.

"여긴 호수 안에 갇힌 섬입니다."

이인성이 숨을 뱉어내며 말했다. 연습과 단책이 지도를 펼쳐보며 섬의 위치를 알려주었다. 나는 배가 닿을만한 곳곳을 살폈다. 헤엄을 치거나 배를 대어서 나갈 수 있을 만한 곳엔 어김없이 창을 든 일본 병사들이 보였다. 우리를 가둔 감옥이었다.

"안 부장, 에도 막부에 보고가 들어갔을 것이네. 우리를 이리로 보낸 건 에도 막부가 고민을 한다는 말이겠지."

뇌헌 스님이 상심한 나의 마음을 달래주었다.

"으미, 딱 감옥이고만. 어쩐디야?"

서화립이 뭍을 바라보며 한숨을 내쉬었다.

"안 부장, 어째야쓰까?"

뇌헌 스님이 내게 바짝 다가와 용병들의 눈치를 보며 말했다.

"기다려봐야지. 바로 강제 출국시키지 않는 데에는 그만한 이유가 있겠지."

하지만 이 기다림에는 약속이 없었다. 흘러가는 시간은 울산을 떠날 때의 각오나 기백을 물렁하게 만들어버렸다. 우리의 머리에서 여러 추측들이 나왔다. 그중엔 쓰시마의 도주가 돗토리 번주에게 소송을 막아 달라 부탁하고, 돗토리 번주는 에도 막부에 알리지 않았을 것이라는 게 가장 그럴 듯했다. 소송이 일어날 경우 쓰시마 도주는 화를 면할 수가 없을 터였다. 쇼군이 건넨 서계를, 조선과 일본의 공식 문서인 서계를 중간에 갈취한 것은 쇼군에게 대항하겠다는 뜻이기 때문이었다.

우리가 에도에 가 닿을 방법도 없었다. 나라의 힘을 빌어 일본을 찾았다면 결과가 달랐을까? 하지만 지금도 조선은 도해금지령을 유지하기만 할 뿐, 별다른 방안을 내세우지 못하고 있었다. 울릉도에 씨를 뿌리고 사람이 살 수 있을 법한지 검토만 하느라 벌써 몇 해가 흘러갔다. 그동안 일본 어부들은 울릉도와 독도에서 활개를 쳤다.

하루하루 시간은 속절없이 흘러갔다. 나의 부족함에 자괴감이 들었고 일본의 이런 정치적 행태에 재빨리 대응하지 못한 일 때문에 속상했다.

"자책허지 마시게. 한 개인이 일본이라는 나라를 상대한다는 것 자체가 버거운 일이었으니까. 서계만이라도 돌려받아 갈수 있으면 좋으련만."

뇌헌 스님은 언제나 나를 위로했다. 하지만 이번에도 나의 결정으로 인해 여러 사람이 고통을 받고 있다는 생각이 들었다. 주변의 사정이 어떠하든 결과적으로 이 싸움의 출발은 내게 있기 때문이었다.

하루하루 피가 말랐다. 더 이상 사신에 대한 예우 같은 건 기대할 수 없었다. 심지어 식량조차 보내주지 않았다. 조선 관리의 신분으로 찾아왔음에도 이런 정도의 대접밖에 받지 못한다면, 일개 어부로 찾아왔을 땐 죽을 수도 있겠다는 생각이 들었다. 너무 무모한 짓이었을까. 관리의 신분으로 위장했지만 이렇게 맥없이 주저앉을 수밖에 없다면, 일본은 애초에 조선이라는 나라를 멸시한다는 생각밖에 들지 않았다.

"이보게 안 부장, 이건 자네 잘못이 아녀. 제 잇속만 챙기겠다는 번주들의 욕망이 빚은 일이제. 우리가 추측한 일이 맞을 거여. 지금 쇼군의 귀와 눈을 누군가 가리고 있는 거제. 자네가 받았던 서계를 중간에서 누군가 가로챘다믄 나라도 열 받을 걸세. 그건 역적과 같은 짓이제. 아직 발각되지 않았을 뿐, 쇼군의 귀에 이 일이 들어가믄 줄초상 날 일이지. 지방 현감이 임금에게 대적하는 일과 같은 짓이니께. 내가 한 가지 안타까운 건, 우리 조선에서 우리가 이렇게 핍박받고 있다는 걸 모른다는 거여."

하지만 나 자신에 대한 무력감에서 쉽게 벗어날 수가 없었다. 뇌헌 스님이나 용병들에게 드러내진 않았지만 무력감이 전신을 휘어감아 나를 더욱 우울하게 만들었다.

시간이 여름의 중심으로 흐르며 용병들도 무력감은 더 깊어져갔다. 사소한 일로 다투었으며, 어느새 신분의 격차를 두고 시기하고 질투를 하기에 이르렀다. 유집일이 보낸 사맹들은 초량 어부들과 어울리지 않으려 했고, 초량 어부들도 그들을 말놀음이나 하는 정치배라며 증오했다. 한 가지 다행이라면 식량이 주어지지 않아 스스로 양식을 해결해야 한다는 점이었다.

서로 증오해도 같이 물고기를 낚고 산을 뒤져 뱀을 찾아내 식량으로 삼았다. 삶과 죽음 앞에서는 신분의 격차가 하등 소용없다는 걸 그들은 아오시마에서 배웠다.

속절없이 한 달 반의 시간이 맥없이 흘러가버리고 말았다. 탈출을 할 수 있지만 그건 스스로 소송을 기각하는 것이며, 스스로 세계를 포기하는 일이 되기도 하고 그것은 울릉도와 독도의 영유권을 더 이상 주장하지 않겠다는 말이었다. 훗날 다른 방식으로 영유권 주장을 할 수는 있겠지만 지금 우린 아무것도 말할 수가 없었다.

50여 일째가 되는 날의 깊은 밤, 탈출을 해야 한다는 쪽과 탈출해서는 안 된다는 쪽의 논쟁이 끝없이 이어졌다. 섬에 뱀의 씨가 마를 정도로 우리는 굶주림에도 시달렸다. 이렇게 무책임한 일본의 처사에 화가 났다. 중요한 사안이니 뭔가를 결정하는 데에 시일이 오래 걸린다지만 너무 많은 시간이 흐르고 있었다.

나는 편을 나눈 논쟁이 듣기 싫어 우데기집을 나와 물가를 서성였다. 의미 없는 논쟁이기 때문이었다. 내 생각은 오로지 한 가지뿐이었다. 지금으로서는 돗토리 번주를 만나는 게 가장 현실적인 방법이었다. 그 생각의 간절함이 누군가에게 전달되었던 것일까. 내가 서성이던 물가의 물속에서 불쑥 머리 하나가 소리도 없이 솟아올랐다. 나는 너무도 놀라 바닥에 주저앉았다.

"나리, 접니다. 도화."

물속에서 나온 사람은 조선인 게이샤 도화였다.

"아니 여길 어떻게 왔소?"

그녀는 홑겹의 적삼과 바지를 입고 있었다. 물에 젖은 옷이
몸에 달라붙어 그녀의 몸이 여실히 드러났다. 달빛이 그녀의 몸
위로 쏟아져 내렸다. 빛은 그녀의 가슴과 허리, 그리고 긴 다리
의 굴곡을 여실히 드러냈다. 나는 얼른 눈길을 돌렸다. 뭍에서
호수 안쪽 섬까지 거의 500척(尺)에 이르는 거리를 헤엄쳐온
걸 보면, 조선에서 해녀였을지도 모르겠다는 생각이 들었다.

"이곳 섬으로 보내지셨다는 말을 오래 전에 들었는데, 이제
야 오게 되었습니다. 너무 늦어 죄송합니다."

그녀의 머리와 몸에 묻은 물들이 달빛을 받아 도자기의 맨
살처럼 반들거렸다. 나는 눈을 돌리고 대꾸했다.

"당신이 미안할 게 뭐가 있소?"

"좀 더 일찍 와서 도움을 드렸어야 했다고 생각하기 때문입
니다."

"이건 댁과는 무관한 일 아니오?"

"저랑 무관하지 않습니다. 저도 조선 사람이니까요."

나는 그녀에게 대꾸할 말을 찾지 못했다. 지금껏 주어진 상
황만 한탄하며 자책만 했던 나 자신이 부끄러웠다. 우데기집에
있던 이인성과 뇌헌 스님이 밖으로 나오며 두런거리다가 내
곁에 선 낯선 사람을 보고 부리나케 달려왔다.

"뉘신가?"

물을 헤쳐오기 위한 차림이니 더 낯설게 여겨질 수도 있었다.

"전 도화라는 조선 여자입니다."

그녀가 두 사람에게 공손하게 반절을 했다. 뇌헌 스님과 이인성이 똑같이 반절을 했다. 그들도 물에 젖은 도화의 몸을 똑바로 쳐다보지 못했다. 애써 도화와 눈을 마주쳤을 때, 이인성은 그제서야 그녀의 존재를 알아차렸다. 이인성이 잠깐 그녀에게 미소를 지어 보였다.

"그란디, 여긴 어떻게 오셨소?"

뇌헌 스님은 까만 어둠 속의 뭍과 섬을 번갈아 보았다. 남자든 여자든 혼자 헤엄쳐 오기에는 먼 거리였다.

"조선에서 물질을 한 적이 있어 어렵지 않게 왔습니다. 지금 제가 여길 온 게 중요한 게 아니라……."

그녀는 나를 빤히 쳐다보며 입을 열었다.

"돗토리 번주는 센다이 강변에서 바다 기원제를 지내고, 아들과 함께 휴가를 보내고 있습니다. 지금 해안가 모래사막에 진을 치고 있는데, 말을 타고 가면 반나절이면 닿을 것입니다. 어서 준비하세요."

나와 이인성이 갈아입을 옷을 준비하고 물가에 섰다.

"저기까지는 수영으로 갈 수 있지요?"

그녀가 물었다. 나와 이인성이 고개를 끄덕거렸다.

"저짝에 있는 일본 병사들은……."

"아마 술 먹고 잠들어 있지 않을까요?"

도화가 살짝 미소를 지었다. 나는 그 미소의 의미를 헤아릴 수 있을 것 같았다.

"그게 아니라 확실해야 건너가 보든 하지요. 괜히 도망가는 걸로 비춰지면 쪽팔릴 거고, 지금까지 기다린 보람도 없어지고 그래서⋯⋯."

이인성이 투덜거렸다. 무기력의 잔재들이었다.

"염려 놓으세요."

"그래도 뭔가 분명하지 않으면 움직이지 않는 편이⋯⋯."

"그냥 가죠!"

내가 그의 손목을 잡았다. 그가 거처와 나를 번갈아 쳐다보면서 끌려왔다.

"그럼 저 먼저!"

그녀는 망설이지 않고 물속으로 조용히 들어갔다.

"아니, 안 동지, 저 여잘 믿고 따라가도 되는 겁니까?"

"그럼 여기 남든가."

나도 도화의 뒤를 따랐다. 이인성은 몇 차례 더 투덜대다 꽁무니에 따라붙었다.

건너편 뭍에 도착해보니 도화의 말 그대로 십여 명 가량 되는 일본 병사들이 모두 널브러지듯 잠들어 있었다. 주변에 술병과 쟁반 등이 널려 있기도 했다. 도화가 준비한 술상이라는 게 짐작이 갔다.

"아까도 말씀드렸지만 돗토리 번주는 센다이 해변에 있습니다. 해안가 모래사막에 진을 치고 있어서 금방 알아볼 수 있습니다. 말을 타고 해안가를 따라 계속 달리다 보면 나와요. 제가 도와 드릴 수 있는 건 여기까지입니다. 그럼 저는 이만."

도화가 말 두 필의 목 끈과 센다이 해변으로 갈 수 있는 지도를 건네주었다. 그녀가 돌아설 때 이대로 보내선 안 된다는 생각이 들어 그녀의 팔을 잡았다.

"이보시오. 이렇게 그냥 가는 거요? 언제 다시 볼 수 있을지도 모르는데."

"언젠가 인연이 닿으면 보겠지요."

"그 인연이란 게……."

그녀는 일본에 살고 나는 조선에 살게 될 터였다. 특별한 약조를 하지 않은 다음에는 그녀를 만날 수는 없었다.

"이생에서 못 뵈면 다음 생에서라도 뵐 수 있겠지요."

"고맙소! 혹시라도 저희가 잘못되면 초량 왜관에 다른 소식편을 통해서라도 알려줄 수 있겠소?"

"제가 갈 순 없지만, 조선으로 건너가시는 분들이 계실 때 알려드리도록 하지요. 하지만 잘해내실 겁니다. 저는 그리 믿습니다."

그녀가 돌아섰다. 어둠 속으로 들어가는 그녀는 한 차례도 뒤돌아보지 않았다. 그녀의 흠뻑 젖은 몸이 달빛을 벗어나 어둠 속으로 사라졌다.

"안 동지, 저 여자는 여장부네요. 우리 일이 잘못되고 우리한테 도움준 게 발각되면 살아남지 못할 텐데."

나는 그녀에게서 어머니의 기품을 보았다. 족히 30년 세월 차이가 나겠지만, 그리고 게이샤이긴 하지만 그녀에게는 범접하지 못할 기품이 있었다. 나는 하늘을 올려다보았다. 달이 지고 별들도 지고 있었다.

"가시죠. 도움을 허비할 수는 없지 않겠습니꺼?"

내가 먼저 말에 올라탔다. 이인성도 곧장 말에 올라탄 후 어두운 해변을 따라 달리기 시작했다.

4

1696년 7월 28일 오시(午時).

나는 해안을 따라 이어진 길을 달리며 일본이 섬나라라는 사
실을 다시 한번 실감했다. 특히 여름은 분명한 색을 지니고 있
었다. 말을 달리며 맞는 바람은 물론, 말을 쉬게 하기 위해 소
나무 그늘 아래 들어가 쉴 때에도 바다의 습기는 꾸준히 몰려
왔다. 우리들보다 쉼 없이 달려준 말들이 덜 힘들어했다. 말들
은 바다에서 불어오는 거친 바람은 물론, 높은 습도도 이제 익
숙해진 듯했다. 오히려 우리가 헐떡거렸다. 그늘 아래에서 말
들에게 풀을 먹이고, 숨을 돌리려고 나무 둥치에 기대면 금방
등이 젖기도 했다.

　말들은 모래를 차며 앞으로 내달렸다. 모래사막은 그 끝이
보이지 않았다. 반나절을 쉬지 않고 달린 끝에 해안가의 모래
사장 끝에 천막 여러 동이 자리 잡고 있는 걸 발견했다. 해안가
로 서서히 밤이 밀려드는 시각이라 천막들이 불을 밝히고 있
었다. 나와 이인성은 반대편 해변 끝의 소나무에 말 목 끈을 묶
어놓고 걸어서 움직였다.

"돗토리 번주도 모른다고 하면 어쩌죠?"

"4년 전 일본에 납치되어 왔을 때도 제 정신인 분들이 더러 있었지요. 그러길 바라야지요."

바다 위에 별이 나타날 무렵, 우린 번주의 천막 가까이 다가 갔다. 그러자 소리도 없이 밀려드는 밤처럼 세 명의 사무라이 가 나타났다.

"뭐하는 놈들이냐?"

"나는 조선에서 온 사신이다. 돗토리 번주님을 만나기 위해 왔다."

그들은 나와 이인성에게 칼을 겨눈 채 살폈다.

"내겐 무기도 없다."

사무라이 한 명이 앞장서고 그 뒤를 우리가 따라붙었다. 우 리 뒤를 사무라이 두 명이 경계했다. 그들은 우리들을 가운데 천막 앞으로 데려갔다.

"번주님, 누가 만나 뵙기를 요청합니다."

천막 안에서 금방 대답이 나왔다.

"누구냐?"

"조선에서 온 사신이라 합니다."

"조선? 들여보내라."

돗토리 현 번주는 쉽게 응낙했다. 나와 이인성이 쭈뼛거리 며 천막 안으로 들어갔다. 우리 뒤에서 네 명의 사무라이가 우 리를 주시했다.

"조선에서 왔다고요?"

번주가 나를 유심히 살폈다.

"나는 소송을 하기 위해 이곳에 온 조선의 사신입니다."

번주의 눈이 내게서 떨어지지 않았다.

"혹시 몇 년 전에 끌려왔던 그 조선인 어부가 맞습니까?"

그의 얼굴이 낯이 익었다. 4년 전 연회장에서의 모습도 떠올랐다. 그의 곁에 있던 역관이 '울릉도와 독도는 조선의 영토이므로, 울릉도와 독도로의 일본인 도해를 금지한다'는 쇼군의 서계를 읽어줄 때 무표정하던 얼굴도 기억났다. 그때 그는 시종일관 차갑고 냉랭한 얼굴이었다. 그의 곁에서 서성이던 오키 섬의 선장 쿠로베에와 히라베에의 모습도 기억났다. 그 둘은 서계를 발표하던 그 순간 부리나케 사라졌었다.

돗토리 번주의 얼굴엔 여전히 그때의 냉랭함이 깃들이 있었다.

"맞습니다."

번주의 눈이 나의 눈을 피했다.

"지금 당신들은……."

그가 뒷말을 잇지 않았다. 그의 눈이 차갑게 빛났다.

"이렇게 다시 만나게 되는군요."

그는 우리의 등장을 짐작하고 있었다는 듯 미소까지 지어보였다. 나는 통정대부 호패를 꺼내 보였다.

"지금의 나는 울릉도와 독도를 관리하는 감세장입니다."

"그때 그 어부가 감세장이 되었군요."

번주는 제 책상 앞에 놓인 찻잔을 들고 조용히 목을 축였다. 사무라이들은 나와 이인성의 미세한 움직임도 놓치지 않고 살폈다.

"그래, 감세장께선 여기에 어쩐 일이신가요?"

찻잔을 놓고 나를 올려다본 그는 4년 전의 딱딱하던 그 모습 그대로였다.

"소송은 어찌 되어 가고 있는 것입니까?"

번주는 손바닥 위에 있던 바둑돌들을 바둑판 곁에 내려놓았다.

"조선과의 수교는 오래전부터 오직 쓰시마를 통해서 이루어져 왔습니다."

백발의 상투가 눈에 들어왔다. 깨끗한 그의 얼굴이 호롱불에 반들거렸다. 처음 봤을 때와는 달리 나이를 짐작하기 어려운 얼굴이었다.

"쓰시마를 통할 수 없는 연유를 잘 아시지 않습니까?"

"사정은 알겠지만, 일본의 고법을 어길 순 없습니다. 막부에서 내린 결정입니다."

발바닥에서부터 울분이 치밀어 올랐다. 그런 결정이 이루어졌다면 진즉 알리고 우리를 돌려보냈어야 옳았다. 내가 알지 못하는 야로가 숨어 있는 게 분명했지만 묻는다고 말해줄 리 없었다. 나는 그를 노려보았다. 그 역시 눈길을 마주친 채 고개를 돌리지 않았다.

"그럼, 왜 지금까지 우릴 섬에 가둬놓고 식량 공급까지 중단
하신 겁니까?"

"뭐라고요? 식량을 주지 않았단 말입니까? 내 잘 모시라 했
거늘. 마지막 막사에서 아라오 슈우리 영주를 불러라!"

번주가 몸을 바로잡으며 누구에게랄 것도 없이 명령했다.
사무라이 한 명이 득달같이 막사를 뛰어나갔다. 번주가 휴가
를 왔으니 영주들이 문안 차 달려왔을 법했다. 눈 몇 번 깜빡
거렸을 뿐인데, 아라오 슈우리가 천막을 열고 들어서며 숨을
골랐다.

"번주님, 부르셨습니까?"

번주가 그에게 천천히 다가들었다.

"아라오 영주! 아오시마에 보낸 조선인들을 굶겼느냐?"

아라오의 얼굴이 창백해졌다.

"저, 그게 아니라……."

아라오 영주가 나와 이인성을 힐금거렸다.

"조선에서 온 사신들을 굶겼느냐 물었다? 사신을 굶기다니,
어떻게 이런 일이 일어날 수 있는 거지?"

"그게 그러니까 번주님께서……."

번주의 발이 아라오 영주의 배를 향해 날아갔다. 아라오 영
주가 쓰러지자 번주는 쉬지 않고 그를 짓밟았다.

"나라는 나라로서의 품격과 위엄이 있는 법, 어떻게 사신을

굶길 수 있단 말인가. 우리 일본을 타국에서 어떻게 보겠는가."

"제, 제가 잘못했습니다. 부하들 관리를 잘못해서 전 식량을
계속 보내주는 줄로만 알았습니다."

나는 이 희극을 지켜보며 웃지 않을 수 없었다. 하지만 소리
내어 웃을 순 없었다.

"지난번 저희가 귀국을 할 때 쇼군의 약조가 담긴 서계를 받
았습니다. 아시겠지만 그걸 쓰시마에서 강탈당했고요. 그 서계
라도 부탁드립니다. 그래야 쓰시마가 울릉도와 독도를 넘볼 수
없지 않겠습니까?"

아라오 영주는 무릎을 꿇은 채 앉아 있었다. 그는 고개를 푹
숙인 채 들 줄 몰랐다.

"서계를 강탈했다니요? 쇼군께서 직접 쓰신 서계를 쓰시마
도주가 그럴 리 없소."

숨을 거칠게 내쉬던 번주가 숨을 고르며 말했다.

"번주님께서 주신 선물과 함께 나가사키에 당도하자마자 압
수당했습니다."

나는 가능한 한 흥분하지 않으려 애쓰며 천천히 말했다. 그
의 눈가가 파르르 떨었다.

"아시는지 모르겠지만, 쓰시마는 우리 조선과 일본 사이에
서 부리는 농간이 너무나 심한 곳입니다. 우리 쌀을 가져다가
둘로 나누어 하나였을 때 가격을 받고, 베와 무명 역시 절반 가
까이 잘라낸 후 똑같이 한 필 값으로 받고 있지요. 종이도 우리

한테서 건너간 1속을 3속으로 끊어서 팔고 있고요. 이는 우리 조선에게도 타격이지만, 일본 평민들은 물론 귀족들에게도 좋은 일은 아니지 않습니까? 그런 야료에 익숙한 쓰시마 사람들에게 서계를 강탈당했으니 그들이 그걸로 뭘 할지 알 수가 없지 않습니까?"

"그렇게 야매꾼처럼 구는 행태에 대해선 알고 있소. 언젠가 쇼군께서 벌할 것이오. 그리고 서계 일은 쇼군께 대항하겠다는……."

그가 사무라이 한 명을 가까이 불렀다. 귓속말을 하자 그가 급히 막사를 빠져나갔다.

"우린 그 서계만 있다면 당장에라도 소송 없이 돌아가도록 하겠습니다."•

그는 내 말에 곧장 대꾸하지 않았다. 한 차례 나와 이인성을 살핀 후 막사 밖의 바다 쪽으로 눈길을 주었다. 나도 그의 눈길을 따라 고개를 돌렸다.

• 1693년 9월 초, 안용복과 박어둔은 돗토리 번에서 나가사키로 후송되었다고 한다. 당시 안용복과 박어둔을 납치한 내용은 오야 집안의 문서인 〈죽도 도해 유래기 발서공(竹島渡海由來記拔書控, 이하 발서공)〉과 한자로는 '백기(伯耆)'로 적는 호키주의 일을 기록한 〈이본 백기지(異本伯耆志)〉에도 실려 있다. 〈발서공〉에는 안용복이 에도에 갔고, 무엇인지는 밝히지 않은 채, 에도 막부가 안용복에 대한 조사를 끝낸 뒤 안용복에게 무엇인가를 줘서 조선으로 귀국시켰다는 내용이 있는데(則江戶表穿鑿, 相濟順順御贈歸), 이는 쇼군으로부터 받은 서계로 추측된다. 두 사람이 나가사키로 후송되었을 때 쓰시마 번 사람들이 두 사람을 맞이했는데, 이때 선물과 서계를 모두 강탈당했으며 이를 쓰시마 번에서 보관하고 있을 거라는 가정 하에 허구적 상상력을 가미해 재해석했다. 하지만 이 역시 어디까지나 사실에 기초하고 있음을 밝힌다.

막사 앞에 모기를 쫓는 향불의 연기가 피어올랐다. 연기 너머 바다에 어둠이 말없이 내려앉고 있었다. 바다에 달이 가득했다. 바다에서 달빛을 먹은 바람이 막사의 천을 들추며 밀려들어왔다. 막사 안은 입구의 천이 바람에 춤을 추는 소리로 고요했다.

"며칠만 기다리시오. 저간의 사정을 확인해 볼 테니."

번주가 말했다. 조금은 상기된 얼굴이었다. 그의 눈 속에 숨은 그의 마음이 보였다. 나의 등장이 막부에 알려지고 쇼군의 귀에까지 들어갈 경우, 어떤 사태가 빚어질지 가늠이 되지 않을 터였다. 에도 막부는 지방 영주들이나 번주들을 견제하기 위해 조닌들(상인과 수공업자)의 힘을 키워주고 있었다. 상인의 재력은 에도 막부의 중요한 재원이었다. 나는 초량 왜관을 드나들며 누구보다 일본의 변화를 잘 읽고 있었다.

그런데 돗토리 번주의 입장에서는 상인들의 이해가 걸린 문제라 쉽게 판단할 수는 없는 일일 터였다. 또한 조선과의 관계에는 분명한 문제가 있었다. 조선의 대무역 창구가 쓰시마라는 사실이었다. 서계 사건이나 죽도 문제가 불거질 경우, 조선과의 무역이 타격을 받을 수도 있는 일이었다. 쇼군이 무역은 유지하되 죽도를 조선의 영토로 인정한 도해금지령을 적은 서계를 내게 주었던 건, 나름의 방책이었으며 진실의 인정이기도 했다.

"안 동지, 울릉도와 독도는 이미 조선에 속한 곳이오. 올봄,

막부에서 죽도도해금지령을 반포했소."

그의 목소리를 한껏 부드러웠다.

"도해금지령에 대해선 이미 들은 바 있습니다. 하지만 요 나고 어부들이 여전히 울릉도와 독도에서 강치를 잡고 있습 니다."

"아직 충분히 막부의 뜻이 전달되지 않은 탓일 겁니다. 울릉 도와 독도에 간 어부들을 색출해서 처벌할 것이오. 그리고 다 시 침범하여 넘어가는 자가 있거나 함부로 침범할 경우, 모두 국서(國書)를 만들어 역관(譯官)을 정하여 들여보내면 엄중히 처 벌할 것이오."

번주의 말을 믿어도 되는 것일까? 나는 이인성을 쳐다보았 다. 이인성도 놀란 눈으로 내 얼굴을 살폈다. 그러나 그 말이 사실이라 하더라도 증명할 수 있는 자료를 남겨놓아야만 했 다. 세상의 일도, 나라의 일도 한 치 앞을 알 수가 없는 세상이 었다.

"근일 내에 서계를 다시 되돌려 받을 수 없다면, 이 길로 에 도로 가겠습니다."

나는 나의 마지막 선택에 대해 말했다. 나도, 돗토리 번주도 다른 방법이 없다는 걸 잘 알고 있었다.

"사람을 보냈으니 기다려보시오. 수일 내로 연락이 올 것이 오. 그리고 조선의 사신을 그곳에 묵도록 하고 식량도 조달해 주지 않았던 건 분명 우리의 잘못이오. 당장 식량을 보내도록 하겠소."

쇼군과 불편한 관계를 만들지 않겠다는 계산이 선 것일까.
아니면 여느 관리들처럼 우리를 그저 달래보기 위한 술책에
지나지 않은 것일까. 지금까지의 행태로 보아선 번주의 말이라
하더라도 믿을 수가 없었다.

"이곳에서 기다리겠습니다."

번주가 잠시 내게 눈길을 주었다가 거뒀다.

"나는 사무라이요. 내가 입으로 내뱉은 말은 칼로 나의 창자
가 끊어져 나가는 한이 있어도 지킨다는 뜻이오. 아오시마에
가 계시면 곧 연락드리리다."

그는 나의 대꾸를 기다리지도 않고 막사에서 나가버렸다.
그가 수하에게 명령을 하자 사무라이들이 위협적으로 우리를
밀어냈다. 나와 이인성은 사무라이들의 안내를 받으며 밤길을
달려 다시 아오시마로 돌아왔다.

5

1696년 8월 4일 유시(酉時).

이케다 번주가 아오시마에 왔다. 이른 아침이었고, 뭍에서 섬으로 건너오는 배를 보면서 그 배에 번주가 타고 있을 거라 생각했다. 내가 그를 찾아 다녀온 지 17일만의 만남이었다.

도화의 도움을 받아 그를 만나러 다녀온 뒤 풍족하지는 않지만 쌀과 야채, 그리고 소금이 섬으로 들어왔다. 번주가 보이는 믿음의 징표 같은 처사였다. 우린 말없이 기다렸다. 간간이 이인성과 그 수하들이 이번에도 속았다며 투덜거렸지만 나는 대응하지 않았다. 4년 전에도 이케다 번주는 쇼군의 결정을 따랐다. 나는 그가 쇼군에게 나의 등장 소식이 들어가지 않게 하면서 쓰시마의 도주와 상인들을 살릴 방안으로 서계를 찾아와야 한다고 마음먹었을 거라 짐작했다. 그런데 오늘 그가 배를 타고 섬으로 건너왔다.

"안 동지, 쇼군께서 작성하신 서계요."

그의 수하가 내게 서계를 내밀었다.

渡航禁制令

도항금제령

鬱陵島非日本界

先年 松平新太郎 因州伯州領知ノ節 相窺之伯州米子ノ町

人村川市兵衛 大屋甚吉 竹島ヘ渡海至于今雖致漁候 向後

竹島ヘ渡海ノ儀制禁可申付旨被仰出ノ由 可被存其趣候 恐

々謹言　　　　　　　　　　　　　　　　　　　　_ 德川綱吉

울릉도는 일본의 영토가 아니다.

이전에 마쓰다이라 신타로가 인주(이나바주)와 호주(호키주)를

영지로 했을 때, 그것을 살펴본 호키 요나고의 상인 무라카

와 와이치베, 오야 진키치가 다케시마(울릉도)에 도해하기에

이르렀고, 현재까지 어로를 해왔다고 하지만 향후 다케시마

로 도해하는 건을 금한다고 말씀하시기에 이를 명심해야 합

니다.•　　　　　　　　　　　　　　　　　_ 도쿠가와 쓰나요시

나는 서계를 펼쳐 꼼꼼하게 훑어보았다. 내가 받았던 그 서

계가 분명했다. 나는 번주의 얼굴을 보았다.

"고맙소."

• 위의 도항금제령에서의 죽도(竹島)는 독도가 아닌 울릉도를 말하며, 당시 울릉도를 부르는 일본
　고유 명칭은 다케시마였다(출처: 호사카 유지, 《우리 역사 독도》).

4년 동안 가슴을 막고 있던 돌덩이가 쑥 내려간 기분이었다.

"그리고 안 동지, 안 동지 일행은 내일 떠나도록 하시오. 나가사키를 통할 필요도 없고, 쓰시마를 통할 필요도 없이 이곳에서 곧바로 떠나시면 되오. 필요한 물자들은 오늘 중으로 안 동지의 배에 실을 수 있도록 하겠소."

그는 섬으로 들어올 때처럼 빠르고 조용히 섬을 빠져나갔다. 배가 섬에서 멀어지기 전 이케다 번주가 뒤를 돌아다보았다. 그는 뒤돌아서서 내게 허리를 깊이 숙여 절을 했다. 나도 그에게 허리를 숙였다.

나는 그가 탄 배가 뭍에 닿을 때까지 해안가에 서 있었다. 서계를 되찾기까지 4년의 세월이 흘렀다. 그런데 겨우 사나흘 시간이 흘러간 듯한 기분이 들었다. 업동의 죽음을 보고, 온갖 수난을 겪기도 했으며, 사신으로 대접을 받기도 했고, 조선으로 돌아와서는 100대의 곤장을 맞았다. 그렇게 고향을 떠나 유배지에서 한 세월 보냈는데 지나고 보니 겨우 나흘 정도의 시간이 흘러간 듯했다.

처음 독도에서 요나고의 선장인 쿠로베에에게 납치되어 일본으로 끌려갔을 때부터 나는 한 순간도 울릉도와 독도에 대해서 잊은 적이 없었다는 사실을 깨달았다. 나라가 내게 해준 것이 없으니 나 역시 나라를 위해 뭔가를 할 필요가 없다고 생각하면서도, 나는 늘 조선을 생각해왔다. 나와 나의 동료들을 구하지도 못했고, 우리의 섬을 지키고자 배를 탔을 때에도 어떤 미래도 보장된 건 없었다.

"안 부장, 받긴 받았는데, 조선으로 돌아가서도 문제네."

뇌헌 스님이 말했다. 그건 섬에 남겨진 열한 명의 용병들 모두의 염려였다. 이들은 하나같이 미래에 어떤 영화를 바라지 않았다. 조선의 섬이 조선의 것이라는 말 한마디 듣기를 바랐을 뿐이었다.

6

1696년 8월 8일 오시(午時).

폭풍의 밤이 지나자 태양은 뜨거워졌다. 멀리 독도가 어렴풋이 보이기 시작했다. 하루 더 일찍 도착했어야 했는데, 아오시마에서 출발할 때부터 태풍이 올라오더니 태풍의 바다에 휩쓸리느라 하루가 더 지체되고 말았다. 돛은 헤지고 노 몇 개가 부러졌다. 여분의 노를 걸치고 끼니도 굶고 물도 마시지 않은 채 배를 뒤집어버릴 것 같은 풍랑을 뚫고 조선을 향해 달려왔다.

나라의 누구도 나서서 우리의 섬을 적극적으로 지키려 하지 않는데, 평민과 천민 신분의 백성들이 목숨을 걸었다. 서계를 받아왔다고 해서 대대적으로 환영해주는 사람들도 없었다. 먼 훗날 중요한 문서가 되리라는 사명감 같은 건 오늘의 우리에겐 무의미했다. 그저 조선의 섬을 지키고자 한 건 우리의 몸이 곧 조선이기 때문이라는 막연한 생각 때문이었다. 왜 반드시 찾아와야 하는지 분명하게 말할 수 없으면서도 분명하게 찾아와야 한다고 생각했다.

"드디어 조선이네."

이인성의 목소리는 미묘하고 복잡했다. 태풍을 뚫고 살아나온 게 그다지 행복하다는 말투는 아니었다. 세계마저 찾지 못했다면, 조선으로 돌아오지 않고 세상을 떠돌아도 그만이라는 말도 오갔다.

"이제 조선으로 가면 우린 어찌 됩니꺼?"

서화립이 누구에게랄 것도 없이 물었다.

"세계를 다시 찾아서 돌아가는데 뭐라 하겠어?"

담사리는 애써 밝은 목소리로 말했다.

"이미 우리 소식이 조정에까지 들어갔을 기다. 다들 찾지 못할 곳으로 숨드라고. 우리야 산속에 박혀 불면 그만잉께."

뇌헌 스님조차 우리의 미래가 밝지 않다고 말했다. 울산에서 떠날 때 우린 미래에 대해서 걱정하거나 염려하지 않았다. 분명한 울분이 있었고 이루고자 하는 목적이 있었다. 하지만 조선이 허락한 도해가 아니었으며 일본의 기세를 누르고자 신분까지 사칭한 도해였다.

국법을 엄하게 여기는 나라에서 우리는 두 가지 중요한 법을 어겼다. 하나는 허락 없이 일본으로 향한 일이었으며, 다른 하나는 사신인 척 위장을 했다는 사실이었다. 울릉도와 독도가 조선의 땅임을 인정하는 쇼군의 서계를 찾아왔다고 해서 달라질 것은 없었다. 나랏일을 보는 다수의 사람들이 울릉도와 독도는 당연히 조선의 땅이라 생각하고 있기 때문이었다.

"내는 울릉도에서 내려주소, 거서 목숨 붙이고 살라니까!"

담사리는 독도가 가까워지면서 안절부절 못했다.

"쓸데없는 소리 마라. 울릉도서 총질이나 하고 살라꼬? 고기나 잡을 줄 아나?"

서화립이 그를 타박했다.

"우린 나라의 부름을 따를 수밖에 없는 사맹들입니다. 안 동지는 중형을 면치 못할 것이니 피하시지요."

이인성이 염려스러운 눈빛으로 나를 쳐다보았다. 나는 그들을 둘러보았다. 울산을 떠날 때의 당당하던 몰골은 사라지고 초췌한 사람들의 퀭한 눈만 남았다. 이인성과 그의 수하들은 사맹이기에, 만약 벌이 내려진다면 백성과 달리 더 큰 벌이 내려질 터였다. 한 가지 다행이라면 대외적으로는 내가 주동자로 알려져 있다는 것이다.

"내가 피하믄, 여러분들은 더 큰 화를 당할 것이여. 성공을 해도, 실패를 해도 어차피 끝장난다는 걸 처음부터 모르지 않았으니 나 하나로 끝냅시더. 다들 명심하이소. 나라를 어지럽힌 건 나 혼자 뿐이여. 모든 책임은 내한테 있다고."

나는 내게 내려질 처벌 따위는 두렵지 않았다. 그건 집안의 내력이고 나의 기백인 듯했다. 어쩌면 그건 그냥 조선 사람들이 흔히 갖고 있지만 자각하지 못한 조선에 대한 애증의 힘 같은 것인지도 몰랐다.

"저, 행님, 저것들이 뭐당가요?"

연습이 남쪽 바다를 가리켰다. 멀리 한 척의 배가 빠른 속도로 우리 쪽으로 달려오고 있었다.

"얼른 망원경 줘봐라!"

단책이 품을 뒤져 망원경을 꺼내 내밀었다. 망원경을 늘여 남쪽 바다를 살폈다. 배는 일본의 중형 군선인 세키부네였다. 그런데 갑판에 서성거리는 사람들은 어부들이 아니었다. 대략 20여 명에서 30명 남짓 되었다. 바다가 목적이 아니라 우리가 목적인 배였다. 세계를 노리고 있다는 게 느껴졌다.

"저 쪽바리 새끼들이!"

용병들도 그들이 달려오는 이유를 어렴풋이 짐작했다. 나는 배를 큰가제바위 안쪽에 정박하도록 했다. 큰가제바위 쪽은 바닷물이 섬 안으로 들어오는 자리에 우뚝 솟은 바위였다.

"전투 준비해!"

피할 방법이 없었다. 세키부네는 가벼운 대신 속도가 빠른 군선이었다. 게다가 세키부네는 접근전을 위한 배이기도 했다. 우리 배에 접근을 하거나 섬으로 뛰어 들어오겠다는 뜻이었다. 그들을 피해 우리가 빨리 내뺀다 해도 금방 따라잡힐 터였다.

나는 배를 섬에 대도록 했다. 현재로서는 바다보다는 육지에서의 싸움이 유리했다. 뇌헌 스님이 배의 갑판을 뜯어냈다. 반년동안 배 안에 고스란히 모셔두었던 무기들이 빛을 받아 반들거렸다. 화승총, 조선검이 갑판 위로 올라왔다.

"저놈들이 어디서부터 쫓아왔을까?"

이인성이 화승총을 챙기며 말했다.

"짐작이지만 우리가 아오야마를 떠날 때부터였을 거야."

"그놈들이 어찌 알고요?"

일본인들은 우리가 공식적인 사절단이 아니라는 사실을 알
게 되었을 가능성이 컸다. 일본 체류가 너무 길어진 탓이었다.
초량 왜관의 정보원들 몇 마디면 파악할 수 있는 일이었다.

"지금 그게 중요한 게 아녀!"

용병들은 재빠르게 엄폐물을 확인하고 자리를 잡았다. 독도
가 다행히 돌섬이라 몸을 숨기기 좋은 바위들이 지천에 널려
있었다. 이마에서 땀이 흘러내려 적삼이 흠뻑 젖을 정도였지만
땀 흐르는 걸 느끼지 못할 정도로 긴장이 되었다.

"우리 이자 진정으로 싸우는 거여?"

위급한 상황임에도 서화립은 화승총을 쓰다듬으며 히죽히
죽 웃었다.

"그러게. 그동안 좀이 쑤셔 죽을 것 같았는데, 이자 한바탕
싸우는 거제. 그르지 말아야 허는데 와 자꾸 신명이 나지?"

담사리도 검을 올려다보며 미소를 지었다. 조선으로 돌아간
다는 사실과 태풍으로 인해 긴장이 풀릴 대로 풀렸을 텐데, 그
들의 눈이 처음 일본으로 향할 때보다 더 반짝거렸다.

"정신들 차려!"

이인성이 나무라는데 그 역시 얼굴 가득 미소가 번져 있었다.

"사무라이들이든가?"

뇌헌 스님이 물었다. 나는 망원경으로 세키부네 갑판 위를

살폈다. 사무라이 복장의 일본인은 보이지 않았다. 왈패들이거나 시정잡배들인 듯했다. 하지만 몸들이 단단해 보였고 손에 든 무기들도 화려했다. 그들 중에 놀랍게도 쿠로베에의 모습이 보였다. 그리고 또 한 사람, 까맣게 그을린 얼굴에 적삼을 걸친 이상룡의 모습도 보였다. 그들의 뜻이 확실해 보였다.

"쿠로베에라는 놈은 그렇다 쳐도 상룡이 그놈이 와 저 배에 있는가?"

서로 망원경을 돌려가며 이상룡을 확인했다.

"와, 저놈은 이자 완전히 일본 놈 되어부렀네."

"거지발싸개 같은 놈!"

"육시랄 놈!"

"아녀, 능지처참해도 시원찮을 놈이여!"

저마다 한마디씩 욕을 했다.

"안 부장, 쿠로베에라는 놈은 지난번 왔을 때 안 부장을 납치했다던 그놈 아니오?"

이인성이 물었다.

"그러네, 그놈. 그런데……."

나는 다시 배 안을 살펴보았다. 그들은 대부분 화승총을 지니고 있었다.

"어쩌지?"

"이런 날을 기다렸지라."

서화립이 화승총을 들어보았다. 그러더니 배를 향해 겨누어

보았다. 나는 곳곳에 둘 셋씩 바위에 의지해서 몸을 숨기고 있는 용병들을 살폈다. 그들의 눈은 시간이 흐를수록 반짝거렸고 생기가 돌았다.

"어쩌려고?"

"행님도 참, 지가 범 잡던 놈 아니오. 세키부네에 있는 일본 놈들 대가리를 모두 박살내버려야죠."

그가 20대 초반에 범을 잡으러 다녔다는 말은 들었다. 하지만 총을 잘 쏜다는 말은 들은 적이 없었다.

"안 부장, 몰랐는가? 서화립 이것이 백발백중이여. 범 눈깔을 노리면, 움직이는 범 눈깔에 정확하게 총알을 박아 넣는다니까. 200보 밖에서도 엽전 구멍에다가도 총알을 쑤셔 넣는 놈이지라."

"그건 좀 뻥이긴 하지만 아무튼 백발백중은 맞습니더! 그란디 저 일본 배 폭파해버려야 하는 거 아닌교?"

일본 배는 더 바짝 해안가로 다가들고 있었다. 저들 역시 에도 막부의 허락 따위는 중요하게 생각하지 않을 터였다. 막부의 허가를 받았다면 배 한 척으로 우리를 쫓아올 리 없었다. 우리도 비공식적인 출항과 회항이었으며, 그들 역시 비공식적인 도해라는 말이었다.

"뽀사버릴 수 있으면 뽀사버려야제. 저 일본 놈 앞잽이부터!"

"내 오늘 일본으로 건너가 당한 수모 다 갚아주마."

담사리와 서화립의 얼굴이 붉으락푸르락 달아올랐다.

"지금 우린 전쟁을 하는 게 아녀."

화승총을 만지작거리는 서화립은 여전히 웃고 있었다.

"그라믄 뭐요?"

"우리의 존재를 지키려는 것뿐이지."

"저놈들은 전쟁하자는 모양인디?"

담사리의 말이 채 끝나기도 전에 화승총의 납탄이 날아왔다. 모두 놀라 몸을 바닥에 엎드렸다.

"저것들이!"

서화립이 화승총을 꺼내들고 세키부네를 겨누었다. 이인성과 그의 사맹들도 화승총을 배에 겨누고 발사하기 시작했다. 기세를 누그러트리고 상륙해서 백병전을 일으키는 게 저들의 단순한 계획일 터였다. 일본 배에서도 쉴 새 없이 총알이 날아왔다.

"이것들이 우릴 죽이려고 작정을 했네 그려!"

서화립이 조준한 방향을 이리저리 바꿔 겨누며 총을 쐈다.

"행님, 저놈들 진짜 우리 죽이려고 온 거 같은디요!"

"그라믄 우릴 살리려고 그 먼 길을 쫓아와서 총알을 퍼붓겠나!"

뇌헌 스님의 말이 끝나기도 전에 한 차례 또 비 오듯 총알이 퍼부었다. 해안가 돌들을 헤집고 뽀얀 먼지가 일었다.

머리 위로 깨진 돌가루들이 쏟아져 내렸다. 사방으로 연기가 피어올랐다. 서화립은 그런 와중에도 차분하게 방아쇠를 당겨댔다. 범 잡던 그 담력이 그대로 살아 있었다.

"행님, 몇 놈 나가떨어졌소. 근디 저것들이 해안으로 달려오는디요."

고개를 빼내 살펴보니 일본인들 수십 명이 배에서 뛰어내려 우리 쪽으로 달려오고 있었다. 저들은 큰 목적 없이 몇몇 번주나 영주 또는 선장의 명령을 받아 독도까지 올라온 사람들일 터였다.

"됐다 나가자."

"총알이 이리 빗발치는디?"

"이놈아, 내를 믿어라. 총 든 놈은 내 모조리 작살내주꾸마."

서화립이 총을 쏘는 일본인들을 엄호해주었다. 나와 이인성. 그의 사맹들. 그리고 뇌헌, 연습과 단책은 칼을 쥐고 해안가로 달려가 일본 왈패들을 상대하기로 했다.

우리와 일본인들 사이에 백병전이 일어나면 누구든 화승총으로 적을 겨누기 어려웠다. 그 순간부터는 백병전이었다. 처음으로 나는 걱정이 되었다. 일본인들은 바다에서 살아온 거친 어부들인 듯했다. 하지만 우린 사맹과 스님, 그리고 장사꾼이 전부였다. 뱃일 전문가는 사맹 중 한 명이 있을 뿐이었다. 그런데 나의 걱정은 기우였다.

담사리는 칼놀림보다 화려한 발차기 기술을 가지고 있었고, 뇌헌 스님과 연습은 불가의 무술에 통달한 사람들이었다. 단책은 들고 다니는 피리를 장검 못지않게 쓰는 신기한 기술을 가진 인물이었다. 이인성과 사맹들도 무인들이었다. 나 또한 이리저리 흘러 다니며 배울 수 있는 택견과 무예와 검술을 배워온 터라 사무라이들이라 해도 몇쯤은 너끈히 해치울 수 있었다.

담사리가 왈패들을 상대로 발을 놀리고, 뇌헌과 연습 스님이 부드러우면서 절도 있는 동작으로 칼을 든 일본인들의 하나둘 제압해 나갔다. 단책은 피리를 칼처럼 썼다. 본국검법을 익힌 사맹들의 칼 솜씨 또한 현란했다. 처음 사람 수로 의기양양해 있던 일본인들의 기세가 꺾이기 시작했다. 단순한 어부들로만 생각했는데 용병들 모두 무술인이었던 것이다. 나 역시 검법이면 검법, 완력이면 완력에 있어서도 다른 사람에게 뒤지지 않았다.

우르르 떼를 지어 몰려왔던 일본인들이 내 앞에 무릎을 꿇었다. 사맹들은 배로 달려가 배 안의 일본인들까지 모두 끌어내려 내 앞에 데려왔다. 제대로 의복을 갖춰 입은 자는 쿠로베에와 이상룡이 유일했다. 평민이거나 천민인 왈패들이었다. 쿠로베에 뒤에 무릎을 꿇고 앉은 일본인들은 눈만 킁했다.

"쿠로베에, 이번에도 서계를 빼앗으러 온 건가?"

"울릉도와 독도는 80년 전부터 우리 섬이다. 그러니 여기도 우리 바다다."

이인성이 그의 말을 알아듣고는 발길질을 날렸다.

"이 쪽바리 새끼가. 울릉도랑 독도는 오천 년 전부터 우리 섬이었어.”

쿠로베에의 눈가가 멍이 들었고 눈은 붉게 충혈되었다. 상의도 피로 물들어 있어서 그는 처량해 보였다. 그의 옆에 무릎 꿇은 이상룡은 눈조차 마주치지 못했다. 이 기습에는 필경 그의 조언이 따랐을 터였다. 조선 어부들 별 거 아니라며 부추겼을 게 뻔했다.

“동래상단의 행수가 이게 무슨 꼴이오? 일본 놈들 졸개 노릇이나 하고.”

“듣기 싫다. 얼른 죽여라!”

이상룡은 입을 부들부들 떨면서도 그렇게 말했다. 나와 용병들이 그를 측은한 눈으로 쳐다보았다.

“행님, 나 저놈한티 빚이 있는데 내가 좀 손을 봐도 되갔소?”

담사리가 이상룡과 나를 번갈아보며 물었다.

“무슨 빚?”

“저놈 땀시 내 여동생 과리가 짐 어디 있는지도 모르오. 일본으로 팔려갔다고도 하고 청나라에 팔렸다는 소문도 있고.”

나는 고갯짓으로 그의 뜻을 용인해주었다. 담사리는 기다렸다는 듯 이상룡을 뒤편으로 끌고 갔다. 소문조차 정확하지 않으니 그의 동생을 찾을 방법이 없을지도 몰랐다. 그건 이상룡도 모를 터. 담사리의 한풀이나 하라는 뜻이기도 했다. 나는 담사리에게서 눈을 거둬 쿠로베에를 쳐다보았다.

“쇼군도 인정하는 걸 왜 너희들은 인정하지 않는 거냐. 너희들 욕심 때문에 너희 어부들도 그렇고, 우리 어부들도 극심한 고통을 받는다는 걸 모르겠느냐?"

쿠루베에의 눈은 억울하다는 듯 붉게 충혈된 채 나를 올려다보았다.

"우리는 너희들처럼 욕심이나 부리자고 바다를 건너갔던 게 아니다."

"그럼 무슨 이유 때문이냐?"

쿠로베에는 눈에 힘을 주고 결코 물러서지 않겠다는 의지를 보였다.

"여긴 그저 우리의 섬이기 때문이다. 우리의 영토이고 우리의 정신이고. 이 바다에서 우리들이 취하는 이익은 없다. 그저 조선의 땅이기에 지키려 했을 뿐이다. 조선의 권력을 쥔 누군가의 이익을 도모하기 위해 일본으로 건너갔던 게 아니란 말이다!"

쿠로베에의 눈에서 조금씩 힘이 풀리는 게 느껴졌다. 그의 몸 곳곳이 상처였고, 내 몸도 칼에 베인 상처로 옷이 헤지고 피가 흘렀다.

"이번엔 목숨은 살려주겠다. 너희 번주에게 전해라. 다시는 울릉도와 독도 앞바다에 들어오지 말라고. 그땐 모조리 몰살시킬 것이다. 가라!"

"아니 행님, 이대로 돌려보내요? 이놈들은 우릴 죽이러 왔는데, 싸그리 목을 베어버리자고요!"

단책이 씩씩거리며 앞으로 나섰지만 말렸다. 오늘의 일은 나라간의 싸움이나 전쟁이 아니라 그저 사내들의 싸움이었다. 불가피하게 피해를 입은 사내들은 어쩔 수 없지만 무릎 꿇은 적을 군이 죽일 필요는 없었다.

"안 부장 말이 맞다. 그라고 우리 싸움은 저짝에서도 모리고 이짝에서도 모리는 싸움이다. 역사에도 야사에도 남지 않을 싸움이제. 우리만 알고 묻는 싸움이다. 그라고 그리 하는 게 맞고. 우릴 위해서도 그기 맞다. 우리 싸움이 나라간 싸움이 되게 해서도 안 되고. 우리가 애초 없던 존재들이었던 것처럼 이 싸움 역시 없었던 게다."

나는 쿠로베에의 팔을 잡고 일으켰다.

"가서 전해라. 울릉도와 독도는 영원히 조선의 땅이라고!"

그는 수긍하지 않을지도 모른다. 그들도 독도까지 건너올 때는 목숨을 담보하고 건너왔을 터였다. 그만큼 중요한 일이지만 사실을 바꿀 수는 없는 일이었다. 폭염임에도 그의 뒤에서 몸을 떠는 어부들이 무슨 잘못이 있겠는가. 그저 상관이 시키는 대로 했을 뿐. 쿠로베에는 뒤돌아서며 절뚝거렸다. 설령 이곳에서 그들을 모두 몰살시킨다 해도, 일본으로서 아무 것도 물을 수 없다는 걸 누구보다 그는 잘 알고 있었다.

"고, 고맙소."

"이놈도 델꼬 가라!"

담사리가 이상룡의 멱살을 잡아끌고 왔다. 그의 얼굴을 알아볼 수 없을 정도로 짓이겨져 있었다.

"안용복 이 새끼!"

이상룡의 기백만은 높이 사줄만 했다. 죽을지도 모른 순간까지 욕을 했다. 나는 한 차례 미소를 지은 후 그의 뺨을 후려쳤다. 그의 목이 돌아가고 맥없이 돌밭 위로 쓰러졌다. 기절은 했지만 죽지는 않을 터.

"행님, 저놈은 우리 관아에 넘겨야 되지 않겠소?"

"그럼 필경 극형에 처해질 게다. 살아서 지 잘못한 걸 깨달아야 하지 않겠나?"

뇌헌이 죽일 듯이 달려드는 담사리의 등을 토닥였다. 일본 어부들이 그를 부축해서 배로 돌아갔다. 기세 좋게 독도를 향해 달려들던 일본 배는 찢어지고 부서진 상처를 안고 남쪽으로 향했다.

우리 배는 독도를 거쳐 울릉도로 들어갔다. 나는 바지춤에서 호패를 꺼내 바다에 던졌다. 감세장 호패였다. 호패는 물결을 타고 흘러 배에서 멀어졌다. 나는 거의 다섯 달 동안 울릉도와 독도의 감세장이었다. 그리고 지금 쇼군의 서계를 받아 돌아왔다. 서계를 꺼내 살펴보았다. 서계 모퉁이가 피에 젖었을 뿐 글자는 살아 있었다.

"안 부장, 증말 몸 안 피할 기가?"

뇌헌 스님이 물었다. 도망가고 싶지 않았다. 천박하고 평범한 사람도 나라의 땅과 바다를 지킬 수 있다는 걸 알려주고 싶었다. 나는 나랏일을 하는 자들의 노비가 아니라 조선의 일부라는 걸 알려주고 싶었다. 도해금지령을 어긴 죄와 사칭한 죄를 물어 내게 어떤 형벌을 주더라도 달게 받아들일 각오였다. 그건 조선을 떠날 때 살아 돌아온다면 그리하겠다고 다짐했던 일이었다.

바다에 던진 호패는 역류에 휩쓸려 먼 바다로 나가버리더니 더 이상 보이지 않았다. 나는 다리가 풀려 바닥에 털썩 주저앉았다. 고향의 모든 것이, 고향의 모든 사람들이 몹시 보고 싶었다.

7

1697년 3월 27일 사시(巳時).

나는 오래 전에 감옥에 갇혔다.

양양을 거쳐 한양으로 압송되어 옥사에서 가을을 보내고 겨울
도 보냈다. 봄은 왔지만 나의 봄은 오지 않았다. 겨우 마흔이
조금 넘었지만, 치아가 모두 빠졌고 제대로 걸을 수도 없었다.
무릎은 삭고 심장이 졸아들고 오줌에선 간간이 피도 나왔다.

나는 두 가지 죄 아닌 죄를 지었다. 도해금지령을 어겼고 신
분을 사칭했다. 나의 진짜 죄라면 내가 조선인이라는 사실 뿐
이었다. 하지만 고문관들은 내게 누구의 사주를 받았는지, 분
명한 목적이 무엇이었는지, 신분 사칭을 어찌하게 되었는지 묻
고 또 물었다. 나는 유집일과 용병들의 이름을 말하지 않았다.

그 이외의 모든 건 낱낱이 말했다. 일본으로 도해를 한 날짜
에서부터 아오시마에 갇혀 지낸 50여일의 날들, 이케다 돗토
리 번주를 만났고, 그를 통해 4년 전 강탈당했던 서계를 되찾
아온 일에서 조선으로 돌아오기까지의 여정을 말했다. 내가 쇼
군의 서계를 찾아왔다는 사실은 나의 신분과 조정 대신들의

편가름 속에 묻히고 말았다. 조정 대신의 절반은 내가 반역자의 후손이라는 사실을 끝없이 물고 늘어졌다.

어머니의 염려는 현실이 되었지만, 어머니 역시 내가 그리도 해했던 일을 두고 후회하지 않았다. 다만, 나의 사건으로 인해 괜히 어머니에게 피해가 갈지 모른다는 점은 큰 걱정이었다.

어머니가 보고 싶었고 초향도 그리웠다. 옥사에 갇혀 반년의 세월이 훌쩍 지났지만 나는 어머니의 소식도, 선화나 초향의 소식도 듣지 못했다. 나와 함께 아무런 득을 바라지 않았던 용병들의 소식 역시 듣지 못했다. 언제 그들을 다시 볼 수 있을지도 알 수 없었다. 나의 소식은 진즉 고향에 전달되었을 텐데 누구도 나를 보러 올 수 없었다.

오늘 나에 대한 판결이 내려진다는 말을 들었다. 사흘 전 밤 유집일이 다녀갔다. 그는 직접 옥사 안으로 들어와 반쪽이 되어버린 나의 뺨을 어루만져주었다.

'꼭 살아야 합니다. 안 부장이 사는 것이……. 이 나라가 사는 것이오!'

그는 나와 같이 화를 내주었고 눈물도 흘렸다. 나는 그에게 어떤 미련도 없다고 말했다. 다만 어머니 소식이 궁금하다 전했다.

감옥 출입구 쪽의 문이 열리고 포졸들이 들어와 내가 갇힌 옥사 앞에 섰다. 빛을 등지고 선 그는 유집일이었다.

"안 부장, 어머니는 무사하시다고 합니다. 당신 사는 건 걱정하지 말라 하셨다오. 차인을 만났는데 누구라 말은 하지 않았지만 모두 무사하다고 전해 달라는 말도 들었소."

나는 유집일을 올려다보았다. 포졸들이 옥사 안으로 들어와 겨드랑이에 손을 넣고 나를 일으켜 세웠다.

"나리, 감사합니다."

유집일이 나를 보지 않으려고 고개를 돌렸다. 나도 애써 그의 얼굴을 쳐다보지 않았다. 그가 먼저 앞서 걸어 나갔다. 감옥 밖으로 얼굴을 내밀자 봄볕이 먼저 나를 맞이했다. 나는 볕 속에서 꽃내음을 맡았다. 눈에 보이고 냄새로 맡을 수 있는 것들, 팔뚝에 닿는 바람의 감각 같은 것들이 신기하고 새로웠다. 나는 새삼 풍경과 냄새와 느낌이 조선의 것들이라는 걸 깨달았다. 다른 어느 곳에 있다면 자각하지 못했을 나와 조선의 것들이었다. 특별하지도 않고 누군가의 편가름으로 나누어질 수 없으며 원래 그 자리에 있던 것들. 나는 숨을 한껏 들이마셨다.

나는 조정 대신들이 석상처럼 늘어서 있는 근정전의 바닥에 무릎을 꿇고 엎드렸다. 근정전 밖에는 판결을 들으려는 하급 대신들과 학자들, 궁궐의 일꾼들이 모여 숨을 죽인 채 나를 구경했다. 조선인이라는 죄를 지은 나는 고개를 들 수 없었다.

"죄인은 고개를 들라."

누구의 목소리인지 모르겠지만 목소리가 웅장하게 울려 퍼졌다. 나는 겨우 겨우 목에 힘을 주어 고개를 들었다. 오래전부터 용안을 봐서는 안 된다고 교육 받았기에, 대신들의 허리쯤 둘러볼 수 있을 만큼만 고개를 들었다.

"폐하, 최종 판결을 시작하겠습니다."

형조판서인가? 그가 누구인지도 중요하지 않았다. 내 앞 용상에 앉은 이 역시 누구인지 내겐 중요하지 않았다. 나는 누구의 얼굴도 볼 수 없었다. 손으로 바닥을 짚고 있는 일조차 힘에 겨웠다. 고개를 더 이상 들 수가 없었다. 거칠고 퀭해진 모습을 조정의 대신들에게 보이고 싶지 않았다.

"……고로 국법에 따라 극형을 내리심이 마땅하다 생각되옵니다."

만약 그렇게 결론이 난다해도 나는 받아들일 마음이었다. 어머니와 초향과 고향 사람들에겐 미안하지만 나는 받아들일 준비가 되어 있었다.

"안용복은 분명 도를 넘은 백성으로, 국사라 칭하고 타국에 소송을 한 것은 심대한 죄를 범한 것이옵니다. 허나 그 공적 또한 너무 커서 공죄는 반반으로 사료되었습니다. 무지한 백성의 상서로 인해 쓰시마와의 무역에 기만이 있음이 드러났사옵니다. 안용복의 단죄는 쓰시마 도주를 기쁘게 할 뿐이옵니다."

그의 말 역시 옳았다.

"안용복은 다른 나라에서 문젯거리를 만든 어지러운 백성이옵니다. 외교의 관례를 무너뜨린 악질 범죄자이옵니다. 국법에 따라 참하시옵소서."

나는 국법과 형식과 관례가 중요한 나라에 살고 있었다. 평민에겐 하등 필요치 않은 것들의 세계에서 나는 숨 쉬어 왔다. 어머니는 그마저도 따라야 한다고 나를 가르쳤고, 지금의 나는 그럴 각오였다.

"전하! 죄는 죽어 마땅하오나, 안용복이 주살되었다는 소식은 누구보다도 교활한 일본을 기쁘게 할 뿐입니다. 또한 우리 조선을 기만해온 쓰시마는 안용복의 사형을 핑계 삼아, 울릉도와 독도에 대한 조선의 주장이 그릇된 것이라 트집을 잡을 것이옵니다."

"무슨 소리를 하는 것이오. 안용복의 본을 따라 앞으로도 어리석은 백성들이 타국에서 문제를 일으킬 것이 분명하옵니다. 법에 따라 엄정히 다스려, 극형에 처하는 것이 조선의 국법을 지키는 일이 될 것이옵니다."

그럴 배짱이 있는 백성이 얼마나 될까. 백성은 어리석지 않았다. 어리석은 자들은 대신들이었다. 근정전만 아니라면 나는 그들을 향해 위선자라고 소리쳤을지도 몰랐다.

"전하! 해금의 죄를 범하고, 타국에 표도하여 감세장을 사칭한 일은 용서받을 수 있는 일이 아니옵니다. 허나, 조선과 일본의 사이에서 울릉도를 죽도라고 농단한 쓰시마의 실태가 안용복으로 인해 백일하에 드러났사옵니다. 이것은 조선의 쾌사인 줄 아뢰옵니다. 그를 죽이는 일은 실로 부당한 살해가 될 것이옵니다."

나는 대신들 앞으로 반 발짝 앞으로 나와 말하는 사내의 발만 바라보았다.

"누군가에는 그저 돌섬이지만, 울릉도와 독도는 우리 몸의 일부입니다. 일본의 말을 들어준다는 건 칼로 우리 몸을 도려내겠다는 것과 다르지 않습니다."

분개해서 말을 늘어놓는 그가 유집일이 언젠가 알려주었던 남구만이라는 대감일 거란 생각이 들었다.

"이보시오, 대감. 안용복은 반역자의 자손이오. 반역자의 자손이기에 나라를 어지럽혀 놓고도 반성의 기미를 보이지 않는 것이오. 전하! 안용복은 반역자의 자손으로 도해금지령을 어기고 관리를 사칭한 일은 반역의 씨앗일 수도 있으니, 극형에 처해 국법의 엄정함을 보여주셔야 한다고 사료되옵니다."

"이것 보시오, 대감. 반역의 죄는 이미 100년 전의 것이오. 그 죄에 갇혀 100년 후 천하의 영웅이 될 사람이 천민으로 하락할 수밖에 없는 이 세태가 안타까울 뿐이오. 어찌 되었든 그 죄를 더 이상 물어서는 안 된다는 것이오. 강산이 열 번은 변할 만큼 세월이 흐르지 않았소?"

남구만의 말인 듯했다.

"안용복이 신분을 사칭한 일은 죽어 마땅하나, 그는 우리 중 아무도 하지 않은 일을 해낸 장본인이오. 우리가 여기서 편을 갈라 싸우기만 할 때 그는 일본으로 건너가 쇼군으로부터 울릉도와 독도가 우리의 영토라는 약조가 적힌 서계를 받아온 사람이오. 만일 안용복을 사형에 처하면 쇼군 역시 우리의 근본을 우습게 여기게 될 것이오."

국법에 준한 갑론을박이 근정전을 메웠다. 나는 그들의 말이 모두 옳다고 인정되었지만 서운함을 떨쳐버릴 수가 없었다. 지금 나는 그저 쉬고 싶을 뿐이었다.

"마지막으로 할 말이 있느냐?"

누군가 내게 물었다. 삽시간에 근정전이 침묵에 휩싸였다. 공기의 흐름도 멈추었고 숨소리조차 들리지 않았다. 무슨 말을 해야 할까?

"저는 그냥 조선인일 뿐입니다."

가슴속에 쌓인 말들이 많았지만 나는 그 말밖에 할 수 없었다. 그리고 지금 이 순간에는 가장 적확한 말이라 생각했다.

"네게 조선이 무엇이더냐?"

나를 두고 떠들어대던 목소리가 아니었다. 임금의 말이었다. 그 순간 울릉도 탐사 차 그곳으로 들어갔던 광경이 떠올랐다. 구름 한 점 없이 맑은 하늘에 해는 중천에 떠서 오롯이 솟은 울릉도를 쓰다듬고 있었다. 햇살은 멀리 보이는 독도도 그러안고 있었다.

"……제게 조선은 태양입니다. 우리 땅이 어느 곳에 있든, 우리가 어디에 있든 시기와 질투도 없이 공편함에서 한 치의 어긋남도 없이 빛을 나누어주는 태양입니다."

순간 근정전 안은 침묵에 휩싸였다. 대신들의 침 넘어가는 소리가 선명하게 들렸다.

"안용복의 죄는 죽어 마땅하다!"

임금이 다시 입을 열었다. 나의 미래가 결정되는 순간이었다.

"허나, 이 자를 죽이는 일은 쓰시마의 분노를 푸는데, 충분할 뿐이다. 일본인의 기를 꺾어 스스로 울릉도와 독도에 일본인의 왕래를 금기코자 한 것은 용복의 공이다. 일본은 지금에 이르러 울릉을 가리켜 일본의 땅이라 하지 않는다. 이 또한 용복의 공이다. 극형을 감하고, 멀리 유배토록 하라!"

더 이상의 항변은 없었다.

눈에서 눈물이 와르르 흘러내렸다. 가슴 속에 꽁꽁 응어리져 있던 핏덩어리가 한순간에 풀어져 전신으로 퍼져나가고 있었다. 홀가분하면서도 가슴이 미어졌다.

나는 비로소 내가 조선인이라는 사실이 죄가 아니라는 사실을 인정받은 기분이었다. 전신을 쑤셔대던 통증도 사라지고 심장을 조이던 고통도 사라졌다. 비록 어딘가로 멀리 떠나야 하지만, 좋은 시절 나들이 삼아 떠난다 생각하면 조선 어딘들 가지 못할 곳이 있겠는가. 나는 조선인이어서 흥겹고 봄에 길을 나서니 즐거울 것 같았다.

말석에 서 있던 유집일이 내게 다가와 나를 일으켜 세웠다. 나는 임금에게 절을 하고 유집일의 부축을 받으며 근정전을 빠져나왔다. 구경 나온 사람들이 양옆으로 갈라섰다. 그 길 위에 봄볕이 가득했다.

이제야 어머니를 보러 갈 수 있겠구나, 이제야 고향사람들의 얼굴을 볼 수 있겠구나.

근정전으로 올라올 때 아득하던 계단을 이젠 어렵지 않게 걸어 내려갈 수 있을 것 같았다. 이왕이면 바다가 보이고 등 뒤로는 너른 평야가 펼쳐진 곳으로 갈 수 있다면, 나는 이 생에서 더 이상 바랄 게 없겠다는 생각이 들었다. 봄볕이 짚신 밖으로 삐져나온 오른발 엄지발가락 위에 가만 내려앉았다.

안용복, 그는 어디로 갔을까?

300년 전 목숨을 걸고 일본으로 건너가 함부로 울릉도와 독도
를 넘보지 마라 담판을 지었던 사람. 그가 사라진 후 200년의
세월 동안 일본이 울릉도나 독도를 넘보지 못하게 만들었던
남자.

이름은 낯익지만, 일본으로 건너가 약조를 받아왔다고는 알
려져 있지만, 그가 누구인지 명확하게 아는 사람이 몇이나 되
는가. 나 역시 그에 대해 자세히 알지 못했다. 그저 역사 속에
그런 인물이 있었다는 것 정도였다. 그가 내게 물었다.

네게 나라란 무엇이냐?

안용복의 삶을 뒤적이며 나는 내내 그 질문에 시달렸다. 그
래서 그가 조선을 사랑했던 시간들에 대한 여정을 찾아보려
했다. 사랑하지 않고는 목숨을 담보로 내걸고 일본으로 건너가
지는 못했을 거라는 생각 때문이었다. 그런데 이미 100년 전
가문의 누군가가 역적이었다는 이유로 그의 가문과 그의 가족
과 그를 내친 조선을 어떻게 사랑할 수 있었을까 하는 의문이

들었다. 조선을 증오하면서도 사랑할 수밖에 없었던 그의 고뇌를 알고 싶었다.

하지만 역사는 그걸 허락하지 않았다. 그에 관한 기록은 미미했다. 심지어 일본과 담판을 짓고 돌아온 뒤 국법을 어긴 죄로 벌을 받아 귀양을 갔다. 그런데 그가 어디로 귀양을 갔으며 언제 죽었는지에 대한 정확한 기록은 없다.

역사가 기억해야 할 사람을 왜 외면해온 것일까? 그가 역적의 자손이라서? 그렇다면 더더욱 세상에 자신을 드러내지 않고 살아야 했을 텐데, 나랏일을 논하는 관료도 아니오, 칼을 든 장수도 아니었으며, 이름을 떨친 학자도 아닌 천민이 일본을 찾아가 다시는 이 땅에 넘어오지 마라 항변을 했다. 오늘의 울릉도와 독도는 천한 신분의 그가 일본의 막부에 항변했기에, 온전히 현재까지 우리의 영토로 기억되고 있는 것이리라.

그래서 나라의 영토에는 안중에도 없고, 나라의 번영에도 무관심한 채, 제 이익과 정쟁만 일삼는 모리배들이 세상을 시끄럽게 한다는 사실이 부끄럽고 부끄럽다. 목숨을 내놓았던 그를 위해 늦게나마 위로하고자 한다. 소설이기에 충분한 위로가 되었을지 모르겠지만, 소설이기에 그의 마음까지 헤아려 충분한 위로가 되었으리라 믿는다. 이건 부끄러운 나와 부끄러운 우리를 위로하고자 함이기도 하다.

그를 추모하고 그의 삶을 안타까워했던 조선의 대학자인 이익은 다음의 글을 남겼다.

안용복은 영웅호걸이다. 미천한 일개 군졸로서 만 번 죽음을 무릅쓰고 국가를 위하여 강적과 겨루어 간사한 마음을 꺾어버리고, 여러 대를 끌어온 분쟁을 그치게 했으며, 한 고을의 토지를 회복했으니, 부개자(傅介子)와 진탕(陳湯)에 비하여 그 일이 더욱 어려운 것이니, 영특한 자가 아니면 할 수 없는 일이다. 그런데 조정에서는 상을 주지 않을 뿐만 아니라, 전에는 형벌을 내리고 뒤에는 귀양을 보내어 꺾어버리기에 주저하지 않았으니, 참으로 애통한 일이다. 울릉도와 독도가 비록 척박하다고 하나, 쓰시마도 또한 한 조각의 농토가 없는 곳으로서 왜인의 소굴이 되어 역대로 내려오면서 우환거리가 되고 있는데, 울릉도와 독도를 한 번 빼앗긴다면 이는 또 하나의 쓰시마가 불어나게 되는 것이니, 앞으로 오는 앙화를 어찌 이루 말하겠는가? 안용복은 한 세대의 공적을 세운 것뿐이 아니었다. 고금에 장순왕(張循王)의 화원노졸(花園老卒)을 호걸이라고 칭송하나, 그가 이룩한 일은 대상 거부에 지나지 않았으며, 국가의 큰 계책에는 도움이 없었던 것이다. 안용복과 같은 자는 국가의 위급한 때를 당하여 항오에서 발탁하여 장수급으로 등용하고 그 뜻을 행하게 했다면, 그 이룩한 바가 어찌 이에 그쳤겠는가?

- 이익의 《성호사설》 중에서

이 소설은 여러 고마운 사람들의 힘을 얻어 탄생했다. 먼저 나의 스승과 문학 동지들, 나의 가족들. 그리고 누구보다 쿠나 이의준 대표의 도움을 많이 받았다. 〈강치〉라는 시나리오는 이미 오래 전 완성되어 있었다. 나는 이 시나리오를 바탕으로 새로운 시점의 이야기를 만들어내고자 했고, 사건 전체보다는 개인의 내면 깊은 곳으로 들어가 보려 했다. 이 모든 출발의 시작은 이의준 대표의 시나리오에 있었음을 밝혀둔다. 그에게, 가족에게, 나의 하나뿐인 스승과 동지들에게, 그리고 이 책이 세상에 나올 수 있게 힘써준 한국경제신문 한경BP 한경준 대표와 편집부에게 고맙고도 고맙다.

2019년 여름

전민식

그대들은 아는가? 나는 보았네.
저 멀리서 찬란하게 몰려오던 강치의 무리를…

강치

제1판 1쇄 인쇄 | 2019년 8월 8일
제1판 1쇄 발행 | 2019년 8월 15일

각　본 | 이의준
지은이 | 전민식
펴낸이 | 한경준
펴낸곳 | 한국경제신문 한경BP
책임편집 | 이혜영
저작권 | 백상아
홍보 | 서은실 · 이여진 · 조혜림
마케팅 | 배한일 · 김규형
디자인 | 지소영
본문디자인 | 디자인 현

주소 | 서울특별시 중구 청파로 463
기획출판팀 | 02-3604-553~6
영업마케팅팀 | 02-3604-595, 583　FAX | 02-3604-599
H | http://bp.hankyung.com　E | bp@hankyung.com
F | www.facebook.com/hankyungbp
등록 | 제 2-315(1967. 5. 15)

ISBN 978-89-475-4507-5　03810